Aufgewachsen in der Nähe von Lüneburg, lebt **Dani Baker** nach Stationen in Bern, San Francisco und Hannover, seit 2010 mit ihrer Familie in der Nähe von Toronto. Wenn sie nicht gerade damit beschäftigt ist, Stinktiere, wilde Truthähne und unzählige Streifenhörnchen von ihren Gemüsebeeten fernzuhalten, schreibt sie Cosy Crime-Bücher, arbeitet als Lektorin und Korrektorin für Publikumsverlage, entwickelt Unterrichtsmaterialien für Bildungsverlage und unterrichtet Back- und Kochkurse.

DANI BAKER

Erstausgabe Januar 2025

Copyright © 2025 dp Verlag, ein Imprint der
dp DIGITAL PUBLISHERS GmbH
Made in Stuttgart with ♥
Alle Rechte vorbehalten

Wer schön sein will, muss sterben

ISBN 978-3-98998-890-3
E-Book-ISBN 978-3-98998-647-3

Covergestaltung: ArtC.ore-Design / Wildly & Slow Photography
Unter Verwendung von Abbildungen von
shutterstock.com: © EB Adventure Photograph, © Yes058 Montree
Nanta, © SERGUNello, © bluefish_ds, © Kristi Blokhin, © BK666,
© New Africa, © ducu59us, © Leigh Trail, © Mr Doomits, © Voronin76
stock.adobe.com: © tiena, © KimlyPNG, © pabrady63

Lektorat: Britta Künkel
Satz: dp DIGITAL PUBLISHERS GmbH
Druck und Bindung: Books on Demand GmbH, Norderstedt

Kapitel 1

»Sind die Ameisenfarmer etwa auch hier?« Ruby blickte vom Parkplatz auf die weitläufige Fläche, wo sich Tische dicht an dicht reihten. Viele boten selbst gemachte Kerzen, Seifen, Konfitüren und Ähnliches an, aber es gab auch Schmuck, Glückwunschkarten und sogar gravierte Nudelhölzer zu kaufen. Es schien, als wenn jeder Bewohner von Paradise einen Stand auf dem Summer Stash Market hatte.

»Die hatten letzte Woche ein Problem mit einem Ameisenbären.« Morgans Gesicht war so ausdruckslos wie eine frisch übertünchte Graffitiwand. Sie drückte Ruby den Picknickkorb in die eine und zwei Klappstühle in die andere Hand. »Geh schon mal voraus. Halt dich rechts, unser Stand ist neben den Holzskulpturen, kannst du nicht verfehlen.«

Ruby bahnte sich den Weg durch den sehr gut besuchten Markt. Die warme Junisonne brannte auf die Festwiese hinab, obwohl es noch nicht einmal Mittag war. An einem Stand, der überquoll mit Strickwaren, blieb sie mit schmerzenden Armen stehen. Auf dem Tisch lag obenauf ein Pullover, den ihre Schwester im

April gestrickt hatte, als Ruby sie zum ersten Mal in dem kleinen Ort in Colorado besucht hatte.

»Neue Frisur? Ich finde, die Locken stehen dir besser.« Eine Frau in ihren Fünfzigern kam um den Tisch herum und nahm Ruby die Stühle ab. »Ein Stuhl hätte gereicht, denn ich hab meinen eigenen mit.«

Ehe Ruby etwas sagen konnte, trat Morgan neben sie, stellte zwei Kartons mit weiteren Strickwaren auf die Erde und breitete die Arme aus. »Alles von den Loop Troopers. Toll, oder?«

»Tut mir leid, ich hab eben glatt gedacht, du wärst Morgan«, entschuldigte sich die Frau bei Ruby. »Mary Collins, eine von Morgans Strickschwestern.«

»Ruby Rock, Morgans einzige Zwillingsschwester.« Ruby schüttelte Marys ausgestreckte Hand.

»Immer gut zu erkennen am strengen Dutt«, kommentierte Morgan Rubys gezwirbelten Haarknoten im Nacken.

»Und am besseren Modegeschmack.« Ruby strich sich über ihr kurzes, schwarz-weiß gepunktetes Sommerkleid und warf einen Blick von ihren Riemchensandalen mit Absatz zu den Birkenstocklatschen, die unter dem langen, bunten Batikrock ihrer Schwester hervorlugten.

Mary schaute zwischen den beiden hin und her. »Wenn die Haare und die Klamotten nicht wären, wärt ihr aber auch echt nicht auseinanderzuhalten.«

»Big Apple! Du schon wieder hier?« Aufgrund Stanleys dröhnender Stimme drehten sich mehrere Menschen zu ihnen um.

Auch wenn Ruby wusste, dass der oft etwas zynische Mittsechziger nur denjenigen Spitznamen verpasste, die er mochte, und sich hinter seiner Kratzbürstigkeit ein hilfsbereiter Mensch versteckte, fiel ihr ein Lächeln schwer. Denn obwohl die Sache in New York mittlerweile schon fast drei Monate her war, empfand sie es immer noch als unangenehm, im Rampenlicht zu stehen.

»Haben sie dir gekündigt?« Stanley blieb vor ihr stehen.

Alan, ihr Chefredakteur, war tatsächlich nicht glücklich gewesen, als Ruby nach ihrer dreiwöchigen Auszeit in Paradise wieder in der Redaktion der New York Gazette aufgetaucht war. Und Ruby selbst musste nach ihrer Rückkehr feststellen, dass ihr geliebtes New York City, das ihr immer so viel Halt gegeben hatte, ihr nach wundervollen Wochen in Paradise ein wenig fremd erschien. Geradezu kalt und unnahbar. Aber das hatte sicherlich nur am miserablen Wetter dort in den letzten Wochen gelegen.

»Ich arbeite den Sommer über von hier aus. Schreiben kann man ja glücklicherweise von überall.« Ruby half Morgan, die Stühle aufzustellen.

»Aber dieses Mal bitte ohne Leiche, okay?« Stanley marschierte davon.

Mary griff sich an die Brust. »Stimmt, du hast ja Grady damals gefunden.« Sie beugte sich hinunter, um weitere Strickwaren aus einem Korb auf den Tisch zu legen.

»Möchte jemand Eistee?« Morgan hielt eine Kanne in die Luft.

Ruby verneinte. Äußerlich waren die Schwestern tatsächlich kaum zu unterscheiden, aber innerlich konnten ihre Abneigungen und Gewohnheiten kaum weiter auseinanderliegen. Morgan trank am liebsten Tee, war nicht nur generell outdoorbegeistert, sondern der Meinung, dass Fenster generell geöffnet sein müssten, und von der Sockenschublade zum Gewürzregal war alles in ihrem Leben durchorganisiert.

Ruby dagegen brauchte am besten einen Latte macchiato, um überhaupt zusammenpassende Socken zu finden, und war in New York allenfalls im Central Park laufen gewesen, ansonsten hatte sie bisher fensterlose, klimatisierte Räume bevorzugt.

Was würde sie jetzt für einen Kaffee geben!

Als wenn Morgan Gedanken lesen könnte, deutete sie mit dem Kopf an das andere Ende des Platzes. »Ryder hat weiter hinten einen Stand, bei den ganzen Fressbuden.«

Ryders Coffeeshop ›The Bond‹ lag schräg gegenüber von Morgans Haus direkt an der Straße zum Eingang des Rocky Mountain National Parks.

Es hatte ein wenig gedauert, bis Ruby dort einen mit New York vergleichbar guten Macchiato serviert bekommen hatte. Aber letztlich war sie nicht nur wegen des Kaffees gern mindestens einmal täglich ins Bond eingekehrt, sondern auch wegen Ryder. Der attraktive Besitzer des Bonds war Ruby sofort ins Auge gefallen. Und er hatte sich im Laufe der Ermittlungen um Gradys Tod als eine echte Stütze erwiesen. Vor allem, weil Morgan sie zunächst in keiner Weise unterstützt, geschweige denn ernst genommen hatte.

»Habt ihr den Schal auch in einem dunkleren Rot? Eher so burgunder?« Eine Frau Anfang vierzig fuhr mit der Hand über einen Schal und sah die Zwillinge fragend an.

Mary ließ ein Paar Strümpfe in den Karton zurückfallen und schoss in die Höhe. »Verschwinde.«

Morgan drängte sich neben Mary. »Das ist alles, was wir derzeit haben. Aber einige unserer Strickmitglieder arbeiten natürlich gern auch auf Bestellung. Un...«

Mary riss der Frau den Schal unter den Händen weg. »Den hab ich gestrickt, und dir strick ich nichts.«

Rubys Neugier war augenblicklich geweckt. Ihre besten Artikel beruhten auf Themen, die polarisierten. Und das zwischen diesen beiden Frauen mehr herrschte als nur ein Streit wegen eines weggenommenen Parkplatzes vorm Supermarkt, war eindeutig.

»Nimm dir einen Tee, und ich übernehm das hier, okay?«, versuchte Morgan ihre Strickschwester zu beschwichtigen.

»Miss C! Nice, ist das alles von Ihnen?« Zwei Teenager waren neben der potenziellen Kundin aufgetaucht und strahlten Mary an.

Marys Lächeln wirkte gezwungen. »Einen Teil der Sachen hab ich gestrickt, die anderen stammen von anderen Loop Troopers.«

Eines der Mädchen setzte sich eine Mütze mit einem regenbogenfarbenen Bommel auf ihre blond gefärbten Haare. Die andere quietschte auf.

»So nice, warte, Bella, ich mach ein Foto.«

Bella posierte mit einem Handzeichen, das wohl gerade in Social-Media-Kreisen angesagt, für Ruby aber völlig neu war.

»Miss C, ist es chill, wenn ich Sie im Post tagge?« Das andere Mädchen trommelte mit ihren quietschgelben Fingernägeln gegen ihre Handyhülle.

Mary verzog das Gesicht. »Ihr solltet wirklich nicht so viele Fotos von euch ins Internet stellen.«

»Ach, Miss C! Wir haben ja nicht Millionen Follower.« Bella zog sich die Mütze wieder vom Kopf.

»Die könntet ihr aber schnell haben«, mischte sich die Frau in das Gespräch ein. »Wenn deine Augenbrauen ein bisschen kräftiger wären, würde das deine schönen Augen stärker zur Geltung bringen.« Sie zog einen Flyer aus ihrer Handtasche und hielt ihn Bella hin. »Ich hab gerade eine Zwanzig-Prozent-Aktion auf Permanent Make-up.«

Mary kam um den Tisch herum, drängte die Mädchen zur Seite und riss der Frau den Flyer aus der Hand. »Ich warne dich, Vivian. Verschwinde endlich!«

»Mary!« Morgan war ihr gefolgt, nahm ihr den Flyer ab und gab ihn Bella. Dann zog sie Mary am Arm zurück hinter den Tisch und drückte sie in einen der Klappstühle.

Bella schaute von dem Flyer hoch. »Miss C, es ist doch nur Make-up. Wir schminken uns doch sonst auch.«

»Und Permanent Make-up macht euch nicht nur attraktiv, sondern ist auch gut für die Umwelt«, ergänzte Vivian. »Überlegt mal, wie viele angebrochene Augenbrauenstifte ihr sparen könnt.«

Ruby fand insgeheim, dass Vivian damit tatsächlich ein gutes Argument hatte.

»Du glaubst, dein Schönheitswahn rettet die Welt?« Marys hochroter Kopf stand ihrem scheinbar hysterischen Anfall in nichts nach. »Wann verschwindest du endlich aus Paradise?«

»Adresse und Öffnungszeiten sind auf dem Flyer. Und die zwanzig Prozent Rabatt gelten auch auf andere Anwendungen.« Vivian lächelte Morgan an. »Wenn die Furie weg ist, schaue ich mir die Sachen später noch mal in Ruhe an.« Nach einem letzten, flüchtigen Blick über das Strickangebot schlenderte sie zum Nachbarstand, und Bella ging mit ihrer Freundin leise tuschelnd in die andere Richtung.

Morgan legte Mary eine Hand auf die Schulter. »Was ist in dich gefahren?«

Mit einem Schlag wich sämtliche Farbe aus Marys Gesicht. »Entschuldige. Ich kann mich einfach nicht beherrschen, wenn ich sie sehe.«

»Wer genau ist sie? Sie hat hier einen Kosmetiksalon?«, wollte Ruby wissen.

»Vivian Burton. Ihr gehört Fresh Face, die Schönheitsklinik am Ortsausgang nach Lyons.« Morgan goss Tee in einen bunten Bambusbecher.

»Die macht Millionen mit der angeborenen Unsicherheit der Frauen«, brauste Mary sofort wieder auf.

Ruby betrachtete sie. Die Mittfünfzigerin wirkte nicht so, als wenn sie Kundin bei Fresh Face oder auch in einem anderen Kosmetiksalon wäre.

»Mary engagiert sich bei Be-you-tiful«, begann Morgan, wurde jedoch sofort von Mary unterbrochen: »Das, was Vivian anbietet, ist das reinste Gift! Ihr habt ja gesehen, wie schnell sich gerade junge Mädchen verunsichern lassen, wenn es um Schönheit und ihren Körper angeht. Und das macht sich Vivian zunutze!«

Morgan drückte Mary den Becher in die Hand und fuhr mit ihrer Erklärung für Ruby fort: »Es gibt hier verschiedene Aktionen an der High School von Be-you-tiful, um Mädchen ein gesundes Selbstbewusstsein zu geben.«

»Sie hingegen hat in der Schule einen Vortrag über Laserbehandlungen bei Akne gehalten und anschließend ihre Flyer verteilt, um die Kinder mit Laser, Botox und anderem Kram zu Supermodels zu machen.« Mary trank einen Schluck und verzog das Gesicht. »Der ist aber stark.«

Ruby unterdrückte ein Schmunzeln. Wenn Morgans Eistee ähnlich wie ihr morgendlicher schwarzer Tee war, handelte es sich vermutlich um ein Gebräu aus Teer mit Zucker. »Überraschend, dass die Schule das zugelassen hat.«

»Der Biolehrer ist ein Trottel. Hat sich vermutlich von Vivian schöne Augen machen lassen.« Mary stellte den Becher auf den Boden. »Anschließend hat eine Schülerin sofort eine Go-Fund-Me-Page für eine Gesichtsbehandlung eingerichtet.«

»Heutzutage hat der Körperwahn wirklich unglaubliche Ausmaße erreicht.« Morgan sortierte die Handschuhe nach Farben. »Und gerade junge Menschen sind natürlich ein einfaches Opfer.«

»Ja, die glauben einfach alles, was sie auf Social Media sehen. Und dann kommt diese Vivian her und bläst ins gleiche Horn!« Mary ballte die Fäuste. »Ich wünschte, sie würde mitsamt ihrer leidigen Klinik einfach wieder aus Paradise verschwinden!«

Kapitel 2

Während Morgan und Mary interessierten Besuchern diverse Strickwaren verkauften, legte Ruby den Kopf in den Nacken, schloss die Augen und genoss die warmen Sonnenstrahlen auf ihrer Haut. Über die Fläche dröhnte die schmissige Musik einer Drei-Mann-Band. Zusammen mit dem Stimmengewirr erinnerte sie dies an Sommertage im Central Park in New York. Was fehlte, waren die unbarmherzigen Gerüche nach Urin, Abfluss und Abgaswolken, die einen jederzeit spontan in New York umwaberten, sowie das unerbittliche Hupen und das Geräusch eines Presslufthammers, was das stetige Verkehrsrauschen regelmäßig übertönte. Sie war immer der Meinung gewesen, sie sei eine absolute Großstadtpflanze. Doch schon nach ihrem ersten Besuch in Paradise hatte sie feststellen müssen, dass frische und saubere Luft sowie gelegentliche Stille auch sehr schön sein konnten.

Ruby öffnete wieder die Augen und suchte nach dem höchsten Gipfel in der Bergkette. Dem Hausberg der kleinen Gemeinde namens Rocky Mountain. Wer auch immer sich den Namen hatte einfallen lassen, war ähnlich kreativ gewesen wie diejenigen, die sich Kansas

City in Kansas, Oklahoma City in Oklahoma oder auch New York City in New York ausgedacht hatten.

Sie stand von ihrem Klappstuhl auf. »Ich brauch was zu trinken.«

Morgan zeigte auf ihre Kanne mit dem Eistee. »Fun Fact: Wenn du deinen Kaffee mit grünem Tee ersetzt, verlierst du …«

»… 89 Prozent deiner Lebensfreude«, ergänzte Ruby. »Danke, aber ich bleib lieber bei Kaffee.«

Morgan schmunzelte. »Grüß Ryder von mir.«

Ruby schob sich durch die Besuchermenge an den Ständen vorbei. Gefühlt war ganz Paradise sowie die Bewohner der umliegenden Gemeinden auf dem Areal versammelt. Und wahrscheinlich war das tatsächlich so, denn im Gegensatz zu New York, wo man aufgrund der zahlreichen Angebote manchmal gar nicht wusste, welches Event man zuerst besuchen sollte, gehörte der Summer Stash Market hier vermutlich zu den Highlights des Sommers.

Zu Rubys Enttäuschung stand am Stand des Coffeeshops nur Ryders Mitarbeiterin Elodie, während von dem charmanten Besitzer weit und breit keine Spur war.

Obwohl Ruby Elodie vor zwei Monaten kurzzeitig des Mordes verdächtigt hatte, begrüßte diese sie mit einem freundlichen Lächeln. »Hab schon gehört, dass du wieder im Lande bist.«

»Eure Buschtrommel ist wirklich einzigartig.«

»Stanley war gerade da.« Elodie griff nach einem Pappbecher. »Einen Walter Spezial?«

»Den kannst du hier machen? Ich hatte nur mit einem schnöden schwarzen Kaffee mit Milch gerechnet.«

Elodie zeigte stolz auf einen Kaffeevollautomaten, der hinter ihr auf einem Tisch stand und an ein Stromaggregat sowie einen Wasserkanister angeschlossen war. »Seit du weg bist, hat sich der Walter Spezial zu einem Verkaufsschlager entwickelt. Die Kunden würden ihn vermissen, wenn wir ihn heute nicht anbieten würden.«

Nachdem Ruby bei ihrem ersten Besuch in Paradise lange darum gekämpft hatte, von Ryder ihren geliebten Latte macchiato mit Hafermilch, Agavensirup und Zimt serviert zu bekommen, freute es sie, dass diese Kaffeespezialität, die ihren Namen dem selbst ernannten Kaffeekenner Walter zu verdanken hatte, offenbar so gut bei den hiesigen Bewohnern angekommen war.

Während Elodie ihr den Kaffee zubereitete, sah Ruby sich um. »Ist Ryder auch hier?«

Elodie schüttelte den Kopf. »Der hält im Bond die Stellung und kommt erst später.«

Die Enttäuschung legte sich wie eine kratzige Decke über Ruby. Was totaler Quatsch war, denn sie hatte ihn seit zwei Monaten nicht mehr gesehen, geschweige denn sonstigen Kontakt gehabt, da kam es jetzt auf einen Tag mehr oder weniger auch nicht an. Vor allem, da sie ja nun den ganzen Sommer hier verbringen würde und ihn jeden Tag sehen könnte, wenn sie wollte.

Elodie hielt ihr den Pappbecher hin, doch bevor Ruby danach greifen konnte, schlangen sich kräftige Arme um ihre Hüften und zogen sie fest an sich. Sie erkannte das herbe Aftershave, bevor Cash in ihr Ohr raunte: »Ich wusste doch, dein Navi würde dich zu mir zurückführen.«

Wider Willen musste Ruby grinsen. Bei ihrem ersten Date mit Cash, auf das sie sich aus rein journalistischer Neugier eingelassen hatte, hatte ihr Navi sie auf einen verlassenen Feldweg gelotst, wo sie letztlich mit Morgans Auto liegen geblieben war.

Sie löste sich von ihm, nahm Elodie den Kaffee aus der Hand und sagte mit monotoner Stimme: »Sie haben Ihr Ziel erreicht.«

Cash griff sich ans Herz. »Ich verliere gegen getrocknete Bohnen im Wasser?«

»Kaffee redet nicht, jammert nicht, macht einfach seinen Job. Was man von euch Männern nicht behaupten kann.« Sie trank einen Schluck und lächelte ihn gespielt selig an.

Elodie prustete los.

»Ob du's glaubst oder nicht, ich hab dich vermisst.« Cash nahm Blickkontakt mit Elodie auf und deutete auf Rubys Becher. »Kannst du mir auch so einen machen?« An Ruby gewandt sagte er: »Brauchst du eine Bleibe? Deine Augen würden super zu meiner neuen Bettwäsche passen.«

»Ooooh«, kam es von Elodie.

»Mach ihm besser einen Eiskaffee«, versuchte Ruby die Hitze zu überspielen, die in ihre Wangen stieg.

»Ach, Cash«, erklang eine Stimme hinter ihr, »du solltest dir mal neue Sprüche zulegen.« Vivian war neben Ruby aufgetaucht und hatte sich so nah an sie gestellt, dass Ruby zur Seite trat. Auch wenn sie es als New Yorkerin gewohnt war, mit anderen zusammengepfercht in der U-Bahn zu stehen, war ihr diese Nähe unangenehm.

Und gab es eigentlich irgendeine attraktive Frau im Umkreis von hundert Kilometern, die Cash nicht persönlich kannte? Mit seiner kräftigen und durchtrainierten Statur, mit der er in New York ohne Probleme vor einem Nachtklub hätte stehen können, entsprach er eigentlich nicht Rubys Beuteschema. Doch sie musste zugeben, dass er trotz seiner Muskelpakete und seiner Anmachsprüche eine gewisse Anziehungskraft hatte – und es sie deshalb ein wenig wurmte, dass Cash seinen Charme offenbar auch bei anderen Frauen spielen ließ.

Cash warf Vivian ein breites Lächeln zu. »Warum sollte ich was ändern, solang es funktioniert?«

Während Vivian bei Elodie einen Kaffee bestellte und Cash in ein Gespräch verwickelte, betrachtete Ruby die Fresh-Face-Chefin.

Vivians Gesicht zeichnete sich durch klare, definierte Züge aus. Ihre großen Augen wurden von feinen, schwungvollen Augenbrauen umrahmt, ihre Nase war schnurgerade und ihre Lippen gut proportioniert. Ruby zweifelte daran, dass auch nur irgendwas an dieser Frau natürlichen Ursprungs war, alles wirkte zu perfekt. Ihre gesamte Erscheinung war selbstbewusst, markant und elegant – ein Bild, das Ruby selbst auch täglich versuchte zu verkörpern.

»... Wenn du mir einen kleinen Raum zur Verfügung stellst, könnte ich auch Behandlungen direkt vor Ort anbieten und deine Gäste müssten noch nicht mal das Hotel verlassen.« Vivian öffnete ihre große Umhängetasche und zog einen Stapel Flyer heraus. »Leg sie doch einfach mal aus, und wir schauen, was passiert.«

»Zwei Kaffee, schwarz, bitte«, rief ein Mann Elodie zu und bahnte sich den Weg an zwei Frauen vorbei, die mit ihren Kinderwagen direkt zwischen den Ständen stehen geblieben waren und sich unterhielten.

Vivian fuhr herum und stöhnte. Der Hüne mit zahlreichen Tätowierungen an beiden Armen und einem beachtlichen Bart blieb vor ihr stehen. »Was hast du da?«

Bevor er jedoch nach ihren Flyern greifen konnte, gab Vivian diese an Cash weiter. Sie bezahlte bei Elodie ihren Kaffee und nahm den Becher entgegen. Mit der anderen Hand deutete sie Cash einen Hörer an. »Lass uns telefonieren.« Sie warf einen abschätzigen Blick auf den tätowierten Mann und quiekte auf. »Du warst das!«

Irritiert sah dieser sie an. »Was?«

Sie deutete mit ihrer freien Hand auf sein weißes T-Shirt, auf dem ein stilistischer Bogenschütze aufgedruckt war. »Die Farbe! Du hast die Parolen an meine Wand gesprüht! Dafür krieg ich dich dran, Travis!«

Der Mann namens Travis schaute an sich hinunter.

»Da!«, kreischte Vivian und deutete auf einen kleinen roten Fleck oberhalb des Saums. »Der ist von der Sprühfarbe, gib's zu!«

»Bist du bescheuert?« Travis rieb über die Stelle. »Ich war derjenige, der dir geholfen hat, den Scheiß zu übermalen.«

»Ich wusste doch, ich kann dir nicht trauen. Zieh das aus, das ist ein Beweismittel! Damit wanderst du zurück in den Knast.« Vivian zerrte an Travis' Shirt, der daraufhin grob ihren Arm packte.

Cashs Kiefermuskeln versteiften sich, er trat einen Schritt auf die beiden zu. Travis schien überrascht von seinem Näherkommen zu sein, jedenfalls lockerte er seinen Griff, und Vivian riss sich los.

»Wo willst du hin?« Travis' Augen blitzten.

Eine Frau war hinter ihn getreten. »Lass dich nicht von ihr provozieren, Bärchen.«

Vivian schnaubte. »Wenn hier einer wen provoziert, dann allenfalls Bärchen«, sie zog den Kosenamen in die Länge, »mich.«

Was für ein Wespennest tat sich hier gerade vor Rubys Augen auf? War Vivian die Ex von Travis? Das würde die klare Abneigung der anderen Frau ihr gegenüber erklären. Parolen an Wände sprühen war jedenfalls eine interessante Aufarbeitung für eine schiefgelaufene Beziehung.

Cash schob sich zwischen die beiden Fronten. »Jetzt mal alle tief durchatmen.«

»Misch dich nicht in Dinge ein, die du nicht verstehst«, warnte Travis ihn.

»Leg dich nicht mit Muskeln an, von denen du nichts verstehst.« Cash spannte einen Bizeps an.

»Hier, Abigail.« Elodie winkte die Frau an Travis' Seite zu sich und drückte ihr zwei Kaffee in die Hand. »Ruby möchte Bogenschießen lernen.«

Verwundert sah Ruby Elodie an, die ihr einen eindringlichen Blick zuwarf. »Äh, ja. Ich wollte mir das schon immer mal aus der Nähe ansehen«, stotterte sie.

Abigail blickte sie an. »Ruby? Die, die im Frühjahr diesen Mord aufgeklärt hat?«

»Ja, schuldig.« Ruby nippte an ihrem Kaffee und überlegte, ihr Handy aus der Tasche zu ziehen und einen wichtigen Anruf vorzutäuschen, um dieser Situation zu entkommen.

Abigail stupste Travis mit ihrem Ellenbogen an. »Das ist diese Reporterin von der New York Gazette. Die, die neulich hier den toten Skitrainer gefunden hat.«

Elodies weiterhin eindringlicher Blick ruhte auf Ruby. Und obwohl sie bezweifelte, dass Alan einen Artikel über einen Bogenschießverein in Colorado veröffentlichen würde, gab sie sich alle Mühe, Abigail gegenüber interessiert auszusehen.

Vivian drehte sich zu ihr. »Du solltest unbedingt in mein Spa kommen! Ich hab die neusten Anwen...«

»Glaubst du wirklich, dass irgendeine scheißreiche New Yorkerin quer durchs Land reisen und in dieses Kaff kommen würde, um sich von dir den Hintern aufspritzen zu lassen?«, unterbrach Travis sie.

»Ist zumindest wahrscheinlicher, als dass jemand außerhalb von Paradise an deiner Robin-Hood-Anlage für Arme interessiert wäre!«, gab Vivian sofort zurück.

»Die Anlage könnte so viel größer und schöner sein, wenn dein Spritztempel verschwinden würde«, mischte Abigail sich ein.

»Meine Schönheitsklinik war zuerst da!«

Bevor Cash erneut dazwischen gehen konnte, trat Ruby vor und strahlte zwischen den beiden hin und her. »Heute Bogenschießen, und in der Woche komme ich dann mal in die Klinik, okay?« Sie ging direkt auf Travis und Abigail zu, sodass diese von Vivian zurückweichen mussten.

»Erst verliere ich gegen Kaffee und jetzt gegen fliegende Pfeile?«, beschwerte sich Cash halbherzig.

Ruby schmunzelte. »Ist nicht dein Tag.«

Cash zeigte mit dem Zeigefinger auf sie. »Dienstag. Abendessen. Sechs Uhr. Du weißt, wo.« Dann wandte er

sich mit einem charmanten Lächeln an Vivian, und
Ruby hörte ihn im Weggehen noch sagen: »Und was
machen wir zwei Hübschen jetzt?«

Kapitel 3

Abigail war vor einem Stand stehen geblieben, nahm ein Blatt Papier vom Tisch und drückte es Ruby in die Hand. »Hier sind Öffnungszeiten, Anfahrt und so drin. Für den Artikel.«

»Arrowsmith?« Ruby überflog den schlechten Ausdruck, der nichts im Vergleich zu Vivians Hochglanzflyer war.

Travis grinste. »Smith ist mein Nachname und bin schon seit Jahren Fan von Aerosmith.«

So eine pfiffige Wortspielerei hätte Ruby dem Hell's-Angel-Verschnitt gar nicht zugetraut. »Ihr habt ja auch richtig was zum Schießen aufgebaut.«

»Wir wollten das bei uns auf dem Gelände machen, aber der Gemeinderat hat dagegen gestimmt.« Abigail deutete in den Wald hinter den drei aufgestellten Zielscheiben. »Dahinter ist unsere Anlage, maximal zwei Minuten von hier.«

»Alles nur, weil Vivian sich eingemischt hat«, brummte Travis neben ihr.

»Sitzt Vivian auch im Gemeinderat?« Ruby strich mit den Fingern über einen der Bögen, die neben dem Tisch auf einem Gestell eingehängt waren.

»Ne. Aber als sie davon gehört hat, dass wir vielleicht was auf unserem Gelände machen können, wollte sie Schnupper...«, Abigail malte mit den Fingern Anführungszeichen in die Luft, »...behandlungen anbieten.«

»Schnupperbehandlungen? Nur die Hälfte der Lippe aufspritzen, oder was?«, witzelte Ruby.

Während Travis auflachte, verzog Abigail keine Miene. »Keine Ahnung. Jedenfalls hat der Rat unseren Antrag abgelehnt, und wir mussten dann halt unser Zeug herschleppen«, erklärte Abigail.

»Dabei wäre das für die Besucher bei uns so viel cooler gewesen.« Travis zeigte gen Wald. »Da gleich um die Ecke! Wenn Vivian sich nicht eingemischt hätte, hätte der Rat sicherlich zugestimmt!«

»Vergiss sie.« Abigail trat hinter den Tisch, dabei streifte sie mit ihrem herumschlabbernden T-Shirt den Papierstapel. Zwei Blätter segelten hinunter. »Zeig Ruby lieber, was wir alles dabei haben.«

Ein Windstoß fegte die beiden Blätter in Richtung des Nachbarstands, doch Abigail machte keine Anstalten, diese aufzuheben. Auch wenn Ruby ein solches Verhalten aus New York kannte und man besonders im Herbst nicht davor gefeit war, plötzlich ein fettiges Papier im Gesicht zu haben, das zuvor ein Sandwich umhüllt hatte, empfand sie es hier als besonders störend, wie das billig kopierte Infomaterial über das Gras wehte. Mit wenigen Schritten war sie bei dem herumfliegenden Papier angekommen, hob es auf und legte es wieder auf den Tisch. Weder Abigail noch Travis kommentierten dies.

Travis hatte mittlerweile seinen Kaffee abgestellt und war vor das Gestell mit den Bögen getreten. Er zog zwei

Bögen heraus und hob je einen mit einer Hand hoch. »Willst du zuerst ein Foto machen?«

»Ein Foto?«

»Für den Artikel. Hab ich im Marketingkurs gelernt. Man braucht heutzutage was Visuelles, damit der Leser dran hängen bleibt.«

»Äh, ja.« Ruby zog ihr Handy aus der Handtasche. »Hast du vorher was mit Marketing gemacht?«

»Ne.« Nachdem Ruby ihm signalisierte, dass sie ein Foto gemacht hatte, steckte er die Bögen zurück in ihre Halterung.

»Du warst also mit der Schule fertig und hast dann gleich Arrowsmith eröffnet?« Ruby bemühte sich um professionelle Interviewfragen, obwohl sie sich nicht im Geringsten dafür interessierte, wie Travis an seinen Job gekommen war.

»Ne.«

Ruby verkniff sich ein Augenrollen. Sie hatte schon einige Menschen interviewt, die zunächst ihre fünf Minuten Ruhm gar nicht erwarten konnten, doch bei den eigentlichen Fragen dann so verschlossen wie Fort Knox waren.

»Hier.« Abigail reichte Ruby einen Bogen und einen Pfeil.

»Uff.« Der Bogen war schwerer, als Ruby gedacht hatte.

Abigail nahm ihn ihr erneut aus der Hand und legte ihn an. »So ist die richtige Haltung.« Sie trat neben Ruby, übergab ihr wieder den Bogen und korrigierte Ruby, bis sie zufrieden war. Dann half sie ihr, den Pfeil richtig an der Bogensehne anzubringen.

Rubys Arme schmerzten jetzt schon aufgrund der ungewohnten Haltung.

»Jetzt spannen«, befahl Travis ihr.

»Lieber nicht, sonst schieße ich womöglich noch damit.« Ruby ließ Pfeil und Bogen wieder sinken, sofort lockerten sich ihre Muskeln.

»Du musst es doch ausprobieren!«, protestierte Travis.

»Sonst kannst du gar nicht richtig darüber schreiben«, pflichtete ihm Abigail bei.

Das Schlimmste war, dass beide recht hatten. Ruby war normalerweise eine Verfechterin von Reportagen, bei denen die Journalisten nicht nur am Rand standen und zuguckten, sondern aus eigenen Erlebnissen berichteten.

»Ich weiß nicht, ob ich das kann.« Selbst in ihren Ohren hörte sich das nach einer jämmerlichen Ausrede an. Denn natürlich hatten Travis und Abigail den Stand für Neulinge wie sie aufgebaut. Jeder, der sich hier an Pfeil und Bogen versuchte, wusste nicht, ob er das Ziel treffen würde oder nicht.

Neben ihr drängelten sich zwei ältere Damen an den Tisch und baten um Probeschüsse.

Ruby trat zur Seite. »Ich lasse die Damen vor und beobachte erst mal.«

Travis und Abigail versorgten die Rentnerinnen mit Pfeil und Bogen, erklärten ihnen die Haltung und brachten sie in Position. Einen Moment später schwirrte der erste Pfeil durch die Luft und fiel kurz vor dem ersten Ziel auf den Boden.

»Den Pfeil ein kleines bisschen steiler ansetzen«, empfahl Travis. »Dazu den Bogen vorne ein wenig anlupfen.«

Die Frau legte den zweiten Pfeil ein, spannte den Bogen erneut, kniff ein Auge zu und ließ los. Ihre Freundin brach in Jubel aus, als dieser Pfeil in dem Strohring stecken blieb.

Travis gab der Schützin ein High-Five und reichte ihr dann einen dritten Pfeil.

Nachdem sie den Bogen wieder gespannt hatte, korrigierte er ihre Haltung erneut, bevor er ihr die Erlaubnis zum Schuss gab. Der Pfeil zog durch die Luft, traf auf die Scheibe, aber blieb leider nicht stecken, sondern berührte nur mit der Spitze das Ziel und fiel dann davor zu Boden.

»Mist«, fluchte die ältere Dame. Sie drückte ihrer Freundin den Bogen in die Hand und trat zur Seite.

Ihre Freundin feuerte drei Pfeile in Windeseile auf das mittlere Ziel ab. Jedes Mal traf sie die Scheibe.

»Bravo!«, gratulierte Abigail und gab den beiden Damen einen Infozettel. »Kommen Sie doch dienstags mal vorbei, da haben wir eine offene Anfängergruppe.«

Die beiden Damen freuten sich und trollten sich von dannen. Abigail deutete auf Ruby. »Los, jetzt du.«

Ruby nahm den Bogen wieder auf. Sofort protestierten ihre Armmuskeln wieder. Abigail zeigte ihr erneut, wie sie den Pfeil auf der kleinen Ablage des Griffes zu platzieren hatte.

»Jetzt zeigst du mit dem Pfeil auf das Ziel«, wies sie Ruby an. »Bogen anheben, Zeigefinger über den Nockpunkt, Mittelfinger und Ringfinger darunter. Linken Arm gerade halten, mit dem rechten die Bogensehne zurückziehen, sodass der Daumen unter deinem Kiefer sitzt.«

Ruby versuchte, Abigails Anweisungen, so gut es ging, Folge zu leisten. Sie richtete den Pfeil auf die vorderste Zielscheibe. Travis winkte ab. »Ziel auf die am Waldrand. Die beiden vorderen müssen wir erst abräumen.«

»Und Spannung nicht verlieren«, wies Abigail sie zurecht.

Ruby schluckte und nahm die am weitesten entfernte Scheibe ins Visier. Doch dann wurde ihr Blick nach links abgelenkt. Eine pinke Gestalt huschte am Rand der Wiese entlang.

Travis schlug Rubys Bogen hinunter. »Stopp!«, schrie er sie an, dann in Richtung der Frau: »Aus dem Weg! Verschwinde!«

Ruby erkannte Vivian, die unbeirrt weiter in Richtung Wald ging.

»Was machst du denn da?«, brüllte Travis sie an.

Vivian blieb kurz stehen, drehte sich zu ihnen und rief: »Ich brauche mehr Flyer aus meiner Klinik.«

Selbst auf die Entfernung hin sah Ruby, dass Vivian völlig unbeeindruckt von Travis war, der mit zusammengeballten Fäusten und rotem Kopf neben ihr stand.

»Spinnst du total? Was glaubst du, wozu da überall Absperrband ist?«

»Das ist der kürzeste Weg in meine Klinik. Und das ist hier öffentliches Gelände, da kannst du mir nicht verbieten, hier langzugehen.« Vivians Stimme wurde leiser, je weiter sie sich entfernte.

»Hier wird mit Pfeilen geschossen!« Travis zeigte auf die Zielscheiben und starrte dann Vivian hinterher, wie sie am Ende der Wiese scheinbar im Dickicht verschwand.

»Du hast sie doch nicht alle! Wenn ich dich da noch mal sehe, schieße ich dir in dein verkümmertes Hirn!«, schrie er in den scheinbar verlassenen Wald hinein.

Abigail strich ihm über den Rücken. »Beruhig dich, Bärchen.«

»Die ist doch nicht ganz dicht! Ich hab das doch nicht gemacht, um ihr den Weg zu versperren, sondern als Sicherheitsmaßnahme!« Travis war immer noch aufgebracht.

Abigail suchte Rubys Blick und deutete mit einer Kopfbewegung auf die Zielscheiben. »Los jetzt, andere wollen auch noch schießen.«

»Wieder die am Waldrand?«, vergewisserte sich Ruby.

Abigail nickte. »Das schaffst du.«

Mit einem leisen Ächzen hob Ruby den Bogen erneut an. Sie zielte auf die Scheibe, hinter der eben noch Vivians Kopf zu sehen gewesen war. War es wirklich sicher, jetzt abzufeuern?

Als wenn Travis ihre Gedanken lesen konnte, sagte er mit wieder ruhiger Stimme: »Keine Sorge, die ist schon längst aus der Schusslinie und in ihrem Schönheitstempel.«

Ruby atmete noch einmal tief durch, zielte dann auf die Scheibe und ließ los. Der Pfeil stieg steil in die Luft, flog in hohem Bogen über die Wiese und verschwand weit hinter der Zielscheibe im Dickicht.

»Gar nicht so schlecht«, lobte Abigail Ruby. »Jetzt nicht ganz so steil, dann passt's.«

Doch die nächsten beiden Pfeile flogen noch weiter ins Gebüsch hinein. Was bei den beiden älteren Damen so einfach ausgesehen hatte, war Ruby einfach nicht gelungen.

»Voll daneben«, kommentierte ein pickeliger Teenager, der sich mit seinem Freund hinter Ruby gestellt hatte.

Zu ihrer Überraschung hatte sich hinter ihr eine kleine Schlange gebildet. Offenbar warteten alle darauf, auch mal schießen zu dürfen.

»Können wir jetzt auch mal?«, drängelte sein nicht wenig minder mit Mitessern gesegneter Freund.

Travis hob die Hand. »Wir müssen erst mal wieder die Pfeile einsammeln.«

Abigail betrachtete die Menschentraube. »Du, Bärchen, ich lauf kurz rüber und hol noch mehr Pfeile.« Sie griff nach einem großen Rucksack und steuerte über die kleine Lichtung auf den Wald zu.

»Wenn du für den Artikel noch was wissen willst, komm die Tage bei uns vorbei.« Travis machte sich daran, die Pfeile, die vor der ersten Scheibe gelandet waren, aufzusammeln.

»Mach ich!«, rief Ruby, doch Abigail hörte sie schon nicht mehr und Travis hob nur kurz die Hand.

Kapitel 4

»Konntest dich doch noch von Ryder lösen?« Morgan grinste Ruby breit an, als diese zurück an den Stand der Loop Troopers kam.

»Der war gar nicht da.« Ruby ließ sich auf dem Klappstuhl neben Mary nieder, die gerade ein neues Wollknäuel auspackte.

Morgan sah sie verblüfft an. »Du hast dich so lange mit Elodie unterhalten?«

Ruby streckte die Beine aus. »Es gab einen kleinen Zwischenfall mit den Besitzern von Arrowsmith und Vivian, und dann musste ich zum Bogenschießen.«

»Hat sie da auch so rumgestänkert wie hier?« Mary knüllte die Banderole zusammen.

Morgan warf ihr einen warnenden Blick zu, bevor sie Ruby fragte: »Du hast Bogenschießen ausprobiert?«

»Und total versagt.« Ruby gähnte. »Wahnsinn, was diese drei Stunden Zeitverschiebung ausmachen können.«

»Ist wahrscheinlich eher die frische Luft, die du aus New York nicht gewohnt bist«, stichelte Morgan.

Ruby zog ein Gesicht und ließ den Blick über das Festivalgelände schweifen.

Das ernüchternde Gespräch mit Alan, bei dem herausgekommen war, dass ihre journalistische Glaubwürdigkeit aufgrund des Skandals doch mehr gelitten hatte, als angenommen, hatte Ruby zunächst erschüttert. Ihr ganzes Leben war auf eine erfolgreiche Karriere als Journalistin in New York ausgelegt gewesen. Sie war dafür von Hawaii an die Ostküste gezogen, hatte in den letzten Jahren unerbittlich an ihrem guten Namen gearbeitet und durch unzählige Überstunden so gut wie kein Privatleben gehabt. Letzteres hatte sie weniger gestört, denn obwohl Ruby kein Menschenfeind war, vermied sie es, sich auf Menschen näher einzulassen. Jede Intimität brachte die Möglichkeit, verletzt zu werden mit sich, wozu sich also diesem Risiko aussetzen?

Erst seit ihrem Aufenthalt in Paradise im Frühling hatte sie festgestellt, wie sehr ihr eine tiefere Verbindung zu Menschen – und vor allem zu ihrer Schwester – guttat.

»Bist du jetzt mit Sack und Pack bei Morgan eingezogen?« Mary fädelte sich den Faden des neuen Wollknäuels zusammen mit dem Ende des anderen um den Finger, und ehe Ruby sich versah, klapperten die Stricknadeln schon wieder.

Ruby unterdrückte ein Grinsen, als sie Morgans aufgerissene Augen bemerkte. Ihre penible Schwester wurde schon nervös, wenn die Zahnpastatube nicht wieder an dem von ihr vorgeschriebenen Platz im Badezimmer lag, da würde das Ausmaß von Rubys Cremes, Shampoos und Kosmetika das Badezimmerregal überfüllen und Morgan vermutlich einen Anfall bekommen.

»Nein, ich bin ja nur für den Sommer hier.«

»Hast du einen Untermieter für deine Wohnung in New York? Ich hab gehört, die Mieten sind da ja astronomisch.« Mary zog mehr Wolle aus dem Knäuel.

Ruby machte ein zustimmendes Geräusch. Nach dem Gespräch mit ihrem Chefredakteur hatte sie die letzten Wochen damit verbracht, ihre persönlichen Sachen aus ihrem Apartment in einem preiswerten Selfstorage-Lager in New Jersey einzulagern und zwei Koffer mit Sommersachen zu packen, bevor sie ihre Zweitschlüssel an Oksana, ihre Putzperle übergeben hatte. Oksanas ukrainische Cousine würde den Sommer über ein Praktikum bei der UN machen und war begeistert, dass sie so problemlos eine Unterkunft gefunden hatte. Und Ruby war auch froh gewesen, dass sie ihre Wohnung nicht an einen völlig Fremden vermieten musste.

Das Gespräch plätscherte dann ebenso wie der Nachmittag vor sich hin. Ruby war langweilig. Da sie hinter dem Verkaufsstand der Loop Troopers saß, konnte sie nicht einfach ihr Handy herausholen. Daher schaute sie freundlich lächelnd in die Menge, obwohl sie mittlerweile nichts lieber wollte, als sich auf Morgans Sofa lang zu machen.

Sofort nach ihrer Ankunft hatte Ruby ihren Koffer nur kurz ins Gästezimmer gestellt, um ihrer Schwester dann beim Standaufbau zu helfen.

»Willst du dich nicht erst mal ein bisschen ausruhen?« Morgan hatte geradezu so getan, als wenn Ruby von einer Weltumsegelung zurückgekehrt wäre. Auch wenn Ruby wusste, dass ihre große Schwester es mit ihrer Fürsorge nur gut meinte, ging ihr diese oft auf die Nerven. Daher hatte sie Morgan versichert, dass sie fit wäre und keine Pause bräuchte. Doch jetzt machte sich ihr langer Tag bemerkbar.

»Ich glaube, wir können langsam zusammenpacken«, verkündete Morgan schließlich.

Mary ließ ihre Stricksachen in den Schoß sinken. »Zeit fürs Abendessen, die Leute gehen alle nach Hause.«

Ruby gähnte erneut und griff nach ihrem Pappbecher. »Ich hole mir eben noch schnell einen neuen Kaffee.«

»Du willst doch nur nicht helfen«, protestierte Morgan.

Ruby stand auf. »Keine Sorge, ich bin gleich wieder da, um deine Ordnung durcheinanderzubringen.«

***

Zu Rubys Überraschung traf sie Ryder am Bond-Stand an, der Elodie beim Einpacken half.

»Verflixt, ich hatte noch auf einen Walter Spezial gehofft.«

Ryder drehte sich breit lächelnd zu ihr. »Schön, dass du wieder da bist.« Er legte einen Stapel Servietten in einen Karton. »Komm morgen früh vorbei, dann kriegst du auch eine frische Zimtschnecke dazu.«

Bei dem Gedanken an das fluffige Gebäck lief Ruby das Wasser im Mund zusammen. »Das ist der Grund, warum ich aus New York zurückgekommen bin.«

Ryders Grübchen zeigten sich tief in seinen Wangen. »Dieses Mal für immer?«

Ruby senkte den Blick. Vier Worte, eine einfache Frage. Eine, die Ruby nicht beantworten konnte. Detaillierte Pläne waren schon immer Morgans Spezialität gewesen. Ruby hatte bisher ein Ziel vor Augen gehabt: Karriere als Journalistin in New York. Darüber hinaus hatte sie sich wenig Gedanken gemacht. Doch jetzt, wo ihr Job immer noch am seidenen Faden hing, musste sie sich eingestehen, dass sie keinerlei Back-up-Plan hatte. Die Sache mit Zach hatte ihr ganzes Leben auf den Kopf gestellt. Und zwar gehörig – denn wer hätte gedacht, dass sie, die ultimative Großstadtpflanze, freiwillig nach Paradise zurückkehren würde?

»Hey!«

Ruby sah auf, als sie Travis rufen hörte. Er winkte sie zu sich hinüber, und sie war froh über diese Unterbrechung.

Ryder folgte Rubys Blick. »Scheint mir, du bist gefragt.«

»Er will mir bestimmt noch was für den Artikel erzählen.«

»Du schreibst einen Artikel über Arrowsmith?« Ryder zog eine Augenbraue hoch.

»Unfreiwillig, lange Geschichte.« Sie warf ihren leeren Pappbecher in den Mülleimer neben Ryders Stand.

»Soll ich dich in fünf Minuten retten?« Ryder wickelte ein Verlängerungskabel auf.

»Drei Minuten wären mir lieber.« Ruby ging zum Arrowsmith-Stand hinüber.

Travis deutete in Richtung der Zielscheiben. »Du kannst beim Aufräumen helfen und deine verschossenen Pfeile einsammeln.«

»Habt ihr die nicht schon längst geholt?«

»Wann denn? Hier war ja ständig was los. Da hatten wir keine Zeit, hinten im Wald rumzukriechen und nach deinen zu suchen.« Travis legte einen Bogen in einen Tragekoffer, in dem schon ein anderer lag. »Los, ich will nach Hause.« Er machte eine ungeduldige Handbewegung.

»Sind da Zecken?« Argwöhnisch blickte Ruby in Richtung Wald.

»Vermutlich. Aber die werden meine Pfeile nicht zurückbringen.«

»Aber kannst du nicht ...«

»Du hast sie in die Botanik geschossen, also sammelst du sie auch wieder ein. Oder du bezahlst sie mir!«, drohte Travis.

Für den Bruchteil einer Sekunde war Ruby drauf und dran, ihr Portemonnaie zu zücken, doch dann kam ihr das lächerlich vor. Sie stapfte über die Wiese auf den Wald zu. Vereinzelt flogen Schmetterlinge umher und setzten sich auf die bunten Köpfe der Wildblumen. Am Ende der Wiese bildeten hohes Gras, wilde Sträucher und Rankpflanzen ein dichtes, undurchdringliches Dickicht. Wie sollte sie dadurch in den Wald gelangen, ohne einen Zeckenbiss oder Schrammen an den Beinen?

Hinter der letzten Zielscheibe bemerkte Ruby einen schmalen Trampelpfad, der in den Wald hineinführte. Das war vermutlich der kurze Verbindungsweg, den Vivian zur ihrer Schönheitsklinik genommen hatte. Kaum dass Ruby von der Wiese in den Wald getreten war, wurde es merklich kühler. Sie rieb sich die Arme und schaute sich um. Ein Pfeil lag direkt neben dem Weg. Ruby bückte sich und hob ihn auf. Hinter einem umgestürzten Baum blitzte etwas Gelbes hervor. Schon beim Näherkommen erkannte sie, dass dies ein zweiter Pfeil war.

»Nur noch einer«, murmelte sie, während sie weiter den Waldboden mit den Augen absuchte.

Dann erkannte sie das Ende des dritten Pfeils, der hinter einem niedrigen Gebüsch in die Luft ragte. Sie ging um den Busch herum, blieb abrupt stehen, starrte auf den trockenen Waldboden vor sich und sog die Luft ein. Ein Vogel zwitscherte über ihr, doch auch sein Gesang konnte ihr keine Idylle vorgaukeln. Das Klingeln ihres Handys unterbrach den surrealen Moment.

»Kommst du, oder fährst du mit Ryder nach Hause?«, fragte Morgan durch den Hörer.

Ruby holte Luft, aber es formten sich keine Worte.

»Ruby? Alles klar? Wo bist du?« Ruby war überrascht, wie besorgt sich Morgan sofort anhörte.

»Im Wald«, krächzte sie.

»Hast du dich verlaufen? Soll ich kommen?«

»Kannst du Cassidy mitbringen?«

»Was ist passiert?« Morgans Stimme klang unnatürlich hoch. Wenn Ruby darum bat, dass Morgan ihre gute Freundin Cassidy, die gleichzeitig der örtliche Sheriff war, mitbrachte, war ihrer Schwester natürlich klar, dass nicht alles in Ordnung war.

Ruby schluckte. »Ich glaub, ich hab Vivian umgebracht.«

Kapitel 5

»Mitten ins Herz. Volltreffer würde ich sagen.« Cassidy blickte auf den Pfeil, der aus Vivians Brust herausragte.

Ruby wandte sich ab. Morgan, die mit Cassidy neben Vivian gekniet hatte, richtete sich auf und trat auf sie zu. »Alles klar?«, fragte sie leise.

»Ich hab … Travis hat gesagt … es war doch alles abgesperrt.« Die Gedanken wirbelten in Rubys Kopf umher.

Morgan schloss sie in die Arme und drückte sie fest an sich. Ruby zog den vertrauten Vanilleduft ein. Das Haarshampoo hatte ihre Schwester als Teenager entdeckt und nie wieder ein anderes gekauft. Auch wenn Ruby selbst gern Abwechslung in ihrem Leben hatte, war sie jetzt froh, dass Morgan so ein beständiger Mensch war. Denn der sie umhüllende Duft tat gut. Es war, als wäre sie wieder sechzehn, und Morgan würde sie trösten, nachdem Kaimana Akana sie bei der traditionellen Parade durch Waikiki beim Honolulu Festival hatte stehen lassen, um mit der frisch gewählten Miss Teen Honolulu hinter einem Fisch-Taco-Stand rumzuknutschen.

»Es ist nicht deine Schuld«, flüsterte Morgan in Rubys Ohr und holte sie damit wieder zurück in die Gegenwart.

Ruby machte sich von Morgan los. »Es ist mein Pfeil.« Sie ging ein paar Schritte zurück, unschlüssig, wohin sie gehen sollte.

»Ruby.« Morgan kam auf sie zu und griff nach ihren Händen. »Du bist nicht schuld an ihrem Tod.«

»Du musst mir das nicht weichspülen. Ich hab den Pfeil abgeschossen.« Ruby entwand sich Morgans Griff und zeigte auf Vivians leblosen Körper. »Mein Pfeil in ihrer Brust.«

»Das war ein Unfall«, mischte sich jetzt Cassidy in das Gespräch ein.

»War es nicht«, widersprach Morgan.

Rubys Herzschlag setzte für einen Moment aus.

Cassidy schnappte nach Luft. »Du hältst deine Schwester für eine Mörderin?«

»Ich bitte euch.« Morgan schaute zwischen Ruby und ihr hin und her. »Sie hat noch nie zuvor in ihrem Leben mit Pfeil und Bogen geschossen. Glaubt ihr allen Ernstes, sie kann jemandem mitten ins Herz schießen?«

»Jetzt verstehe ich, du meinst, dass es ein dummer Zufall war.« Cassidy stand jetzt ebenfalls auf.

»Nein«, widersprach Morgan erneut. »Hier ist was faul.«

»Faul?«, echote Ruby.

Morgan ging zurück zu Vivian und zeigte auf den Pfeil. »Was fällt euch auf?«

Ruby hatte Mühe, sich auf den Pfeil zu konzentrieren. Was war denn nur los mit ihr? Als sie vor ein paar Monaten Grady tot in seinem Schlafzimmer auf dem Boden gefunden hatte, war sie nicht so wackelig auf den Beinen gewesen. Damals wusste sie allerdings auch ganz genau, dass sie nichts mit seinem Ableben zu tun hatte, während, seit sie Vivian gefunden hatte, nur ein Gedanke in ihrem Kopf wie auf einem Billboard prangte: Sie hatte einen Menschen getötet.

»Hm«, machte Cassidy schließlich.

Morgan schwieg weiterhin. Normalerweise wäre Ruby froh gewesen, wenn ihre Schwester ihr Zeit gegeben hätte, selbst herauszufinden, was ihrer Meinung nach faul war, aber da sie keinen klaren Gedanken fassen konnte, war es reinste Folter für sie, darauf zu warten, dass Cassidy vielleicht die Lösung parat hätte.

»Ich bin ja keine Gerichtsmedizinerin, aber der Eintrittswinkel des Pfeils wirkt sehr flach.« Morgan deutete auf die Stelle, wo die Pfeilspitze Vivians pinke Bluse durchbohrt hatte.

Ruby kniff die Augen zusammen, um sich darauf zu konzentrieren, konnte Morgan aber nicht folgen. Ihre Schwester nahm einen Stock vom Boden und ging auf einen Stamm zu. Cassidy und Ruby verfolgten jeden ihrer Schritte. Morgan hob den Stock. »Du hast gesagt, alle deine Pfeile sind in einem hohen Bogen geflogen.« Sie deutete mit dem Stock eine steile Parabel über ihrem Kopf an. Dann pikste sie mit dem Stock auf den Baumstamm, etwa in Brusthöhe und verharrte dort.

Cassidys Blick schnellte zwischen dem Stock am Baum und dem Pfeil hin und her. »Verdammt!«, entfuhr es ihr.

Ruby begriff immer noch nicht. Der Nebel in ihrem Kopf war einfach zu dicht. Morgan deutete mit der freien Hand auf den Winkel unterhalb des Stocks zum Baumstamm hin. »Dieser Winkel ist groß.« Sie zeigte mit der Hand zu Vivian hinüber. »Der Winkel zwischen dem Pfeil und ihrem Brustkorb ist sehr viel kleiner.« Sie verlagerte den Stock, sodass sich auch dieser Winkel am Stamm verkleinerte.

»Als wenn der Pfeil frontal in ihre Brust geschossen wurde«, murmelte Cassidy.

»Genau. Und deshalb glaube ich weder, dass Ruby diese tödliche Wunde verursacht hat, noch, dass dies ein unglücklicher Unfall war.« Morgan ließ den Stock auf den Waldboden fallen.

»Ein Mord?« Der Nebel in Rubys Kopf hatte sich schlagartig verzogen.

»Oder Totschlag. Keine voreiligen Schlüsse ziehen.« Cassidy griff nach ihrem Handy. »Ich muss den Polizeichef informieren.«

»Warum? Ich ...« Ruby warf einen schnellen Seitenblick auf Morgan, »also, wir könnten dir doch wieder beim Ermitteln helfen.«

»Das Gelände gehört zum Stadtgebiet von Paradise. Da bin ich nicht zuständig.« Cassidy sprach ins Telefon.

Ruby wandte sich der Leiche zu. Kaum hatte sie ihre vermeintliche Schuld abgeschüttelt, war ihre journalistische Neugier erneut geweckt. »Sie kam vermutlich von ihrer Klinik und ging aufs Festgelände zu, oder?«, schlussfolgerte sie aufgrund von Vivians Position.

Morgan zog Ruby am Arm. »Das ist Sache der Polizei.«

***

Zu Hause angekommen, setzte Morgan sofort Teewasser auf. Während der Wasserkocher leise vor sich hin blubberte, ging Ruby in der Küche auf und ab.

»Setz dich«, bat Morgan sie.

Ruby öffnete die Hintertür. »Ich hol mir kurz einen Kaffee bei Ryder.«

»Ich hab eine Maschine bestellt, aber die Lieferung verzögert sich.« Morgan nahm eine Teepackung aus dem Hängeschrank.

Ruby fuhr zu ihr herum. »Was willst du denn mit einer Kaffeemaschine? Du trinkst doch nur Tee.«

»Die ist nicht für mich, sondern für dich.«

Es war, als wenn jemand in Rubys Hals in Sekundenschnelle einen Ballon aufgeblasen hätte. »Bestell sie ab.«

Der Wasserkocher gab ein unangenehmes Pfeifen von sich. Das Wasser kochte wild blubbernd vor sich hin, doch der Schalter sprang nicht auf Aus. Morgan nahm den Wasserkocher von der Heizplatte und goss das Wasser in ihren Teebecher. »Ich dachte, du bleibst den Sommer über hier.« Die Enttäuschung war ihr deutlich anzuhören.

»Bleib ich auch«, beeilte sich Ruby zu sagen. »Es ist nur ... ich mag Ryders Kaffee.« Sie wich Morgans Blick aus, denn wenn sie ehrlich zu sich war, hatte Ruby den täglichen Kontakt mit Ryder in New York vermisst. Und sie hatte sich schon darauf gefreut, ihn jeden Morgen zu sehen, wenn sie sich einen Latte macchiato holen würde.

»Verstehe.« Ein Lächeln umspielte Morgans Lippen. »Aber Kaffee zu Hause ist günstiger. Gerade jetzt, wo dein Job ...«

»Ich kann prima von der Untermiete leben, und außerdem werde ich ja auch weiterhin Geld mit dem Schreiben verdienen.« Zumindest hoffte Ruby, dass

Alan endlich mal einen ihrer Artikel veröffentlichen würde. Sie ging zur Hintertür. »Bin gleich zurück.«

Sie lief ums Haus herum, an Morgans Volvo vorbei, die Einfahrt hinunter. Da am Highway kein Auto zu erkennen oder zu hören war, sprintete sie sofort über die Straße und kam keuchend beim Coffeeshop an. Sie zog an der Tür, aber diese ließ sich nicht öffnen. Sie rüttelte am Griff, doch nichts tat sich. Dann bemerkte sie, dass das Open-Schild nicht leuchtete. Sie starrte durch die Fenster ins Innere, doch auch da war alles dunkel. Erst jetzt fiel ihr ein Zettel ins Auge, der von innen an die Tür geklebt war. Aufgrund des Marktes hatte das Bond am frühen Nachmittag schon geschlossen.

Ruby unterdrückte ein Stöhnen. Sie wusste, dass Ryder oft zu wenig Personal hatte, was sicherlich auch der Grund gewesen war, warum er zum Ende des Marktes Elodie beim Abbau geholfen und dann den Coffeeshop heute schon früher geschlossen hatte.

Nach einem letzten sehnsüchtigen Blick auf die Kaffeemaschine, die sie hinterm Tresen erkennen konnte, ging sie zu Morgans Haus zurück.

In der Einfahrt stand ein Auto der örtlichen Polizei. Die von Cassidy zum Tatort gerufenen Beamten hatten dort nur kurz ihre Personalien aufgenommen und sie und Morgan dann nach Hause geschickt. Sie solle sich zur Verfügung halten, hatte es geheißen. Dass sie allerdings so schnell einen Besuch von ihnen erhalten würde, hätte sie nicht erwartet.

Schon von draußen hörte Ruby lautes Männerlachen. Sie öffnete die Hintertür und fand zu ihrer Überraschung Morgan mit einem Polizisten in der Küche und nicht vorne im Wohnzimmer.

Der Polizist war in Uniform und sprang auf, als Ruby die Küche betrat. Während er einen beachtlichen grauen Schnurrbart trug, waren seine grauen Haare auf dem Kopf eher schütter. Hinter einer Brille verbargen sich kleine, aber wachsame Augen, sein Bauchansatz zeugte davon, dass er nicht zu den Polizisten in Paradise gehörte, die einen Ladendieb quer durch die Stadt verfolgten.

»Rick Martinez«, stellte er sich vor.

»Rick ist der Polizeichef hier. Ich hab letztes Jahr sein Segelboot vorm Verkauf einmal grundgereinigt«, fügte Morgan hinzu.

»Und einen prima Job gemacht. Unsere Freunde im Yachtclub waren begeistert. Und meine Frau ist immer noch der Meinung, dass wir mindestens einen Tausender mehr dafür bekommen haben, weil es aussah wie neu.«

Ruby konnte Morgan ansehen, dass sie von dem Kompliment geschmeichelt war. Aber was sie viel mehr interessierte, war, wo es bitte hier einen Yachtclub gab. Sie erinnerte sich an den großen See, an dem Cashs Timberline Lodge stand, aber war der groß genug zum Segeln?

Morgan kannte ihre Schwester einfach zu gut, denn sie erklärte: »Lake Granby Yacht Club. Mit über 2.500 Metern einer der höchst gelegenen Yachtclubs der Welt. Liegt in der Nähe vom Grand Lake, wo die Timberline Lodge ist.«

Also doch in Cashs Nachbarschaft, dachte Ruby. Ob ihr Chef einen Artikel über Yachtbesitzer inmitten der Rocky Mountains kaufen würde? Für New Yorker waren die Rockies einfach nur hohe Berge, wer würde da

Segler wie an der Ostküste bei Martha's Vineyard vermuten? In Rubys Kopf formte sich die Outline zu einem Artikel. Ob Cash wohl auch eine Yacht besaß?

Rick räusperte sich. »Ich hätte da noch ein paar Fragen zu dem heutigen Vorfall.«

Schlagartig verschwanden sowohl Cash als auch die Aufmacherüberschrift in Rubys Kopf. »Kann ich mir erst noch einen Tee machen?«

Morgan schien ebenso entgeistert über diesen Wunsch zu sein wie Ruby selbst, dennoch sagte sie: »Setzt euch rüber ins Wohnzimmer, ich mach dir einen. Rick?«

Der Polizeichef schüttelte den Kopf, stand auf und ging ins Wohnzimmer. Morgan drückte Ruby im Vorbeigehen den Arm. »Du hast keine Schuld.«

Ruby zwang sich zu einem Lächeln. »Ich hoffe, dass er das auch so sieht.«

Kapitel 6

»Kaum bist du wieder da, ist wieder was los in diesem Kaff«, begrüßte Walter Ruby am nächsten Morgen von seinem Stammplatz aus, als sie das Bond betrat.

Ryder machte sich sogleich an der Kaffeemaschine zu schaffen, während Ruby wohlwollend die Veränderungen registrierte, die sich während ihrer Abwesenheit in dem Coffeeshop getan hatten.

Die Einrichtung war immer noch ein Mix aus ungleichen Stühlen, Sesseln und Tischen, ergänzt durch ein paar Barhocker am Tresen, der dem Laden eine rustikal-gemütliche Atmosphäre verlieh – ganz anders als die gediegenen Holzmöbel und die dunklen Wände, die den klassischen Stil der New Yorker Coffeeshops prägten. Aber die übersichtliche Tageskarte, auf der Elodie wie gewohnt zwei Suppen und zwei Sandwiches notiert hatte, wurde nun von einer zusätzlichen großen Kreidetafel über dem Tresen ergänzt, auf der mehrere Kaffeespezialitäten angeboten wurden. Auch die kleine Glasglocke auf dem Tresen, unter der sich sonst ein paar Gebäckstücke getummelt hatten, war weg. Stattdessen stand neben der Kasse eine neue gläserne Auslage, in der ein reichhaltiges Gebäckangebot zu finden war.

»Alles selbst gemacht?« Ruby deutete auf die Backwaren.

»Alles schaffe ich morgens nicht allein«, gestand Ryder. »Die Kekse und Brownies kaufe ich derzeit dazu.«

Nachdem Ruby erfahren hatte, dass Ryder früher beim C.I.A. gewesen war – und er damit nicht, wie sie zuerst angenommen hatte, ein Spion war, sondern Absolvent des Culinary Institute of America – hatte sie ihn dazu ermutigt, mehr Essen in seinem Geschäft anzubieten. Offenbar hatte er sich ihren Rat zu Herzen genommen, denn jetzt fiel ihr auf, dass auch die Suppen und Sandwiches nicht mehr dem Nullachtfünfzehn-Angebot von Tomatensuppe und Grilled Cheese Sandwich entsprachen, sondern durchaus ausgeklügeltere Rezepte waren.

»Zimtschnecke dazu?«, fragte Ryder über das dröhnende Mahlwerk der Kaffeemaschine hinweg.

»Wohnt Oskar in der Mülltonne?« Ruby setzte sich neben Walter an den Tresen.

»Geht's dir gut?« Walter sah sie mitleidig an.

Ruby blickte in sein runzeliges Gesicht und seufzte innerlich. Natürlich wusste schon wieder ganz Paradise davon, dass sie vermutlich einen Menschen auf dem Gewissen hatte. Ruby wollte leichtfertig antworten, doch ihr fiel partout nichts ein.

Walter tätschelte ihren Arm. »Unfälle passieren.«

Ryder hielt eine Gebäckzange mit einer Zimtschnecke hoch. »Hier essen oder mitnehmen?«

»Leider mitnehmen. Ich soll mit Morgan putzen.«

»Hat sie wieder was am Fuß?« Walter zog seine Hand zurück und trank einen Schluck von seinem Kaffee.

Als Ruby ihre Schwester im Frühjahr besucht hatte, war ihr Koffer auf Morgans Fuß gefallen. Leider so unglücklich, dass sie ihn tagelang nicht belasten konnte. So hatte Ruby damals Morgans Putzarbeiten übernommen. Und dabei dann auch den toten Grady in seinem Schlafzimmer gefunden.

»Sie hat Angst, ich würde mich sonst hier langweilen.« Ruby nahm von Ryder die Tüte mit der Zimtschnecke entgegen.

»Ich denke eher, sie versucht, dich vom Ermitteln abzuhalten.« Ryder goss den Kaffee in einen To-go-Becher.

»Du hast die Frau gar nicht aus Versehen umgebracht?« Walter starrte Ruby an.

»Ich hab keine Schuld«, wiederholte Ruby den Satz, der ihr in den letzten vierundzwanzig Stunden zu einem neuen Mantra geworden war.

»Was wisst ihr, was ich nicht weiß?« Walter schaute zwischen Ryder und ihr hin und her.

»Haben sie dich aus der WhatsApp-Gruppe rausgeschmissen oder warum bist du nicht auf dem neusten Stand?«, witzelte Ruby und stand auf.

»Hey«, protestierte Walter. »Du kannst mich doch jetzt nicht auf dem Trockenen sitzen lassen.«

»Kann ich nicht?« Ruby winkte von der Tür mit der Gebäcktüte. »Schönen Tag noch!«

Während die Tür hinter ihr zufiel, hörte sie noch Walters Protest sowie Ryders dunkles Lachen. Sie zog die frische Luft ein, die jetzt am Morgen noch kühl war, und blickte über die Straße hinweg auf die Bergkette, die hinter Morgans kleinem Haus aufragte. Ein wohliges Gefühl breitete sich in ihrem Körper aus. Es war kaum zu glauben, aber sie fühlte sich wohl. Sie, die Großstadtpflanze, die bisher dachte, dass sie ohne das hektische Treiben in New York City wie das Basilikum auf ihrem Küchenbrett elendig verenden würde. Wie lange das Gefühl wohl anhalten würde?

***

Ruby wedelte mit der Gebäcktüte, als sie ins Wohnzimmer trat. »Kann ich meine Zimtschnecke noch essen, bevor wir losfahren?« Denn natürlich war es nicht erlaubt, etwas in Morgans Auto zu essen. Obwohl sich Ruby sicher war, dass ihre Schwester einen kleinen, handlichen Staubsauger hatte, mit dem sie in jede noch so kleine Ritze kommen könnte.

Morgan stand inmitten dreier Kartons, die offenbar Mary mitgebracht hatte.

Diese drehte sich jetzt zu Ruby um. »Das ist vom Markt gestern übrig geblieben. Wir müssen das den jeweiligen Loop Troopers zurückgeben.«

»Wir hatten gestern vereinbart, dass du die Stricksachen zu unserem nächsten Treffen mitbringst und wir es dann sortieren beziehungsweise sich dann jeder seine Sachen heraussucht.« Morgan klang genervt.

Ruby wusste, dass sie es nicht leiden konnte, wenn jemand einen ihrer Pläne durcheinanderbrachte. Mary hatte durch ihr Auftauchen Morgans Tagesablauf gestört. Und je nachdem, wie lange das Sortieren jetzt dauern würde, würde aus der Störung eine ausgewachsene Verspätung werden – etwas, was Morgan nicht tolerieren konnte.

»Aber ich fahre gleich zum Einkaufen, und da könnte
ich allen ihre Sachen sofort zurückbringen«, beharrte
Mary.

Morgans Mund verzog sich zu einer dünnen Linie.

»Kann ich helfen?«, bot Ruby an, um eine Eskalation
zu verhindern.

»Du weißt doch gar nicht, wer überhaupt in unserer
Gruppe ist, geschweige denn, was derjenige gestrickt
hat«, gab Morgan zu bedenken.

»Dann sagt es mir.« Ruby stellte ihren Becher und die
Gebäcktüte auf den Kaminsims. »Wie viele Loop
Troopers haben was für den Verkauf gespendet?«

»Sieben«, antwortete Mary prompt.

»Okay. Drei Stapel auf dem Sofa, zwei auf dem Couch-
tisch und je einer auf dem Sessel.« Ruby öffnete einen
Karton und zog einen Schal heraus. »Wer macht
Schals?«

»Meistens Peter und ich, und den hab ich gemacht.«
Mary griff nach dem Schal und legte ihn auf den Sessel
hinter sich.

»Was ist mit Mützen und Handschuhen?« Ruby hielt
ein zusammenpassendes Set hoch. »Auch euer Stecken-
pferd?«

»Alle Sets sind meine, Mützen allein können auch von
Peter oder Blythe stammen.« Morgan stellte einen Un-
tersetzer unter Rubys To-go-Becher, bevor sie ihr das
Set abnahm und auf die linke Ecke des Sofas legte.

Dann begann sie, den zweiten Karton auszuräumen,
während Mary sich dem dritten widmete.

Innerhalb kürzester Zeit hatten sie zusammen die
drei Kartons leer geräumt. Morgan kontrollierte jeden
Stapel noch einmal, während Ruby am Kamin lehnte

und endlich in ihre immer noch lauwarme, untertellergroße Zimtschnecke biss. Der luftige Teig sowie das perfekte Gleichgewicht zwischen Zimt und dem Frischkäsefrosting versetzten Ruby in den Zimtschneckenhimmel. Bei der nächsten Gelegenheit musste sie Ryder sagen, wie meisterhaft dieses Gebäck war.

»Bist du eigentlich auf Kaution raus?« Mary legte ihre Sachen wieder fein säuberlich zusammen in einen Karton.

Ruby verschluckte sich und hustete.

»Wir sind doch hier nicht im Fernsehen, wo Menschen sofort verhaftet werden.« Morgan sortierte eine Mütze von Peters auf Blythes Stapel. »Außerdem hat Ruby keine Schuld an Vivians Tod.«

Mary zuckte mit den Schultern. »Na ja, es hat zumindest die Richtige getroffen.«

Zum zweiten Mal blieb Ruby ihr Bissen fast im Hals stecken, während Morgan ihre Strickfreundin entsetzt ansah. »Mary! Die Frau ist tot.«

»Ja. Und ich glaube kaum, dass es jemanden gibt, der ihren Tod bedauert.«

Ruby spülte den Teigklumpen mit einem Schluck Latte hinunter. So viel Bösartigkeit hatte sie Mary gar nicht zugetraut.

»Ich bin mir sicher, dass es viele Patienten geben wird, die sie vermissen werden.« Morgan griff nach einem Notizblock und schrieb die Namen der fünf anderen Mitglieder auf jeweils einen Zettel.

»Die sollten auch lieber froh sein, dass Vivian sie nicht weiter verunstalten kann und ihnen dafür auch noch viel Geld aus der Tasche zieht.« Mary nahm den

Zettel mit Peters Namen und platzierte ihn auf seinen Stapel.

»Also Mary ...«, begann Morgan, doch Ruby unterbrach ihre aufgebrachte Schwester schnell: »Die sind ja alle nicht gezwungen worden, in ihre Schönheitsklinik zu gehen.«

Mary hievte Janes Stapel auf Peters und wartete, dass Morgan ihr den passenden Namenszettel reichte. »Ja, weil Vivian ihnen ständig eingeredet hat, dass sie nicht schön genug wären.«

»Ich bin mir sicher, dass da auch viele medizinisch notwendige Eingriffe dabei waren. Sie hat zum Beispiel auch Narben mit Laser behandelt, um Schmerzen einzudämmen.« Morgan wandte sich an Ruby. »Deb, eine von Cassidys Nachbarn, hat das bei Vivian machen lassen.«

»Das war dann die Ausnahme«, behauptete Mary. »Die Welt braucht Menschen wie Vivian nicht.«

Ruby konnte Morgan ansehen, wie sie um passende Worte rang. »Mit deiner Be-you-tiful-Initiative hast du wirklich eine gute Diskussion in Paradise losgetreten, aber ...«

»... du hast recht! Wir brauchen mehr Aufmerksamkeit. Eine nationale Gruppe, ein Aktionsbündnis von Kalifornien zu den Carolinas.« Mary riss Morgan den Namenszettel für Jane aus der Hand. »Ruby, du musst was über uns schreiben! Komm Mittwochnachmittag in die Schulbücherei, da kannst du alle Mitglieder kennenlernen. Das wird was – Be-you-tiful goes USA!« Sie lächelte verzückt, hob den Karton hoch und ging damit hinaus zu ihrem Auto.

Ruby starrte ihr hinterher. »Und ich dachte immer, die ganzen Verrückten wohnen in New York.«

»Sie ist sonst wirklich sehr nett.« Morgan beschriftete den letzten Stapel mit Stricksachen.

»Wenn sie nicht gerade soziopathische Züge zeigt und den Tod eines Menschen keineswegs bedauert? Wenn ich nicht genau gesehen hätte, dass einer meiner geschossenen Pfeile«, beim Gedanken daran fröstelte es Ruby kurz, »in Vivians Brust gesteckt hat, könnte man beinah vermuten, Mary hätte etwas mit ihrem Tod zu tun.«

Kapitel 7

»Ich hatte recht«, triumphierte Morgan, als Ruby am nächsten Morgen im Pyjama in die Küche schlurfte.

Cassidy stand neben Morgan an der Arbeitsplatte und nickte Ruby zu.

»Womit?« Ruby unterdrückte ein Gähnen. Sie war früh aufgewacht und hatte dann nicht mehr einschlafen können. Sie wusste nicht, ob es daran lag, dass Vivian sie in ihren Träumen verfolgt hatte oder sie einfach noch an Jetlag litt, weil ihr Körper versuchte, der dreistündigen Zeitverschiebung Herr zu werden.

»Die Forensiker haben festgestellt, dass der Pfeil unmöglich vom Festgelände aus abgeschossen worden ist. Der Winkel passt nicht«, erklärte Cassidy.

Morgan zeigte mit beiden Daumen auf sich. »Eine Karte zum Dank ist okay, aber bei einem Teegutschein sag ich auch nicht nein.«

»Und nach der ersten Begutachtung durch den Gerichtsmediziner ist auch erwiesen, dass der Pfeil nicht die tödliche Wunde verursacht hat.« Cassidy stöpselte den Wasserkocher aus und wieder ein und versuchte den Schalter hinunterzudrücken, doch nichts passierte. »Macht er öfter solche Zicken?«

»Seit letzter Woche ging er manchmal nicht von allein aus, aber dass er jetzt gar nicht erst angehen will, ist das erste Mal.« Morgan hielt ihre leere Tasse in der Hand.

»Vivian ist also an etwas anderem gestorben?« Ruby setzte sich an den Tisch.

»Nein, die Einstichstelle am Herz war schon die Todesursache. Aber es war nicht der Pfeil, der in ihrem Körper steckte, der das Loch verursacht hat.« Cassidy nahm die Heizplatte hoch und pustete über die Kontakte.

»Hä?« Ruby stützte die Ellenbogen auf den Tisch und vergrub den Kopf in den Händen.

»Jemand hat Vivian mit etwas anderem ins Herz gestochen. Der Pfeil war nur eine Ablenkung, damit es so aussieht, als wenn du es gewesen wärst.« Morgan ballte die Fäuste. »Wenn ich den erwische!«

Für einen Moment hatte Ruby Mary vor Augen, wie sie gestern im Wohnzimmer gestanden und Vivians Tod kein bisschen bedauert hatte. Doch eine Lehrerin würde sich doch nicht des Mordes schuldig machen. Oder?

Cassidy stellte den Wasserkocher wieder auf die Heizplatte. Dieses Mal blieb der Schalter unten. Morgan quiekte auf. Für einen Moment erschien es Ruby, als wenn ihre Schwester Cassidy dafür am liebsten abgeknutscht hätte. Scheinbar war ihre Teeliebe mit Rubys Kaffeeliebe vergleichbar.

Cassidy sah Morgan ernst an. »Du machst da gar nichts. Rick und seine Leute haben das im Griff.«

»Aber irgendjemand wollte Ruby diesen Tod in die Schuhe schieben!« Morgan ballte die Fäuste. »Da kann ich nicht ruhig daneben sitzen und Däumchen drehen!«

Ruby richtete sich auf. Das war eine bisher unbekannte Seite an ihrer Schwester. Im Falle von Gradys Tod hatte Morgan immer wieder betont, dass Ruby sich aus den Ermittlungen raushalten und Cassidy ihren Job machen lassen sollte.

»Ich verstehe, dass du wütend bist, weil Ruby da mit reingezogen wurde, aber ich bin mir sicher, da...«

»Wütend ist gar kein Ausdruck!«, entfuhr es Morgan. »Ich bin ...«

Ruby stand auf und umarmte sie von hinten. »... die beste große Schwester, die man sich wünschen kann.« Zu Cassidy gewandt sagte sie: »Natürlich lassen wir Rick seinen Job machen. Aber es schadet ja nicht, wenn wir uns ein wenig umhören, oder?«

Cassidy öffnete den Mund, doch Ruby ließ sie nicht zu Wort kommen. »Viele fühlen sich ja in der Gegenwart von Polizisten unwohl. Aber mit zwei netten Frauen plaudert eigentlich jeder gern, oder nicht?« Sie lächelte den Sheriff breit an.

»Cagney und Lacey in den Rockies.« Cassidy entfuhr ein lachendes Geräusch. »Wenn ihr etwas herausfindet, sagt ihr es mir, okay?«

»Du erlaubst uns das? Und bist nicht böse?« Morgan riss die Augen auf, und Ruby fragte sich einen Moment, warum ihrer Schwester so viel daran gelegen war, dass Cassidy auf ihrer Seite war.

»Erlauben ist ein sehr starkes Verb. Mir wäre es lieber, wir könnten es ersetzen.« Cassidy verzog das Gesicht, als das unerträglich hohe Pfeifen des Wasserkochers einsetzte.

»Gutheißen?«, schlug Ruby vor.

Cassidy wiegte den Kopf hin und her.

»Tolerieren? Dulden?«

»Dulden gefällt mir.« Cassidy zeigte auf den Wasserkocher. »Ich geh, bevor der mir das Trommelfell zerstört.«

»Womit wurde Vivians Wunde verursacht?«, beeilte sich Ruby noch zu fragen.

Cassidy öffnete die Hintertür, ein Schwung kühler Morgenluft kam in die Küche. »Das muss die Gerichtsmedizin noch näher untersuchen. Seid vorsichtig, wenn ihr euch umhört, okay?«

***

Ruby kniete am Gartenteich, den sie bei ihrem letzten Besuch mit Stanleys Hilfe wiederbelebt hatte, und suchte nach Guppie Goldberg. Morgan konnte Tieren zwar nichts abgewinnen, hatte aber eingewilligt, den Goldfisch des verstorbenen Grady im Teich aufzunehmen, nachdem Ruby ihn mitgebracht hatte. Anfangs hatte Ruby ein schlechtes Gewissen gehabt, den Fisch dort allein leben zu lassen, doch zu ihrer Freude tummelten sich mittlerweile mehrere Artgenossen im Wasser.

Ruby stand auf, wischte sich ein paar Grashalme von der Hose und ging zu Morgan, die ihre Blumen mit Regenwasser goss. »Danke.«

»Bedank dich bei Stanley, der hat mir die Ohren vollgejammert, dass Goldfische nicht allein leben sollten.« Morgan ließ mehr Wasser in die Gießkanne laufen.

»Und mach mich nicht verantwortlich, wenn die den Winter hier nicht überleben.«

»Keine Sorge, die packen das schon.« Zumindest hatte Stanley Ruby versichert, dass die Fische unter der Eisdecke problemlos überwintern könnten.

Morgan hob die Kanne an. »Ich bin gleich fertig. Kannst du Donnas Putzkiste zum Auto bringen?«

Ruby ging in die ehemalige Speisekammer des Hauses, deren deckenhohe Regale ihrer Schwester zur Aufbewahrung sämtlicher Putzmittel dienten. Und organisiert, wie sie war, waren die Putzmittel nicht nur alphabetisch nach Einsatzort sortiert, sondern Stammkunden hatten eine eigene Plastikbox, in der jeweils die Materialien drin waren, die Morgan für das jeweilige Haus benötigte. Und Morgan hatte dabei wirklich an alles gedacht – da es bei Donna als ehemalige Schlagzeugerin in einer Rockband häufig ohrenbetäubend laut im Haus war, befanden sich in ihrer Box nicht nur Reinigungsmittel, Handschuhe und diverse Lappen, sondern auch ein Paar Kopfhörer. Ruby zog die pinke Box mit Donnas Namen aus dem Regal.

»Was hast du da eigentlich an?« Morgan hatte die leere Gießkanne neben der Regentonne an der Hausecke abgestellt und kam gerade ums Haus herum zur Einfahrt, als Ruby mit der Kiste vor die Tür trat.

Nachdem sie sich bei ihren ersten Einsätzen von Morgan eine Hose und ein Sweatshirt hatte leihen müssen, um nicht in ihren geliebten Kostümen putzen zu gehen, hatte Ruby sich vor ihrem Abflug in New York mit Klamotten eingedeckt, die eher sportlich-lässiger Natur waren. Heute hatte sie sich für eine luftige, dreiviertellange graue Hose und ein Yoga-Tanktop in Türkis entschieden. Passend dazu trug sie ihre ebenfalls neuen türkisfarbenen Sneakers. Und selbst ihre Haare hatte sie nicht wie sonst üblich in einem strengen Dutt im Nacken zusammengefasst, sondern sie zu einem lockeren Pferdeschwanz zusammengebunden.

»Nachdem meine High Heels und Bleistiftröcke hier nicht so gut angekommen sind, versuche ich es mit einem praktischeren Stil.« Ruby schob die Kiste in den geöffneten Kofferraum von Morgans Volvo.

»Schick«, kommentierte Morgan. »Und du schaffst es immer wieder, dass ich mich wie das hässliche Entlein neben dir fühle.«

Hatte sie sich gerade verhört, oder gab es tatsächlich etwas, worum ihre Schwester sie beneidete? Sie, die kleine Schwester, die sonst von Morgan in allen Lebenslagen bemuttert wurde, weil sie scheinbar dachte, dass Ruby es sonst nicht auf die Reihe bringen würde? Okay, zugegebenermaßen traute ihr Morgan schon viel zu, aber dennoch gab sie Ruby oft das Gefühl, einfach nicht genug zu sein.

»Quatsch!«, protestierte Ruby jetzt. »Wie soll das denn gehen? Wir sind identische Zwillinge.«

»Ja, eine, die einen Kartoffelsack laufstegfähig machen könnte, und die andere, die damit aussehen würde, als hätte sie gerade das Sackhüpfen auf einem Kindergeburtstag verloren.« Morgan stellte die Gießkanne neben die Regentonne und kam zu ihr herüber.

»Du hast eben einen anderen Stil als ich, aber du siehst toll aus.« Ruby drückte ihrer Schwester einen Kuss auf die Wange. Wie eigentlich fast immer trug

Morgan eine dunkelgrüne Cargohose, ein buntes Batikshirt und Turnschuhe, und ihre Locken wurden durch ein farbenfrohes Stirnband aus dem Gesicht gehalten.

Morgans Wangen röteten sich. »Wir könnten Schere, Stein, Papier spielen, um zu bestimmen, wer die Kopfhörer benutzen und wer einen Gehörschaden davontragen wird«, schlug sie vor.

»Nicht nötig. Ich hab meine Kopfhörer mit Geräuschunterdrückung aus der Redaktion mitgebracht.« Ruby deutete auf das zweite Paar Kopfhörer, die sie noch im Haus in die Box gelegt hatte.

»Wie hat dein Chef es aufgenommen, dass du den Sommer über von hier arbeiten willst?«

Befürwortend wäre wohl die richtige Antwort darauf. Vor Rubys Augen erschien der Nachmittag, als sie in Alans Büro gesessen hatte, um ihren Journalistenausweis wieder in Empfang zu nehmen, den sie ihm im April dramatisch auf den Schreibtisch geknallt hatte. Sie hatte den Ausweis zwar zurückbekommen, aber Alan war sehr vage geblieben, was ihre zukünftigen Aufgaben anging. Und er hatte geradezu erleichtert gewirkt, als sie nach einem langen, unangenehmen Schweigen seinerseits vorgeschlagen hatte, sie könne vielleicht ein paar Artikel von Paradise aus schreiben.

Der Skandal um die vermeintliche Liebesaffäre des amtierenden Bürgermeisters Ed Goeman hatte im Frühjahr nach Rubys Artikel darüber viel Staub aufgewirbelt. Zu viel Staub, der Ruby und die New York Gazette ihren guten Namen gekostet hatte.

Bis zu dem Zeitpunkt war Ruby eine angesehene, geschätzte und respektierte Journalistin gewesen. Doch gegen Zachs Avancen, der als Wahlkampfleiter für den Bürgermeistergegenkandidaten Rick Vanucci gearbeitet hatte, war sie machtlos gewesen. Erst hatte er sie mit Schokoerdbeeren im Bett gefüttert, dann hatte er ihr Lügen über Ed Goeman aufgetischt. Und sie hatte ihm blindlings vertraut, statt wie üblich vernünftig zu recherchieren, vermeintliche Fakten zu hinterfragen und Quellen zu checken.

»Alan erwartet ein paar Artikel von mir. Das Leben im Wilden Westen.« Ruby zwang sich zu einem Lächeln. Ihr Chef hatte bisher keinen der Artikelideen angenommen, die sie ihm noch vor ihrem Abflug unterbreitet hatte. Angeblich, weil die New York Gazette derzeit genügend außerstaatliche Berichte hatte, aber Ruby vermutete, dass ihr Name immer noch nicht hoch im Kurs stand.

»Du könntest es mit einem Podcast versuchen, wie Walter vorgeschlagen hat.« Morgan schloss den Kofferraum.

»Ich hab's eher mit geschriebenen Wörtern.« Ruby wollte auf den Beifahrersitz einsteigen, doch Morgan hielt sie zurück.

»Fahr du. Wenn du jetzt länger hierbleibst, musst du dich ohnehin wieder an die Schaltung gewöhnen.« Ihre Schwester drängte sich an ihr vorbei und ließ sich auf dem Beifahrersitz nieder.

Ruby trottete um den Volvo herum. Sie konnte sich noch gut an die letzten Fahrten mit ihrer Schwester erinnern, und es waren keine guten Erinnerungen. Sie setzte sich hinters Steuer und atmete tief durch.

»Oder wie wäre es mit einer Kolumne? Großstadtpflanze in der Wildnis?«

»Damit die New Yorker meinen Verfall miterleben können?« Ruby schnallte sich an.

»Die könnten dann alle lesen, wie du hier aufblühst. Denk dran, die Spiegel für dich einzustellen«, mahnte Morgan.

»Wir sind gleich groß, was soll ich denn da einstellen?« Ruby startete den Wagen, legte den ersten Gang ein und ließ die Kupplung kommen. Der Volvo hüpfte nach vorn, gab ein würgendes Geräusch von sich, und der Motor erstarb.

»Ich werd hier noch genauso eingehen wie der Motor«, brummte Ruby.

Kapitel 8

»Hat Donna ihren Käfer verkauft?« Ruby parkte in Donnas leerer Einfahrt und nahm einen Schluck von dem Kaffee, den sie sich noch schnell von Ryder mitgenommen hatte, nachdem sie das Auto ein zweites Mal direkt vorm Bond abgewürgt hatte.

»Nicht, dass ich wüsste.« Morgan schnallte sich ab und stieg aus. »Alles ruhig.«

Da normalerweise Donnas Getrommel schon bis auf die Straße zu hören war, erschien es Ruby geradezu gespenstisch still.

»Haben wir uns im Tag vertan?« Ruby folgte Morgan zur Haustür.

»Es ist Dienstag. Ich putze immer dienstags bei Donna.« Morgan klopfte energisch an die Tür. »Donna? Donna!«

Rubys Zwilling hatte früher schon immer gern Listen jeglicher Art geführt und ihr Leben durchorganisiert. Daher konnte sich Ruby tatsächlich auch nicht wirklich vorstellen, dass Morgan an einem falschen Tag irgendwo auftauchen würde. Wahrscheinlicher war es, dass Donna den Termin vergessen hatte. Was aber ebenso merkwürdig war, da sie zu Morgans ersten Stammkundinnen gehörte.

Morgan zog ihr Handy aus der Cargohose und suchte Donnas Namen heraus. Obwohl sie sich das Handy dicht ans Ohr hielt, konnte Ruby das Klingeln hören. Doch niemand nahm ab.

»Hm«, machte Morgan und schielte durch ein Fenster ins Innere des Hauses.

»Wenn sie zu Hause wäre, hätten wir das Telefonklingeln gehört.« Ruby deutete auf die geöffneten Fenster. »Ich ruf Cash an, vielleicht weiß er, wo sie steckt.«

Schon nach dem ersten Klingeln ging Cash ran. »Wag es ja nicht, für heute Abend abzusagen.«

»Würde mir im Traum nicht einfallen. Aber erst muss ich noch mit Morgan bei deiner Großtante putzen. Aber sie scheint nicht da zu sein. Weißt du, wo sie ist?«

»In Denver. Irgendein Musikerfreund von früher hat einen langen Layover. Sie wollte sich mit ihm am Flughafen treffen. Soll ich euch reinlassen?«

»Du hast einen Schlüssel?«

»Würde ich es sonst anbieten?« Es raschelte in der Leitung, dann fügte Cash hinzu: »Ich bin in zwanzig Minuten da.«

***

»Könntest du dir vorstellen, dass Mary etwas mit Vivians Tod zu tun hat?« Ruby nippte von ihrem Kaffee, während sie mit Morgan auf Donnas Veranda saß und auf Cash wartete.

»Rubilite Rock!«

»Was, Morganite Rock?« Selbst ihre Geologeneltern hatten die sehr eigenwilligen Namen, die auf Gesteins-

63

arten basierten, immer nur abgekürzt verwendet. Einzig Morgan hatte es sich schon früher herausgenommen, Ruby bei ihrem vollen Namen zu nennen, um die kleine Schwester zu maßregeln.

»Wie kannst du bloß so was über Mary denken?«

»Sie war gestern ja nicht gerade traurig über Vivians Tod.«

»Das macht sie aber noch nicht zu einer Mörderin.« Morgan schaukelte leicht in ihrem Schaukelstuhl.

»Wie gut kennst du sie?«

»Sie hat sicherlich nichts mit Vivians Tod zu tun«, beteuerte Morgan.

»Sicherlich im Sinne von aller Wahrscheinlichkeit nach oder zuverlässig nachgewiesen?«, fragte Ruby nach.

»Wortakrobat.« Der Schaukelstuhl fing stärker an zu schaukeln.

Es war mehr als deutlich, dass Morgan Marys mögliche Täterschaft für absurd hielt. So richtig konnte Ruby sich die Lehrerin auch nicht als Mörderin vorstellen, aber in der Regel liefen die ja auch nicht mit einem großen Schild über dem Kopf herum, sondern fügten sich prima in die Gesellschaft ein.

»Glaubst du, Travis hat Vivian auf dem Gewissen?«

»Wenn ja, kann er was erleben.« Das Schaukeln stoppte. »Nehmen wir uns den als Erstes vor?«

Wir? Ruby betrachtete ihre Schwester verstohlen. Walter, der sie bei ihrem letzten Besuch mit ein paar psychologischen Weisheiten überrascht hatte, meinte, dass die in Rubys Augen übertriebene Fürsorge von Morgan zeigte, wie sehr sie ihren Zwilling liebte. Und so sehr sie Walter diese Aussage glauben wollte, war es für Ruby schwer, nicht wieder in ihr altes Denkmuster zu fallen und Morgan zu unterstellen, dass sie ihr Leben kontrollieren wollte. Viel zu lange hatte sie geglaubt, sie müsse ihrer Schwester mit aller Macht beweisen, dass sie auf eigenen Beinen stehen konnte.

»Erde an Ruby.« Morgan hatte aufgehört zu schaukeln.

»Entschuldige. Ja, Travis ist sicherlich ein guter Anfang. Hatte Vivian Familie?«

»Cassidy hat gesagt, Rick hat die Mutter informiert, die irgendwo in Oregon lebt. Sonst hat sie wohl keine Verwandten.« Der Stuhl quietschte kurz, als Morgan erneut das Schaukeln anfing.

»Kein Ehemann, Freund, sonstige Beziehung?« Ruby fuhr auf dem To-go-Becher den The-Bond-Schriftzug mit dem Finger nach. Hatte Ryder eigentlich Familie hier in Paradise?

»Scheint nicht so.«

»Mit wem außer Travis könnte sie sonst noch Streit gehabt haben?«

»Keine Ahnung. Ich kannte sie nur vom Hörensagen.« Das volltönige Motorengeräusch eines Sportwagens kam näher. Einen Moment später parkte eine schwarze Corvette hinter Morgans Volvo. Cash stieg aus.

»Zwei schöne Frauen, die auf mich warten. Besser kann man gar nicht in den Tag starten.« Mit ausladenden Schritten kam er auf die Veranda zu und beugte sich zu Ruby hinunter, um ihr ein Küsschen auf die Wange zu geben. Dann erhob er sich und kam auf Morgan zu. Diese sprang aus dem Schaukelstuhl, hob die Putzbox hoch und drückte sie sich vor die Brust. Cashs

Mundwinkel zuckten. »Soll ich dir mit der Kiste helfen?«

»Tür aufschließen wäre mir lieber, wir sind schon viel zu spät dran«, drängelte Morgan.

Cash zog einen Schlüssel aus der Hosentasche, steckte ihn ins Schloss und öffnete die Tür. Morgan drängte sich an ihm vorbei ins Haus. Zu Ruby gewandt sagte er: »Also, meinetwegen kannst du den Termin beim Salon absagen. Mir gefallen deine Haare auch so.«

Morgan blieb abrupt stehen. »Du gehst zum Friseur? Wann und wohin? Du hättest mich auch fragen können, den...«

»Glaubst du, ich mache seinetwegen einen Aufstand?«, wiegelte Ruby ab und folgte Morgan ins Haus.

»Es klang, als wenn ihr noch einen dringenden Termin habt – und bei Frauen ist das doch meist der Notfalltermin beim Friseur.« Cash grinste verschmitzt.

»Und bei Männern das schon wartende Bier in der Sportsbar?« Morgan stellte die Putzkiste ab. »Gibt's dich eigentlich auch ohne Macho-Ausstattung?«

»Nur gegen Aufpreis.« Cash flexte seine Bizeps und fiel dann übertrieben in sich zusammen, bevor er sich wieder normal hinstellte. »Kann ich euch sonst noch behilflich sein?«

»Ist es okay, wenn wir die Tür einfach zuziehen, wenn wir fertig sind?«, fragte Ruby.

»Passt. Ich freu mich auf heute Abend.«

Kaum hatte Ruby die Haustür hinter ihm geschlossen, hörte sie, wie die Corvette davonfuhr.

»Ich wusste nicht, dass ihr heute verabredet seid.« Morgan zog ein Fensterleder aus der Putzbox. »Willst du oder soll ich?«

Mit Grauen erinnerte sich Ruby an ihren ersten Putzeinsatz bei Donna, bei dem die Fenster anschließend mit diversen Streifen überzogen und dreckiger gewesen waren als vorher.

»Was ist denn sonst noch zu machen?«

»Bad putzen und Staub saugen.«

Ruby blickte auf den Holzfußboden. »Saugen?«

»Donna hat in ihrem Studio, wo das Schlagzeug steht, Teppich. Um die Lautstärke einzudämmen«, erklärte Morgan.

»Mach du die Fenster«, entschied Ruby.

***

Nachdem Ruby das Bad fertig geputzt hatte, ging sie in das kleine Studio zwischen Schlaf- und Wohnzimmer. Vermutlich hatte es früheren Bewohnern als ein Kinderzimmer gedient, jetzt waren die Wände und die Decke mit Schaumstoff verkleidet. Selbst vor das Fenster hatte man etwas gebaut und dann gedämmt.

Ruby schaltete das Licht ein und zog den Staubsauger in das kleine Zimmer. Direkt in der Mitte stand ein großes Schlagzeug. Ruby hatte keine Ahnung von Musikinstrumenten, aber es war golden und schwarz und wirkte dadurch edel.

Sie wusste, dass Donna früher in einer Rockband gespielt hatte, die jahrelang als Vorband für diverse Hardrock-Bands durch die USA getourt war. Und dass die ältere Dame mal im Gefängnis gewesen war. Aber dazu hatte Ruby sie leider bei ihrem ersten Besuch nicht weiter befragen können. Aber dieses Mal würde Donna ihr nicht entkommen. Vielleicht wäre das eine gute Story für Alan?

Sie steckte das Staubsaugerkabel in die Steckdose und schaltete das Gerät ein. Die Dämmung schluckte trotz geöffneter Zimmertür einen beträchtlichen Teil des brummenden Geräusches. Ruby hatte mit dem gleichen Gerät damals auch bei Grady gesaugt, und da war das Geräusch sehr viel lauter gewesen.

Sie erinnerte sich, wie sie Grady tot in seinem Schlafzimmer gefunden hatte. Und jetzt Vivian, die tot in dem kleinen Waldstück gelegen hatte. Lag es an ihr? Gab es einen Fluch, der auf ihr lastete?

Ruby schob den Staubsauger mit einem kräftigen Ruck über den Teppich. So ein Quatsch. Sie war einfach nur zweimal zur falschen Zeit am falschen Ort gewesen. Oder auch am richtigen, denn ihr journalistisches Interesse war auf alle Fälle geweckt. Und obwohl sie dieses Mal sogar kurzzeitig gedacht hatte, sie selbst wäre für den Tod eines anderen Menschen verantwortlich, spürte sie jetzt schon wieder, dass ihre Neugier übernahm.

Als Ruby fertig war und mit dem Staubsauger wieder zurück auf den Flur trat, bemerkte sie an der gegenüberliegenden Wand eine Handvoll eingerahmter Fotos. Sie erkannte zu ihrer Freude Donna als junge Frau in den Achtzigern – mit einer ganz üblen Dauerwelle, die Haare hochtoupiert und mit einem kreischend grünen Stirnband zusammengehalten, umringt von vier Männern, die Lederhosen, Turnschuhe und zerrissene weiße T-Shirts trugen und deren lange Haare auch mit künstlichen Locken aufwarteten.

Sie fand, dass Donna hervorragend gealtert war. Wie die Männer jetzt wohl aussahen? Glatze, Tränensäcke und Bierbauch?

Morgan trat an sie heran. »Cool, oder?«

Ruby ließ das Kabel am Staubsauger automatisch einziehen. »Was würdest du an dir verschönern lassen?«

»Im Golf von Mexiko gibt es eine Seegurkenart, Enypniastes eximia genannt.«

»Hä?« Der Stecker knallte gegen den Staubsauger, als Ruby das Kabel losließ und es sich verhedderte.

»Aufgrund ihrer rötlichen Farbe und der sehr eigenen Körperform erinnert sie an ein gebratenes Hühnchen ohne Kopf, das dann mit so ein kleinen Flügelchen durchs Wasser schwimmt.«

Ruby kräuselte die Nase. »Klingt widerlich.«

»Eindeutig kein Hingucker.« Morgan zog das Kabel wieder ein Stück heraus und entwirrte es. »Dagegen sehe ich jeden Morgen nach dem Aufstehen aus wie ein Topmodel auf dem Laufsteg von Ralph Lauren.«

»War das deine lange Erklärung dafür, dass du nichts an dir ändern würdest?«

Morgan klemmte den Schlauch an dem Staubsauger fest und zog ihn hinter sich in Richtung Haustür. »Du kannst ja wohl auch nicht über dein Äußeres meckern.«

Ruby folgte ihr. »Im Vergleich zu einem kopflosen, schwimmenden Hühnchen bin ich natürlich auch perfekt. Weißt du, was Vivian alles in ihrer Klinik angeboten hat?«

»Warum fragst du? Ist ja nicht so, dass sie jetzt noch was an dir ändern könnte.«

»In New York gibt es ja auch durchaus ein paar Damen, die gern mal bei ihrem Aussehen nachhelfen.« Mit Grauen erinnerte Ruby sich an eine Schauspielerin, die nach einer vermeintlichen Verjüngungskur mit einem geradezu fratzenhaften Katzengesicht wieder aufgetaucht war. »Und manchmal führen solche Operationen ja auch zu Komplikationen.«

»Du meinst, es hätte sich vielleicht eine ehemalige Kundin an Vivian gerächt?« Morgan bedeutete Ruby, die Putzbox zu nehmen.

Ruby beugte sich vor.

»Geh in die Hocke, sonst geht das zu sehr auf den Rücken«, belehrte Morgan sie.

Ruby rollte mit den Augen, folgte aber Morgans Anweisungen und hob die Kiste hoch. »Ich finde so eine Täterin nicht abwegig. Man zahlt viel Geld, um besser auszusehen, und sieht anschließend schlimmer aus als vorher. Oder hat womöglich sogar gesundheitliche Probleme. Da würde ich auch Rachegedanken hegen.«

Morgan öffnete die Haustür und ging mit dem Staubsauger voran. »Dafür würde tatsächlich auch keine Versicherung zahlen, sprich: Wenn etwas schiefgeht, hat der Patient selbst schuld. Es würde keinerlei Schadensersatz gezahlt werden. Außer bei einer Klage.«

»Aber wer kann sich schon ein Gerichtsverfahren leisten?« Ruby zog die Haustür hinter sich zu.

Es piepte, als Morgan den Volvo aufschloss und der Kofferraum sich wie von Zauberhand öffnete.

»Diejenigen, die sich unters Messer legen, bestimmt.«

»Aber die, die sich die Behandlung eher vom Mund abgespart haben, nicht«, gab Ruby zu bedenken. »Wir müssen herausfinden, was Vivian in ihrer Schönheitsklinik angeboten hat. Und wie häufig etwas schiefgegangen ist.«

Morgan trat beiseite, nachdem sie den Staubsauger im Kofferraum verstaut hatte. »Und wie finden wir das heraus?«

Ruby schob die Putzkiste neben den Staubsauger. »Indem wir die Höhle des Löwen besuchen. Wir fahren zur Klinik. Am besten Morgen gleich. Vivian wird ja irgendwelche Angestellte gehabt haben. Und die müssen wir zum Plaudern bringen.« Mit einem Knallen schloss sie den Kofferraumdeckel. »Und bei der Gelegenheit können wir uns gleich auch noch mal mit Travis unterhalten.«

Kapitel 9

»Ich dachte, er sei nicht dein Typ?« Morgan musterte Ruby, als diese am frühen Abend mit einem kurzen, schulterfreien Sommerkleid und High Heels in der Hand ins Wohnzimmer trat.

»Ist er auch nicht.« Ruby setzte sich und schlüpfte in die Schuhe.

»Dein Sex-in-the-City-Outfit sagt was anderes.«

Ruby schnürte die feinen Riemchen um ihre Knöchel. »So würde ich in New York mit Kollegen essen gehen.«

»Warum gehst du nicht mal mit Ryder aus?«

Die Vorfreude, die Ruby eben noch verspürt hatte, löste sich so schnell auf wie Backpulver in Wasser. Und die zurückbleibenden schäumenden Bläschen sprudelten eine Art schlechtes Gewissen an die Oberfläche. Was ja irgendwie Quatsch war, denn sie war Ryder nichts schuldig. Es war ja nicht so, dass sie ein Paar wären. Himmel, sie wusste ja noch nicht einmal, wo er wohnte.

Warum eigentlich nicht?

Ruby wurde bewusst, dass sie fast nichts über Ryder wusste. Wenn es um Persönliches in ihren Gesprächen ging, dann immer nur um Rubys Leben, nie um seins.

Das musste sie dringend ändern. Aber nicht jetzt, jetzt war Zeit für Cash.

Ruby stand auf, blieb vorm Spiegel neben der Haustür stehen und strich sich eine Strähne hinters Ohr, die sich aus ihrem Dutt gelöst hatte.

Morgan trat hinter sie. »Trag sie offen.«

Ruby kräuselte die Nase. »Ich mag nicht, wenn mir die Haare im Gesicht herumwehen.«

»Du gehst zum Essen und nicht Bungeejumping.«

Ruby betrachtete die lockigen, schulterlangen Haare ihrer Schwester im Spiegel.

»Das würde super mit dem Kleid aussehen«, versuchte Morgan, sie zu überzeugen.

Ruby zog die Nadeln aus ihrem Dutt und löste ihn vorsichtig. Jetzt sahen sich die Zwillinge tatsächlich zum Verwechseln ähnlich.

»Perfekt.« Morgan drückte ihr einen Kuss auf die Wange. »Fahr vorsichtig.«

Ruby nahm die Autoschlüssel aus der Schale, die auf dem Schuhregal stand. »Ich kenne ja jetzt den Weg.«

Bei ihrem ersten Essen mit Cash hatte das Navigationsgerät Ruby über einen verlassenen Waldpfad gelotst, wo sie bei einem Hirsch-Ausweichmanöver mit dem Auto neben der Straße gelandet war. Doch mittlerweile wusste sie, dass sie dem Highway einfach weiterfolgen musste, um dann über eine lange, prächtige Zufahrt zur Timberline Lodge zu gelangen.

»Ich meinte eher, was Wildunfälle angeht. Sonnenuntergang ist derzeit gegen halb neun, und Rehe und Elche treiben sich neuerdings auf den Wiesen links und rechts des Highways herum, der zur Lodge führt.«

»Bruce the Moose?« Ruby konnte sich noch gut an den Elch erinnern, der Morgans und ihren Ausflug zur Sternbeobachtung durch seine Anwesenheit stark verkürzt hatte.

»Der wurde letzte Woche woanders gesichtet.« Morgan klatschte in die Hände. »Und jetzt raus mit dir, du willst doch nicht zu spät kommen, oder?«

***

Ruby überquerte den Parkplatz und ging auf die mehrstöckige Holz-Lodge mit den raumhohen Fenstern zu. Cash hatte nach seiner zu kurz geratenen Karriere als Skitechniker für den amerikanischen Skisportverband viel Geld mit der Entwicklung und Vermarktung spezieller Skihandschuhe verdient. Nach ein paar Jahren hatte er sich zunächst als Geschäftsführer zurückgezogen, bevor er das Unternehmen für mehrere Millionen verkauft hatte. Das Skiresort mit der Lodge war nur eine seiner zahlreichen Investitionen, die ihm heutzutage einen sehr komfortablen Lebensunterhalt bescherten.

An der imposanten Eingangstür stand ein Concierge, der selbst bei diesen Temperaturen weiße Handschuhe trug und in seiner weinroten Uniform nicht zu schwitzen schien. Er strahlte Ruby an: »Willkommen! Sind Sie zum Essen verabredet? Im Botanico oder Bones?«

»Cash erwartet mich.«

Der Concierge öffnete die Tür. »Bitte nehmen Sie einen Moment in der Lobby Platz.« Er zog ein kleines Funkgerät aus der Tasche und sprach leise hinein.

Ruby fröstelte leicht, als sie die klimatisierte Lobby betrat. Sie durchquerte den Raum, und es fühlte sich an, als wenn ihre hohen Absätze in dem flauschigen Teppich, der den darunterliegenden dunklen Holzboden schützte, versinken würden. Sie setzte sich auf einen der bequemen Sessel, die vor dem großen Kamin standen, der jetzt glücklicherweise nicht in Betrieb war. Ihr Blick wanderte zu dem mächtigen Geweih, das als Kronleuchter von der Decke herunterhing. Ob das wohl ein Vorfahre von Bruce the Moose gewesen war?

»Du bist dieses Mal so pünktlich.« Cash war neben ihr aufgetaucht. Er trug ein weißes, kurzärmeliges Hemd, das seinen starken Bizeps noch mehr betonte. Seine hellen Sneakers waren farblich auf die helle Chinohose abgestimmt.

»Ich hab gelernt, nicht immer auf die Technik zu vertrauen.« Ruby stand auf.

Cash umarmte sie und deutete einen Kuss auf ihrer Wange an. Als sein Mund ihre Haut streifte, fuhr ihr ein Schauer über den Rücken. Er ließ wieder von ihr ab. Sein Blick wanderte über ihr Dekolleté hinunter zu ihren Schuhen. »Du brauchst andere Schuhe.«

Nicht, dass Ruby erwartet hatte, dass Cash ein Schuhfetischist war, aber bisher hatte sich noch kein Mann über ihre High Heels beschwert. »Ich dachte, wir gehen essen.«

»Aber nicht im Restaurant. Sondern da oben.« Cash zeigte durch die große Fensterfront auf einen Berggipfel.

»Du willst mit mir da hochwandern?«

»Wir nehmen natürlich die Seilbahn.«

Ruby drehte sich kokett auf den Absätzen. »Das ist kein Problem mit den Schuhen. Und wenn ich zum Restaurant da oben auch nicht über Stock und Stein laufen muss, da...«

»Vertraust du mir?« Cash nahm sie am Arm und führte sie durch die Lobby.

»Ja.« Selbst in Rubys Ohren klang ihre Antwort zögerlich.

Cash klopfte an die Scheibe eines kleinen Outdoorgeschäfts, das von der Lobby abging. Eine Verkäuferin tauchte an der Tür auf und schloss diese schnell auf, als sie Cash erkannte.

»Entschuldige, Jenna, dass wir dich von deinem Feierabend abhalten. Ruby braucht robuste Schuhe.« Er zog Ruby in das Geschäft.

»Kein Problem.« Jenna schloss die Tür hinter ihnen. »Welche Größe?«

Ruby winkte ab. »Das ist nicht nötig. Ich hab genügend Schuhe zu Hause.«

»Ja, aber nicht hier.« Cash ging zu einem Regal und zog ein Paar Wandersandalen hervor. »Die wären ideal.«

Jenna warf einen Blick auf Rubys Füße. »Größe 9? Wir haben sie auch in anderen Farben. Das Smaragdgrün wurde super zu Ihrem Kleid passen.«

Ruby ging einen Schritt zurück. »Ich bin zufrieden mit meinen Schuhen, ich ...«

»Vertrau mir. Mit den Absätzen würdest du heute Abend allenfalls im Krankenhaus und nicht bei mir im Bett landen.«

Jenna kicherte. »Ich hol mal eben die in Smaragdgrün.« Sie verschwand hinter der Kasse.

Ruby verschränkte die Arme und wich Cashs Blick aus. Diese ganze Situation kam ihr surreal vor. Was tat sie hier? Und wieso war Cash davon überzeugt, er könne sie ins Bett kriegen? Oder dass sie überhaupt scharf auf ihn wäre?

Jenna kam zurück, öffnete eine Schuhschachtel und hielt Ruby eine Sandale hin. Ruby musste zugeben, dass die Farbe wunderbar mit ihrem Kleid harmonierte und dass der Schuh, sofern man das von Wandersandalen behaupten konnte, tatsächlich auf seine eigene Art schick war.

»Probier mal«, forderte Cash sie auf.

Ruby setzte sich auf einen Stuhl, zog ihre Schuhe aus und schlüpfte in die Sandalen. Sie stand auf und ging ein paar Schritte durch das Geschäft. Das Fußbett war weich, und der Halt, den ihr diese Schuhe gaben, war natürlich nicht vergleichbar mit ihren High Heels. Aber die Schuhe nur für einen Abend kaufen? Nur, damit Cash sie zum Abendessen ins Gipfelrestaurant ausführen konnte? Was für eine Verschwendung.

»Die gehen auf mich.« Cash griff nach Rubys High Heels. »Danke, Jenna. Schönen Feierabend.« Bevor Ruby protestieren konnte, schob er sie aus dem Geschäft hinaus.

»Wenn ich Schuhe kaufe, bezahle ich sie selbst.« Ruby fühlte sich genötigt, gegen dieses patriarchische Gehabe anzugehen.

»Kannst du gern beim nächsten Mal wieder machen. Aber da ich dir keine klare Anweisung für dieses Abendessen gegeben hab, gehören die Schuhe mit zur Einladung.« Cash deutete auf einen Ausgang, der laut Schild zum Skilift führte.

***

Die Gondel rumpelte, als sie losfuhr und langsam abhob. Als ein langgezogenes Quietschen ertönte, schaute Ruby besorgt zur Decke. Cash nahm ihre Hand: »Die Geräusche sind normal.«

Er legte seine freie Hand an ihre Wange und drehte ihren Kopf, sodass sie aus dem Fenster sehen musste. »Willkommen in meiner Welt.«

Obwohl es erst kurz nach sieben war, lag ein Teil des Tals schon im Schatten. Dennoch war Ruby von dem beeindruckenden Panorama fasziniert, das sich ihr bot: schroffe Berghänge, majestätische Gipfel, Kiefer- mit Laubwäldern gemixt, saftige Wiesen, ein glitzernder Fluss, der sich in den Grand Lake schlängelte.

»Das ist wunderschön«, entfuhr es Ruby.

»So wie du.«

Cash hatte offenbar seinen Flirtmodus wieder eingeschaltet. Ruby entzog ihm ihre Hand und rückte ein Stück von ihm weg. Sie zeigte auf eine offene Fläche, die von dichtem Kiefernwald umringt war. »Sind das da Rehe? Hab ich dir von meiner Begegnung mit Bruce the Moose erzählt?«

Cash hörte ihr aufmerksam zu und steuerte selbst eine unterhaltsame Anekdote über ein paar Rehe bei, die sich vor wenigen Tagen in dem vegetarischen Restaurant der Timberline Lodge am Buffet bedient hatten.

Als die Gondel an der Bergstation anhielt, war Ruby überrascht, dass dort außer einem kleinen Häuschen kein weiteres Gebäude zu sehen war. Vor allem, da das

Haus eher wie ein Schuppen für Skizubehör als wie ein Restaurant aussah.

Cash zog einen Schlüssel aus seiner Hosentasche, schloss die Tür auf und bat Ruby hinein. Anstatt dem Duft von frisch gekochtem Essen schlug ihr abgestandene Luft entgegen. Was kein Wunder war, denn es handelte sich dabei tatsächlich um eine Art Lagerraum mit einem Tresen. Cash schaltete das Licht ein, und neben dem Tresen erkannte Ruby zwei Segways.

»Das ist mit Absätzen zu gefährlich.« Cash hängte Rubys Schuhe an den Lenker des einen Segways und schob ihn vor die Tür.

»Wir fahren damit?« Ruby starrte ihm hinterher.

»Ja.« Cash schob den zweiten an ihr vorbei ins Freie.

»Wohin?«

»Zum Essen.« Er schloss das Gebäude wieder ab, befestigte noch zwei Leuchten vorne und schaltete die Fahrzeuge ein. »Immer schön beide Hände am Lenker lassen und mit beiden Füßen mittig auf der Plattform stehen«, erklärte er. »Fahr ein paar Mal hier auf dem Weg auf und ab, um ein Gefühl dafür zu bekommen.«

Ruby klopfte das Herz bis zum Hals.

»Du kannst nicht umkippen.« Cash stellte sich auf seinen Segway und fuhr los. »Wenn du das Gewicht verlagerst, geht's entweder vorwärts oder du bremst ab.«

Zögernd ging Ruby auf den Segway zu. »Brauchen wir nicht irgendwelche Schutzkleidung? Helm, Ellenbogenschoner oder so?«

»Um deine schöne Frisur zu zerstören?« Cash schüttelte den Kopf. »Du solltest deine Haare wirklich häufiger offen tragen, es gefällt mir.«

Rubys Hand fuhr zu ihrem Nacken, wo sich ihre Haare in sanften Wellen an den Hinterkopf schmiegten. Verflixt, sie trug ja ihre Haare offen. Nach der Fahrt auf dem Ding würde sie wie ein explodierter Wischmopp aussehen!

»Von wegen kein Bungeejumping«, murmelte sie, als sie sich auf den Segway stellte.

»Bungeejumping?« Cash sah sie fragend an, doch sie schwieg nur.

Kapitel 10

Mit Hilfe von Cashs Anweisungen fuhr Ruby ein paar Übungsrunden und musste zugeben, dass das Fahren leichter war, als sie angekommen hatte. Und dass es ihr außerdem auch Spaß machte.

»Auf geht's.« Cash fuhr an der Gondelstation vorbei, und Ruby folgte ihm. Der Weg führte weiter hinauf auf den Berg. Und auch wenn sie nicht schnell fuhren, wehte der Wind durch Rubys Haare, als hätte man sie vor das Cockpit einer Boeing 747 geschnallt. Okay, das war vielleicht ein wenig übertrieben, aber da Ruby es nicht gewohnt war, Haare in ihrem Gesicht zu haben, kam ihr der Fahrtwind tatsächlich extrem vor. Dennoch musste sie zugeben, dass sich der Wind um ihren Kopf auch irgendwie befreiend anfühlte. Als könne er durch die dunkelsten und hintersten Ecken in ihrem Hirn blasen und alle Sorgen und andere angesammelten, lästigen Kleinigkeiten wegpusten.

Nach etwa einer Viertelstunde öffnete sich der Waldweg auf einen grünen Berghang. Cash lehnte sich auf seinem Segway zurück und kam zum Stehen. Ruby tat es ihm gleich. Mitten auf dem Hang lag eine große, rotweiß karierte Picknickdecke. Daneben standen eine Kühltruhe und ein geflochtener Korb mit Deckel.

»Wir machen ein Picknick?« Ruby stieg von dem Segway.

»Ich wollte dir was bieten, was du in New York sicherlich noch nie gemacht hast. Abendessen mit Sonnenuntergang und Panorama.« Cash starrte auf ihre Haare. Mist, sie sah vermutlich aus wie ein Löwe, dessen Mähne vom Blitz getroffen worden war.

Sie befühlte ihre Haare. »Wie schlimm ist es?«

Cashs Mundwinkel wanderten nach oben. »Nicht schlimm.«

Ruby suchte in ihrer Handtasche nach den Haarnadeln und begann, ihre Haare damit festzustecken. »Wie Zuckerwatte oder eher Tumbleweed?«

Cash lachte. »Es gibt dir was Wildes. Ich mag's.« Er machte sich an der Kühltruhe zu schaffen.

Ruby ließ von ihren Haaren ab. »Wann hast du das alles hier raufgebracht?«

»Ich hab es raufbringen lassen«, korrigierte Cash sie.

Ruby schaute von der großen Picknickdecke auf das Panorama, das sich ihr bot. Sie hatte ja schon in der Gondel gedacht, dass der Ausblick grandios war, doch dieser hier übertraf noch mal alles.

Cash trat neben sie und hielt ihr ein Weinglas hin. »Eiswein von den Niagarafällen?« Er nahm einen Schluck aus einer geöffneten Bierflasche.

Cashs Aufmerksamkeit machte Ruby sprachlos. Beim ersten Essen hatte sie ihm gegenüber kurz erwähnt, dass das ihr Lieblingswein war. Und er hatte es sich gemerkt.

Als wenn er ihre Gedanken lesen konnte, sagte er: »Einer schönen Frau höre ich immer zu.«

Um ihre Verlegenheit zu überspielen, nahm Ruby einen Schluck Wein, dessen Süße über ihre Zunge perlte.

»Ich schweig auch gern mit dir.« Cash öffnete den Korb und holte Geschirr heraus.

Ruby half ihm, die Decke mit Köstlichkeiten zu füllen, die vermutlich aus einem der Restaurants in der Timberline Lodge stammten.

Sie machten es sich auf der Decke bequem, und Ruby ließ ihren Blick erneut schweifen. Während sie noch mitten in der Sonne saßen, war das Licht für die flacheren Berge und das Tal schon längst schwacher geworden. Und der letzte Rest Licht tauchte die gegenüberliegenden Gipfel in einen seltsam beinah goldenen Schimmer.

»So schön.« Ruby nahm einen weiteren Schluck Wein. Bisher hatte sie immer gedacht, die schönsten Abende waren die, wenn sich die Abendsonne in den riesigen Fensterflächen der Wolkenkratzer in Manhattan spiegelte. Außerdem erinnerte sie das Licht an Hawaii, wenn die Sonne hinter dem Vulkan untergegangen war, und sie im Garten imaginäre Freunde interviewte, während ihre Eltern mit Morgan auf der Veranda Gesteinsproben sortierten.

Cash reichte ihr einen Teller mit ein paar Crackern und Käse darauf. »Appetizer?«

»Du hast dir wirklich viel Mühe gegeben.«

»Mach ich nicht für alle. Nur für Mordverdächtige.« Cash zwinkerte ihr zu.

»Was ist das hier? Morst ihr euch die Neuigkeiten über Glocken von den Gipfeln zu wie die Mönche in Tibet?«

»Na, hör mal, das ist doch keine Neuigkeit mehr. Vivians Tod ist ja jetzt schon 48 Stunden her.«

»Aber Rick hat mir versichert, dass er meinen Namen heraushalten wird.« Allein der Gedanke daran, dass Alan ihren Namen im Zusammenhang mit einem Mord in der Zeitung lesen würde, ließ Angstschweiß aus Rubys Poren treten.

»Es arbeiten ja mehr Leute bei der Polizei als Rick. Und sie haben ihre Büros direkt im Rathaus.« Cash ließ seine Hand auf und zu schnappen. »Da geht es zu wie im Hühnerstall.«

Ruby knabberte an einem Cracker. »Aber dann solltest du auch schon längst wissen, dass ich keine Verdächtige mehr bin.«

»Hätte mich auch gewundert, du kanntest Vivian doch gar nicht, oder? Warum hättest du sie umbringen sollen? Da gäbe es genügend andere.«

»Das klingt, als wenn dir ein paar Menschen mit einem Motiv einfallen würden.« Ruby musterte ihn. »Wo bist du mit ihr eigentlich auf dem Markt hin verschwunden? Wann hast du sie das letzte Mal gesehen? Hat sie da was gesagt? Wollte sie sich mit jemandem treffen?«

Cash stellte seine Bierflasche auf die Decke, lehnte sich zurück und stützte sich auf die Ellenbogen. »Verhörst du jeden Kerl so bei einem Date?«

»Nur die, die das Opfer kannten.« Ruby grinste.

»Wir waren ein paar Mal zusammen aus«, gab Cash zu. »Nichts Ernstes.«

Ruby fragte sich, ob es irgendeine Frau in Paradise außer Morgan im Alter zwischen zwanzig und vierzig gab, mit der Cash noch nie ausgegangen war. Warum war er überhaupt Single? War er mal verheiratet gewesen und zahlte jetzt aufgrund seines Vermögens viel Unterhalt an seine Verflossene? War das der Grund, warum er scheinbar keine feste Beziehung mehr führen wollte?

»Kommen da noch Fragen, oder können wir zum romantischen Teil des Abends zurückkehren?«, riss er sie aus ihren Gedanken heraus.

»Erzähl mir vom Markt. Was habt ihr gemacht, nachdem du sie vom Kaffeestand weggelotst hast?«

Cash seufzte theatralisch. »Du nutzt mich nur für deine Zwecke aus.«

»Gib's zu, es gefällt dir doch auch.«

»Wenn das Vorspiel zu einem aufregenden Nachspiel führt, ja.«

Ruby wich seinem Blick aus und versuchte, der in ihrem Körper aufsteigenden Hitze Herr zu werden.

»Also schön.« Cash setzte sich wieder auf. »Ich hab sie von den Essensständen weggelotst und bin mit ihr zum anderen Ende des Marktes geschlendert.« Er trank einen Schluck Bier. »Sie hat ein paar ihrer Flyer ausgelegt und wollte mich weiter davon überzeugen, dass sie so eine Art mobile Schönheitsklinik in der Lodge einrichten kann. Als sie alle ihre Flyer verteilt hatte und neue aus der Klinik holen wollte, haben wir uns für diese Woche verabredet«, Ruby zog eine Augenbraue hoch und Cash schob schnell hinterher, »für ein Geschäftsessen. Und das Nächste, was ich von ihr gehört hab, war, dass du sie mit einem Pfeil erschossen hast.«

»Ich war nicht schuld!«, fuhr Ruby ihn an.

»Sorry, blöder Witz.«

»Was meintest du, als du sagtest, es gäbe genügend andere mit einem Motiv? Hatte Vivian viele Feinde?«

»Feinde klingt so ernst. Aber es gab durchaus Menschen, die nicht allzu gut auf sie zu sprechen waren.«

Ruby dachte an Mary und Travis und die eventuellen Patienten, bei denen die Behandlung Probleme gemacht hatte, wollte aber zunächst hören, wen Cash nennen würde. Sie plinkerte übertrieben mit den Augen.

»Du lässt echt nicht locker, oder?«

»Weißt du, wie es ist, wenn du denkst, du hättest aus Versehen einen Menschen getötet, und dann stellt sich heraus, dass du zwar nicht schuld bist, aber derjenige nicht durch einen Unfall gestorben ist?« Ruby hoffte, dass Cash ihr dieses emotionale Statement abnehmen würde. Denn ja, auch wenn es sie immer noch auf eigentümliche Weise beschäftigte, dass sie zunächst verdächtigt worden war, hatte längst ihre natürlich Neugier überhandgenommen. Es hatte schon einen Grund, warum sie Reporterin geworden war.

»Du hast die Spannungen zwischen Travis und ihr ja miterlebt.«

»Ja, aber ich hab keine Ahnung, warum sie so aufeinander losgegangen sind.«

Cash schnitt sich was von einem Käse ab und belegte damit zwei Cracker. »Travis hat Arrowsmith vor etwa einem halben Jahr eröffnet. Direkt als er aus dem Knast kam.«

Ruby richtete sich auf. »Ach. Warum war er im Gefängnis?«

Hatten er und Vivian doch ein Verhältnis gehabt, und er war handgreiflich geworden?

»Er wurde wegen mehrfachen Diebstahls verurteilt.«
Einer der Cracker verschwand in Cashs Mund.

»Travis ist irgendwo eingebrochen?«

Cash kaute erst zu Ende, bevor er antwortete: »Bei Vivian. Insgesamt dreimal hat er sich bei Fresh Face bedient.«

»Hat Paradise keinen besseren Ort, wo man Elektrogeräte stehlen kann? Ich meine, wie viele Laptops konnte er da jedes Mal klauen? Zwei? Ihren und den der Sekretärin?«

»Wie kommst du darauf, dass er auf die Laptops scharf war?«

»Ich kann mir nicht vorstellen, dass Handtücher gerade hoch bei Ebay gehandelt werden.«

»Frage an die Reporterin: Was ist das finanziell Wertvollste in einer Schönheitsklinik?« Cash warf ihr einen abwartenden Blick zu.

Ruby nahm einen Schluck Wein und überlegte. »Anti-Aging-Produkte? Botox?«

»Bing, bing, bing. Travis hatte einen kleinen Online-Handel und hat das Zeug bis nach Mexiko verkauft.«

»Und dann war Vivian sauer, weil er seinen Schießstand direkt neben ihrer Klinik eröffnet hat? Weil sie Angst hatte, er könnte sie wieder beklauen?«

»Vivian war das Gebäude, in dem Arrowsmith jetzt ist, schon lange ein Dorn im Auge. Sie hatte den Gemeinderat schon fast davon überzeugt, es abreißen zu lassen.«

»Und dann kam Travis und hat sein Geschäft dort eröffnet.«

»Genau. Ob oder was da sonst noch zwischen den beiden vorgefallen ist, weiß ich nicht.« Cash hob die Weinflasche. »Wie wäre es, du entspannst dich jetzt mal und lässt den Abend auf dich wirken?«

Ruby winkte ab. »Der ist lecker, aber ich muss noch fahren.« Sie stellte ihr Glas neben sich auf die Decke, drehte sich auf die Seite, stützte ihren Kopf auf und betrachtete das abendliche Bergpanorama. Cash hatte recht, es war Zeit, den Abend zu genießen.

Kapitel 11

»Hübsches Häuschen.« Ruby nickte anerkennend, als Morgan am nächsten Vormittag vor Fresh Face parkte.

»Hat sich irgendein Millionär aus Silicon Valley in den 80ern bauen lassen.« Morgan zog den Schlüssel aus dem Zündschloss. »Angeblich nach Hausplänen von 1890.«

Ja, es war eindeutig zu sehen, dass der Erbauer ein Fan der längst vergangenen Zeiten des Goldrauschs im Westen gewesen war. Aber Ruby fand es irgendwie charmant.

Ganz im Gegensatz zum Arrowsmith-Gebäude, das wie eine ehemalige Lagerhalle wirkte: Welldachverkleidung, ein kaputtes Fenster, das notdürftig zugenagelt war, abblätternde Farbe an einer verbeulten Metalltür und leere Pappkartons, die sich an einer Ecke des Gebäudes stapelten. Kein Wunder, dass Vivian sich für einen Abriss eingesetzt hatte, denn selbst ohne Fresh Face daneben war es ein echter Schandfleck.

Morgan deutete auf die komplett freie Stellfläche vor beiden Gebäuden. »Sieht aus, als wenn weder Travis noch jemand von der Praxis da wäre.«

»Lass uns dennoch mal hingehen.« Ruby schlüpfte aus dem Wagen, bevor Morgan etwas sagen konnte, und steuerte auf Fresh Face zu.

Sie schaute durch die Glastür in das dunkle Innere. Von dem, was sie erkennen konnte, war Vivians Praxis modern eingerichtet: weiße, schnörkellose Sessel in einem Wartebereich, viel Glas und Stahl.

Sie klopfte und zog an der Tür, die jedoch verschlossen war.

»Hab ich doch gesagt.« Morgan war ihr gefolgt und zeigte in den unbeleuchteten Vorraum. »Keiner da.«

Ruby ging die Stufen hinunter und am Beet an der Seite des Hauses entlang.

»Wo willst du denn hin?«, rief Morgan ihr hinterher.

»Nur mal gucken, vielleicht ist hinten jemand.«

»Der Parkplatz ist leer, es ist verschlossen und dunkel, wie viele Beweise brauchst du noch, dass hier niemand ist?« Morgan hatte sich vor dem üppigen Blumenbeet hinuntergebeugt und betrachtete die Pflanzen.

Doch Ruby ignorierte ihren Einwurf und ging um die Hausecke. An der Seite, die Arrowsmith abgewandt war, ragte ein kleiner Holzkeil an einem Fensterrahmen heraus. Bingo! Solch einen Keil hatte sie zu Hause auch an ihrem Schlafzimmerfenster liegen, um das Fenster nicht ganz nach oben aufschieben zu müssen, sondern nur ein Stück, um ein wenig frische Luft hereinzulassen.

Offenbar hatte jemand vergessen, den Keil wegzunehmen und das Fenster zu verschließen.

»Morgan? Kannst du mal eben bitte kommen?« Ruby starrte durch das Fenster. Der Raum diente offenbar als

Pausenraum und Küche für Vivian und ihre Angestellten. In der Mitte befand sich ein Tisch mit mehreren Stühlen, an einer Wand war eine kleine Küchenzeile mit Mikrowelle, Kaffeemaschine und einem winzigen Kühlschrank zu sehen.

Ruby zog den Keil aus dem Fenster und schob es hoch.

»Was machst du da?«, erklang Morgans Stimme hinter ihr. »Soll ich etwa Schmiere für dich stehen?«

»Das klingt, als würde ich einbrechen.«

»Wie würdest du das denn nennen? Sich Eintritt verschaffen? Einsteigen mit Vorteil? Hausplünderung?«

»Was denkst du eigentlich von mir?« Ruby schwang einen Fuß auf den Fensterrahmen, doch Morgan riss sie zurück. »Willst du mir das Bein ausreißen? Spinnst du?«

»Das könnte ich dich fragen!« Morgan sah sie entsetzt an.

»Ich hab was gehört.« Ruby deutete in den Raum. »Es klang, als wenn jemand leise wimmern würde. Da benötigt jemand Hilfe.«

»Du lügst doch das Grün vom Rasen runter!«

Ruby schmunzelte. Sie liebte es, wenn Morgan die verdrehten Sprichwörter ihrer verstorbenen Mutter nutzte.

»Ich hab wirklich was gehört«, behauptete sie. Sie stützte ihre Hände auf den Fensterrahmen, zog sich langsam hoch und lehnte sich mit dem Bauch über die Kante.

»Du steigst da jetzt wirklich rein.« Morgans Stimme klang tonlos.

»Kannst du meine Beine ein wenig stützen, damit ich nicht gleich komplett vorn überfalle und mir die Nase breche?«

Morgan griff Rubys Waden, sodass Ruby sich vorsichtig auf der Fensterkante drehen und dann ihr rechtes Bein in den Raum baumeln lassen konnte. Sie ließ sich langsam auf die rechte Seite rutschen, bis ihr Bein Halt auf dem Boden fand.

»Okay, lass los«, bat sie Morgan.

Mit einem letzten Schwung zog sie ihr linkes Bein über den Fensterrahmen und kam in der Hocke auf dem Boden an. Sie stand auf. Morgan blickte sie kopfschüttelnd durch das offene Fenster an.

Ruby guckte sich im Raum um, befand aber, dass sie hier nichts Sinnvolles finden würde. »Ich schau mal in den anderen Räumen nach.«

»Ja, folg den Hilfeschreien.«

Ruby öffnete die Tür und stand in einem dunklen Flur. Um sich zu vergewissern, dass tatsächlich niemand anwesend war, rief sie: »Hallo? Geht's Ihnen gut?«

Doch natürlich bekam sie keine Antwort. Sie ging zur Tür gegenüber, doch diese war verschlossen. Zwei weitere Türen in Richtung Empfangsraum waren ebenfalls verschlossen, sodass Ruby sich schnell am Tresen wiederfand. Sie sah, dass der Parkplatz bis auf Morgans Volvo immer noch leer war. Auf dem gläsernen Empfangstresen stand nur ein Telefon. Daneben befanden sich ein kleiner Notizblock und eine Stiftebox. Ruby griff nach einem Bleistift und strich damit über das erste Papier auf dem Block, um zu sehen, was als Letztes darauf notiert worden war.

Doch im Gegensatz zu den zahlreichen Fernsehserien, in denen dieses Verfahren immer zu brauchbaren Hinweisen führten, passierte hier gar nichts. Offenbar hatte schon lange niemand mehr etwas auf dem Block notiert. Vermutlich lag er nur noch zur Dekoration da.

Hinter dem Tresen standen ein paar stählerne, halbhohe Büroschränke, in denen Ruby Ordner oder auch Hängeregister vermutete. Doch auch diese waren abgeschlossen.

Verdammt.

Ein Geräusch ließ Ruby zusammenzucken. Hatte sie da eben eine Stimme gehört? War vielleicht wirklich jemand im Gebäude?

Vorsichtig schlich Ruby den Flur wieder hinunter. Als sie näher an den Pausenraum kam, hörte sie Morgans zischende Stimme. »Ruby! Ruby! Komm wieder raus!«

Ruby entließ die Luft, die sie angehalten hatte, und ging in die Küche zurück. Morgan hatte ihren Kopf durch das geöffnete Fenster gesteckt. Auf ihren Wangen waren rote Flecken.

»Ich komm ja schon.«

Nachdem Morgan ihren Kopf zurückgezogen hatte, krabbelte Ruby mit ihrer Hilfe wieder durch das Fenster ins Freie.

»Ich hab nichts gefunden.« Ruby zog das Fenster wieder langsam herunter.

Morgan hob den Keil vom Boden auf und reichte ihn ihr. »Auf was hattest du gehofft? Das Geständnis des Mörders? Briefe mit Morddrohungen?«

Ruby ließ das Fenster auf den Keil sinken, bis er eingeklemmt war. »Alles war verschlossen.«

»Ich kann immer noch nicht glauben, dass du da rein bist!« Morgan klimperte mit dem Autoschlüssel. »Was, wenn dich jemand dabei erwischt hätte?«

»Erstens hättest du mich warnen können, und zweitens, wenn da Gefahr im Verzug ist, gehört es ja wohl zur Pflicht eines guten Bürgers, zu helfen.« Ruby grinste ihre Schwester breit an.

Morgan setzte zu einer Antwort an, gab dann aber ein lachendes Geräusch von sich. Sie zog Ruby an sich. »Dich kann man auch echt nicht allein lassen.«

Und obwohl es Ruby sonst nicht leiden konnte, wenn Morgan sie bemutterte, fühlte sie sich dieses Mal nicht als die kleine Schwester, die nichts auf die Reihe bekam. Stattdessen breitete sich ein wohliges Gefühl in ihr aus, weil sie wusste, dass sie Morgan immer an ihrer Seite haben und sich auf sie verlassen können würde. Ruby machte sich von ihr los. »Vielleicht ist Travis ja jetzt wenigstens da.«

»Wenn nicht, fahren wir wieder. Nicht, dass du da auch noch einsteigst«, drohte Morgan.

Gemeinsam gingen sie um die Praxis herum.

»Niemand hier, lass uns fahren.« Morgan zeigte auf den leeren Parkplatz, doch Ruby ging schnurstracks auf das andere Gebäude zu. Morgan folgte ihr leise vor sich hin brummelnd.

Als sie zu Ruby aufgeschlossen hatte, tippte sie auf einen Zettel, der an der Metalltür hing. »Wir sind zu früh. Wochentags öffnen sie erst um 14 Uhr, nur am Wochenende schon um 10.«

»Umgucken schadet ja nicht.« Ruby umrundete den Pappkartonstapel an der Hausecke.

Morgan kam hinter ihr her gelaufen. »Ruby! Menschen befragen ist eine Sache, aber ...«

»Reg dich ab. Wir gehen doch nur ums Haus herum.« Ruby blieb am Ende des Gebäudes stehen.

Dahinter eröffnete sich eine weite Fläche, die in einem Waldstück endete. In verschiedenen Entfernungen standen Zielscheiben auf der unebenen Rasenfläche. Die Schießstände, die sich direkt an das Gebäude anschlossen, waren verwaist.

»Ist da der Weg zum Festivalgelände?« Ruby kniff die Augen zusammen und zeigte auf die Zielscheibe ganz rechts, die dem Wald am nächsten war. »Lass uns mal nachschauen.« Nachdem sie sich vergewissert hatte, dass tatsächlich niemand auf der Anlage anwesend war, geschweige denn mit Pfeilen um sich schoss, ging sie mit Morgan am Rand der Schießanlage entlang.

Tatsächlich führte hinter der letzten Scheibe ein kleiner Trampelpfad in den Wald.

»Da hinten kann man den Flaggenmast vom Festivalgelände erkennen.« Morgan deutete nach rechts. »Was hat sie überhaupt im Wald gemacht?«

»Sie wollte neue Flyer holen. Und hat deshalb die Abkürzung durch den Wald genommen«, erinnerte Ruby sie.

»Ich kann mich nicht an Flyer am Tatort erinnern«, sagte Morgan grübelnd.

»Da waren keine«, bestätigte Ruby. »Deshalb dachte ich ja auch, dass ich ... also, weil sie offenbar auf dem Hinweg zur Praxis ermordet wurde und nicht, als sie zurückkam.«

Morgan ging ein paar Schritte in den Wald. »Kannst du dich noch erinnern, wie Vivian gelegen hat?«

Ruby folgte ihr. »Was meinst du?«

»So«, Morgan drehte sich erst mit dem Gesicht zum Festivalgelände und dann zurück zu Arrowsmith-Gelände, »oder so?«

»Worauf willst du hinaus?«

»Vivian lag auf dem Rücken, Gesicht und Brust eher zur Wiese gedreht.« Morgan schritt von der Schießanlage in Richtung des Festivalgeländes. »Um sie frontal in die Brust zu treffen, hätte derjenige von der Wiese aus schießen müssen.«

»Also war sie auf dem Rückweg, als sie erschossen wurde.« Ruby zeigte schräg vor den Weg. »Das heißt, ihr Mörder hat ihr wahrscheinlich dort irgendwo aufgelauert. Aber was ist mit den Flyern passiert, die sie holen wollte?«

Morgan hob die Schultern. »Vielleicht hatte sie keine mehr und kam mit leeren Händen zurück. Mich würde interessieren, ob die Polizei schon herausfinden konnte, von wo genau und aus welcher Entfernung sie erschossen wurde.«

Ruby unterdrückte ein Lächeln und hakte sich stattdessen bei ihrer Schwester ein. »Aus dir wird auch noch mal ein echter Sherlock!« Sie drückte ihr einen Kuss auf die Wange. »Ich finde, es wird Zeit, dass Cassidy mal wieder zum Essen vorbeischaut, damit wir sie ausquetschen können.«

Morgans Handy klingelte. Ein Lächeln huschte über ihr Gesicht. »Wenn man vom Sheriff spricht.« Sie nahm den Anruf an und wandte sich ab.

Ruby ging zurück in Richtung Parkplatz, um ihrer Schwester ein wenig Privatsphäre zu geben. Sie wanderte um das Gebäude von Arrowsmith und fragte sich, wie viele Kunden Travis und Abigail hatten. War es jemals so voll, dass einzelne Bogenschützen auf eine freie Scheibe warten müssten? Vor einer Mülltonne lag ein zersplitterter Pfeil. Ruby beugte sich hinunter, als sie hinter sich ein Geräusch hörte. Ein dumpfes Knacken, gefolgt von einem Rascheln. Ruby hielt inne und spähte über die Schulter. Nichts. Wahrscheinlich war es nur ein Tier.

Als sie sich wieder zur Mülltonne umdrehte, stand er plötzlich vor ihr. Sein Blick war so intensiv und durchdringend, dass es Ruby fröstelte.

Kapitel 12

»Was machst du hier?« Rubys Stimme klang gefestigter als ihre wackeligen Beine.

»Das könnte ich dich fragen.« Travis machte sich an einem Schloss an der Mülltonne zu schaffen.

Ruby starrte auf das fette Vorhängeschloss. War das sein Tresor? Eine sehr individuelle Art, seine Wertsachen zu verwahren. Aber vermutlich auch effektiv, denn wer würde schon freiwillig in einem Mülleimer rumwühlen? Andererseits, wenn dieser so aufwendig verschlossen war, sorgte das sicherlich für Interesse.

»Bärensicherung.« Travis schien ihren neugierigen Blick bemerkt zu haben. »Vivian hatte neulich eine Ameisenplage. Die müssen was Süßes gerochen haben, denn zwei Tage später spazierte ein Bär um ihr Haus rum und hat den Müll durchwühlt.«

Ruby beäugte das kleine Waldstück, in dem Morgan noch lebhaft telefonierte. »In Paradise laufen Bären rum?«

»Ist ja nicht so, dass sie die Grenze zwischen National Park und Paradise erkennen könnten.« Travis öffnete die Tonne. »Bist du hier wegen des Artikels?«

Bevor er einen Müllbeutel hineinwarf, entdeckte Ruby drei Sprühdosen obenauf. Sie war sich sicher, dass diese hier auch getrennt gesammelt wurden, wollte jetzt aber nicht als die oberkluge Ökotussi daherkommen und hielt deshalb den Mund.

»Ja, ich hab noch ein paar Fragen … Am Sonntag war ja keine Zeit mehr.«

»Hast du aber Glück, denn eigentlich komme ich immer erst nach dem Mittag.«

»Warum bist du dann heute schon so früh hier?«

»Ich wollte nach dem Rechten sehen. Wer weiß, was noch alles passiert.« Er hob die Schultern. Die Tattoos, die seine Arme bedeckten, schienen bei jeder Bewegung lebendig zu werden. »Irgendwie hatte es ja jemand auf Vivian abgesehen.«

Ruby erinnerte sich an Vivians Vorwurf, Travis hätte ihr Parolen an die Wand gesprüht. »Das klingt, als wenn es vorher schon Probleme gab.«

»Das waren meist nur Kleinigkeiten.«

»Was für Kleinigkeiten?«

Travis trat von einem Fuß auf den anderen. »So Kinderstreiche. Hundescheiße an den Fenstern, Autoreifen zerstechen und so was.«

Kinderstreiche? Für Rubys Dafürhalten hörte sich das eher nach einem ausgewachsenen Streit zwischen zwei rivalisierenden Gangs in der Bronx an, denen man die Waffen weggenommen hatte.

»Wurde der Täter schon gefunden?«

»Ne.« Travis wiegte den Kopf hin und her. »Diese Lehrerin mit dem Schönheitsding war ein paar Mal hier. Hat sich richtig mit Vivian gezofft. Und dann klebte der erste Scheißhaufen am Fenster. Und so was ist doch kein Zufall.«

Obwohl ihr Mentor auch immer gern gesagt hatte, dass der Zufall Wege geht, wo die Absicht gar nicht hinkommt, musste Ruby Travis hier recht geben.

»Was wolltest du denn noch wissen?«

Ruby sah nach Morgan, die immer noch telefonierte. »Lass uns doch reingehen, da können wir in Ruhe reden.«

»Dafür hab ich keine Zeit. Ich hatte gestern nur den Müll vergessen, und Abby hasst es, wenn der länger als nötig rumliegt.«

Wie zur Bestätigung rumpelte ein Müllwagen auf den Parkplatz und kam hinter Travis' Auto zum Stehen. Travis zog die Mülltonne hinter sich her und ging dem Müllwerker entgegen. Die zwei wechselten ein paar Worte, dann kehrte Travis mit der leeren Tonne zurück. Der Müllwagen piepte, als er rückwärts vom Parkplatz fuhr.

»Abby wartet mit dem Frühstück.« Travis stellte die Tonne zurück. »Kannst du später wiederkommen?«

»Wie bist du auf die Idee mit der Bogenschießanlage gekommen?« bemühte Ruby sich um eine professionelle Interviewfrage, um ihn am Gehen zu hindern. »Das Hobby zum Beruf gemacht?«

»Das«, er deutete auf seine tätowierten Arme, »und der Knast sind nicht gerade hilfreich bei der Jobsuche.«

Ruby fand, dass derartige Tätowierungen eine Person auf dem Arbeitsmarkt eigentlich vermittelbarer machen müssten – immerhin zeigte es, dass derjenige stundenlang ruhig sitzen konnte, während winzige Nadeln in die Haut gestochen wurden. Und genau so hatten sich die oft endlosen Redaktionssitzungen mit Alan angefühlt.

»Warum hast du deine Anlage genau hier eröffnet?«

»Wieso nicht?« Travis ging in Richtung seines Autos.

»Direkt gegenüber von Fresh Face und der Frau, die dich ins Gefängnis gebracht hat.« Ruby folgte ihm. »Ich meine, gab es keinen besseren Platz?«

»Schon«, druckste Travis herum. »Am Highway raus Richtung Evergreen. Da steht die alte Anlage der Pistolenschützen.«

Das war am anderen Ende von Paradise. Weit weg von Vivian.

»Und warum nicht da? Liegt das Gelände ungünstig? War die Pacht zu teuer?«

»Abby fand das hier besser.«

Wieso wohl? Die beiden Gebäude lagen von Wald umgeben. Das angrenzende Festivalgelände zur einen Seite kannte Ruby ja nun zu Genüge, zu den anderen drei Seiten folgten kleine Waldabschnitte, bevor die Bebauung wieder anfing. Insofern lagen Arrowsmith und Fresh Face zwar ein wenig abseits, aber nicht in der totalen Einsamkeit. Ruby wusste zwar nicht genau, wie das Gelände der anderen Schießanlage war, aber vermutete aufgrund von Travis' Beschreibung, dass diese noch weiter draußen lag.

»Was gefiel ihr denn hier besser?«

»Weiß nicht. Aber happy wife, happy life. Da frag ich nicht lange nach.« Travis grinste.

Ruby setzte ein verständnisvolles Gesicht auf. »Hab schon gehört, dass sich die Formel in Partnerschaften bewährt.«

»Sie meinte, es wäre gut für mich. Um Vivian zu zeigen, dass ich was drauf hab. Dass der Knast nicht mein

Leben ruiniert hat.« Travis spielte mit seinem Autoschlüssel. »Und mir tat das Ganze ja auch leid.«

»Was tat dir leid?«

»Dass ich bei ihr geklaut hab.« Travis scharrte mit der Fußspitze über den trockenen Boden. »Ich wollte helfen.«

»Helfen? Womit?«

Er öffnete die Fahrertür. »Na, bei so handwerklichen Sachen.«

»Du hast ihr geholfen?« Ruby wollte sich an die Motorhaube lehnen, wich aber zurück, als sie die großen rostigen Flecken bemerkte.

»Als Nachbar macht man so was doch.«

Irrte sich Ruby, oder war plötzlich ein sanfter Ton in Travis' Stimme zu hören? Konnte es sein, dass Travis mehr für Vivian empfunden hatte? Auf dem Sommermarkt hatte es definitiv nicht den Anschein gehabt. Andererseits waren vielleicht beide nur angespannt gewesen?

Ruby betrachtete ihn. Seine Augen wirkten traurig. »Ich dachte, ihr konntet euch nicht besonders gut leiden.«

Travis räusperte sich. »War halt nicht einfach. Ich der Dieb, sie die Frau mit dem Schönheitswahn. Sie hat mich immer schnell auf die Palme gebracht.«

»So wie Sonntag, als sie meinte, du hättest ihr Parolen an die Wand geschmiert?«

Travis nickte. »Ich weiß, sie war nur gestresst wegen dieser ganzen anderen Sachen vorher und ist deshalb gleich auf mich los. Aber wenn mich jemand so anmacht, dann brüll ich gleich zurück.«

Ruby fielen die Sprühdosen aus der Mülltonne wieder ein. Travis hatte zwar behauptet, er war es nicht gewesen, aber was wenn doch? Was, wenn er all die Probleme, von denen er gesprochen hatte, selbst für Vivian verursacht hatte, nur um ihr dann anschließend seine Hilfe anbieten zu können? Wie krank wäre das denn? Es half nichts, sie musste es darauf ankommen lassen.

»Da waren Sprühdosen in deiner Mülltonne.«

Travis schaute Ruby direkt in die Augen. Es war kein herzlicher Blick, allerdings auch kein eiskalter. Eher der Blick eines Pokerspielers. Undurchdringlich. »Das waren die von dem Streich. Ich hab sie hinter Fresh Face gefunden. Hat derjenige wohl dort vergessen.«

»Warum hat Vivian sie nicht der Polizei gegeben? Die hatten sie doch auf Fingerabdrücke untersuchen können.«

»Ich hatte sie doch schon angefasst, deshalb hab ich sie weggeworfen.«

Ja, wie praktisch, dachte Ruby.

***

Auf dem Baseball Diamond trainierte die Schulmannschaft, als Ruby am Nachmittag ihr Fahrrad vor der High School abstellte.

»Ist nicht New York«, war Morgans Antwort gewesen, als Ruby sie um ein Schloss gebeten hatte.

Die Flügeltür quietschte, als Ruby sie öffnete. Vor ihr breitete sich ein typisch langer Gang mit Schließfächern links und rechts aus, der sie sofort in ihre eigene Schulzeit versetzte. Selbst der Geruch von Bohnerwachs und ungewaschenen Sportklamotten schien universell zu sein. Gleich zur rechten Seite ging eine Tür in die Bücherei ab. Obwohl diese offen stand, war kein aufgeregtes Geplapper der Mitglieder von Marys Be-you-tiful-Gruppe zu hören.

Hatte Ruby sich vertan? Aber Mary hatte doch Mittwochnachmittag gesagt, oder nicht?

Als sie die Bücherei betrat, kam Mary ihr schon entgegen. »Schön, dass du da bist.« Sie drehte sich zu einem Tisch, an dem zwei Mädchen saßen. »Das ist Ruby, die Reporterin aus New York.«

Die beiden Schülerinnen schauten von ihren Handys hoch. Die eine trug eine Brille mit dicken Gläsern, hinter denen ihre Augen winzig klein wirkten. Die andere hatte wenigstens zehn Ringe entlang jeder Ohrmuschel und ließ gerade eine große Kaugummiblase platzen.

»Ihr seid ja eine übersichtliche Gruppe.« Ruby bemühte sich, ein begeistertes Lächeln aufzusetzen.

»Das ist unser letztes Treffen vor den Ferien, daher sind nicht alle da. Jason, komm mal rüber, unser Besuch ist da«, rief Mary.

»Miss C, er ist doch jetzt Jazzy«, korrigierte die Brillenträgerin sie.

Marys Hand flog zu ihrem Dekolleté. »Ich hab mich einfach noch nicht dran gewöhnt.« Sie beugte sich hinunter und machte küssende Geräusche. »Jazzy, komm, komm, komm.«

In der Ecke erhob sich ein Schüler aus etwas, das aussah wie eine Katzentoilette. Er trug einen Reif mit zwei flauschigen Öhrchen im Haar und an seinem Gürtel baumelte hinten ein schwarzer Fellschwanz. Er kauerte sich auf einen Stuhl, stützte einen Ellenbogen auf dem Tisch ab und begann, seinen Handrücken mit der Zunge abzulecken.

Was zum Kuckuck war das für eine Gruppe? Ruby erkannte jetzt, dass es sich in der Ecke tatsächlich um ein Katzenklo mit Streu handelte.

»Jazzy ist ein Furry.« Die Brillenträgerin holte eine Plastikdose aus ihrer Tasche und legte zwei kleine Kekse in Goldfischform auf den Tisch. Begierig griff der selbsternannte Katzenjunge danach und rieb dann seinen Kopf an ihrer Schulter.

Mary bat die Gruppe, Ruby etwas von ihren vergangenen und geplanten Aktionen zu berichten. Widerwillig und nur mit der ständigen Hilfe durch Mary gaben die zwei Mädchen Auskunft. Jazzy beteiligte sich nicht am Gespräch. Irgendwann sprang er vom Stuhl und legte sich unter den Tisch. Ruby gab sich Mühe, zuzuhören, aber es war schwierig, in Gedanken bei der Be-you-tiful-Gruppe zu bleiben.

Was veranlasste Jugendliche dazu, sich als Tiere zu identifizieren und auch so zu verhalten? Und wie hatte er die Schule davon überzeugen können, ihm sogar ein Katzenklo hinzustellen? Schickten seine Eltern ihn bei einem Schnupfen zu ihrem Hausarzt oder zum Tierarzt? Was passierte, wenn ein anderer Schüler eine Katzenallergie hatte? Musste dann der Allergiker oder Jazzy den Kurs wechseln?

Das Einzige, was sie von diesem Gespräch letztlich mitnahm, war, dass, wenn jemand aus der Be-you-tiful-Gruppe für die Streiche bei Vivian verantwortlich war, dann allerhöchstens Mary selbst. Denn die Schüler zeigten keinerlei wirkliche Begeisterung. Und Ruby ging davon aus, dass das Engagement bei den Abwesenden ähnlich war. Warum sie alle überhaupt bei dieser Gruppe teilnahmen, blieb Ruby unerklärlich.

Ebenso rätselhaft war es, wer für den Vandalismus und Vivians Tod verantwortlich war. Außer, dass ihr Blick immer wieder an Mary hängen blieb.

Kapitel 13

Ruby wich einem auf den Weg hängenden Zweig aus und ging dann weiter zügig am Fluss entlang. Nachdem sie am folgenden Morgen sogar noch vor Morgan aus dem Bett gefallen war, hatte sie beschlossen, die kühle Morgenluft für eine ausgiebige Joggingrunde zu nutzen. Leider hatte sie dabei erneut die Höhenluft unterschätzt, die ihr doch mehr zu schaffen machte, als sie sich eingestehen wollte.

Hinterm Bond war sie dem Weg am Fluss nicht in Richtung Paradise gefolgt, sondern hatte die entgegengesetzte Richtung eingeschlagen. Ursprünglich hatte sie sich vorgenommen, bis zum Eingangsschild des Nationalparks zu laufen und dann umzudrehen. Das wären nur knapp sechs Kilometer insgesamt gewesen. Doch nach noch nicht einmal fünfzehn Minuten hatte sie mit Seitenstechen mit dem Laufen aufhören müssen. Seitdem versuchte sie sich an einer Mischung zwischen Schnellgehen und Nordic Walking ohne Stöcke. Ihr Kreislauf dankte es ihr, dennoch kämpften ihre Lungen mit dem verminderten Sauerstoff, und sie atmete wie ein Asthmatiker, der den Kohleofen einer alten Lok befeuerte.

Um sich von ihren körperlichen Beschwerden abzulenken, dachte sie über Vivians Tod nach.

Irgendjemand hatte ihr im Wald aufgelauert, sie mit einer derzeit noch unbekannten Waffe erstochen und dann einen der Pfeile, den Ruby verschossen hatte, in Vivians Wunde gesteckt, um von sich als Täter abzulenken.

Nachdem Cash ihr von der gemeinsamen Vergangenheit von Travis und Vivian erzählt hatte, fiel es Ruby schwer, offen an die Sache heranzugehen. Die Lösung des Falls schien auf der Hand zu liegen: Vivian hatte Travis ins Gefängnis gebracht, und er hatte sich jetzt dafür an ihr gerächt.

Doch seit dem Gespräch mit ihm gestern hatten sich vermehrt Zweifel an seiner Schuld eingeschlichen.

Denn warum hätte er einen seiner eigenen Pfeile in Vivians Brust bohren und so die Aufmerksamkeit direkt auf sich ziehen sollen? Oder war er wirklich davon ausgegangen, dass die Polizei dann sofort Ruby als Täterin verhaften würde, weil sie die Pfeile abgeschossen hatte?

Er hätte Vivian doch auch einfach erstechen können und dann wäre die Tätersuche komplett offen gewesen. Oder hatte er das genau verhindern wollen, damit die Ermittler nicht auch auf seine Streitereien mit Vivian gestoßen wären? Aber wenn er ihretwegen im Gefängnis gesessen hatte, dann wussten die es doch wahrscheinlich ohnehin.

Und dann war da noch Mary, die keinen Hehl aus ihrer Abneigung gegenüber Vivian gemacht hatte. Kamryn, Rubys Journalistenkollegin aus Kanada, hatte ihr mal von einem Fall berichtet, bei dem es zunächst so ausgesehen hatte, als wenn jemand eine Stadträtin umgebracht hatte, nur, um das Leben aller angenehmer zu machen. Es gab immer Menschen, die aufgrund einer noch so fehlgeleiteten Überzeugung meinten, dass der Tod eines bestimmten Menschen die Welt von Übel befreien und besser machen würde.

War Mary tatsächlich so fanatisch und hatte vielleicht Vivian nicht nur Parolen an ihre Klinik gesprüht, sondern sie auch getötet? Sie hatte auf alle Fälle genügend Kalkül, einem anderen die Schuld dafür in die Schuhe zu schieben und ihre Tat dementsprechend zu planen.

Doch nichts deutete es auf einen langwierig geplanten Mord, sondern eher eine spontane Handlung hin. Denn weder Travis noch Mary hatten wissen können, dass Ruby an dem Tag überhaupt und dann noch so weit abseits schießen würde.

Das Brennen in ihrer Lunge ließ langsam nach. Ruby schüttelte Arme und Beine aus. Sollte sie einen zweiten Versuch wagen? Vielleicht müsste sie das Joggen hier wie ein blutiger Laufanfänger angehen: Ein paar Minuten laufen, eine Minute gehen, dann diese Intervalle ein paar Mal wiederholen, um dann von Woche zu Woche den Laufanteil zu erhöhen und die Pausen zu verringern.

Sie nahm einen tiefen Atemzug, und sofort breitete sich wieder ein unangenehmes Stechen in ihren Lungenflügeln aus. Sie tippelte langsam los und grübelte, ob Mary überhaupt die Gelegenheit gehabt hatte. Sie war auch auf dem Markt gewesen. Und abgesehen von der Zeit, an der Ruby selbst nicht am Stand der Loop

Troopers gewesen war, war Mary dreimal weg gewesen. Zweimal zur Toilette und einmal, um selbst über den Markt zu bummeln. Zumindest hatte sie das behauptet.

Doch womit hätte sie Vivian spontan erstechen sollen? Mit einer ihrer Stricknadeln? Und wäre sie dazu überhaupt nah genug an Vivian herangekommen? Vivian hätte sich doch in jedem Fall gewehrt, wenn Mary sie so bedrängt hätte, oder nicht?

Das brachte Ruby auf den nächsten Gedanken, dass Vivian ihren Mörder gekannt haben musste, denn erstechen konnte man jemanden nur aus nächster Nähe. Bei einem Fremden würde man doch ganz automatisch auf Abstand bleiben.

Ruby versuchte sich, an Vivians Leiche zu erinnern. Der Gerichtsmediziner müsste letzten Endes sagen, ob Vivian Abwehrspuren hatte, aber generell hätte Ruby vermutet, dass Vivian sich nicht gewehrt hatte. Zumindest hatten ihre Kleidung und auch ihr Gesichtsausdruck nicht nach einem Kampf ausgesehen. Je länger sich Ruby Vivians Bild vor das geistige Auge rief, desto mehr kam es ihr vor, als wenn die Fresh-Face-Besitzerin wie aus heiterem Himmel einfach umgefallen wäre. Wie vom Blitz getroffen, durchschoss es Ruby. Aber erstens hatte es kein Gewitter gegeben, und woher hätte zweitens dann die Wunde in ihrer Brust gestammt?

Ein meckernder Laut durchbrach ihre Gedanken. Ruby schaute den Weg hinunter, konnte aber nichts sehen. Ein zweites Mal erklang ein Ton, dieses Mal definitiv jammernder. Rubys Lungen drohten erneut zu platzen, sie stützte die Hände in die Hüfte und fiel von ihrem leichten Jogging in ein schnelles Gehen zurück.

Dabei bemühte sie sich, richtig tief ein- und auszuatmen. Als sie das Geräusch erneut hörte, konnte Ruby es als das Meckern einer Ziege identifizieren. Sie ließ ihren Blick über die Wiese schweifen, die auf der anderen Seite des Flusses lag, konnte aber kein Tier erkennen.

»Määääääh«, ertönte der Laut jetzt direkt über ihr. Ruby blieb stehen und schaute an der Felswand hoch. Auf einem schmalen Vorsprung stand eine kleine Ziege. Ein Stück darüber waren die Köpfe mehrere Ziegen zu erkennen, die neugierig nach unten blickten.

»Määäääh«, kam es jetzt wieder klagend von dem kleinen Zicklein. Eine Ziege mit einem mächtigen Kopf drängte sich vorn an die Klippe und schien etwas zu antworten. Das Zicklein versuchte daraufhin, mit seinen Vorderbeinen Halt an der glatten Felswand zu finden, glitt aber immer ab. Die Ziegen an der Klippe zogen ihre Köpfe zurück.

»Hey!«, rief Ruby. »Ihr könnt es doch nicht allein lassen!« Doch die Herde schien sich zurückgezogen zu haben.

Das Zicklein jammerte und schaute immer wieder nach oben, doch da blieb es ruhig.

Ruby betrachtete die Felswand. Sie war nicht besonders hoch, der Vorsprung, auf dem das Zicklein stand, lag vielleicht drei Meter über dem Weg. An der rechten Seite befanden sich ein paar größere Steine und Felsen, die mit ein wenig Gras bewachsen waren. Bergziegen waren ja sehr gelenkig, Ruby war sich sicher, dass das Zicklein dort eine Route hinunter zum Weg finden würde.

Ruby breitete die Arme aus. »Komm zu mir«, versuchte sie das Zicklein zu locken.

Das jedoch jammerte nur weiter. Ruby riss ein paar Gräser aus, ging an die Felswand und streckte sie der Ziege entgegen. »Schau mal, was ich Leckeres für dich hab.«

Die Hufe der Ziege hallten auf dem Felsvorsprung, als sie sich in Rubys Richtung bewegte. Für einen Moment hatte Ruby die Vision, wie die Ziege jetzt abrutschen, hinunterstürzen und Ruby unter sich begraben würde. Stanley würde dann noch Jahre später von dem Tag erzählen, an dem eine Ziege Big Apple erledigt hätte.

Sie verdrängte den Gedanken und wedelte weiter mit den Gräsern, doch das Zicklein war stehen geblieben und jammerte wieder.

Ruby inspizierte die großen Gesteinsbrocken direkt vor ihr. Die Gräser fest umklammert, stützte sie sich mit beiden Händen auf einen der Felsen ab und zog sich hoch. Pustend kam sie auf dem Felsen zum Sitzen. Sie rutschte ganz nah an die Felswand heran und stand langsam auf. Dabei achtete sie darauf, sich immer weiter an die Wand zu drücken, bevor sie die Hand mit den Gräsern wieder in die Höhe streckte.

»Na, komm.« Ruby reckte sich, so weit sie sich sicher fühlte, der Ziege entgegen. Diese tat ihr endlich den Gefallen und sprang mit einem Satz von der Klippe auf das darunterliegende Gestein. Ein paar kleine Steine lösten sich und fielen nach unten auf den Weg. Rubys Herz pochte in ihrer Brust. »Gut gemacht. Nur noch ein Stück.« Sie führte die Hand mit den Gräsern zum Mund und tat so, als wenn sie daran kauen würde. »So lecker!«

Meckernd machte sich das Zicklein auf, einen Felsen weiter hinunterzukommen. Ehe sich Ruby versah, hatte die Ziege ihr einen Teil der Gräser aus der Hand gerissen.

»Okay, okay.« Ruby ließ den Rest vor ihre Füße fallen, setzte sich auf den Po und starrte den Felsen hinunter. Dann schob sie die Beine über den Rand und ließ sich bäuchlings an dem Stein hinab. Dies war wieder einer der Momente, in denen sie froh war, dass Paradise im Gegensatz zu New York City so dünn besiedelt war. In New York hätten zahlreiche Schaulustige diesen denkwürdigen Abgang mit ihren Handys gefilmt, und noch bevor ihre Turnschuhe den Boden berührt hätten, wäre sie eine virale Attraktion gewesen. Hier hätte sie allenfalls ein Touristenpärchen dabei gesehen, und die wären völlig verzückt von der Ziege gewesen und hätten ihr Handy allenfalls für Selfies mit dem Tier genutzt.

Ruby klopfte sich übers T-Shirt und ihre Laufhose. Dann riss sie weiteres Gras aus und hielt es der Ziege hin, die jetzt dort stand, wo Ruby eben noch gestanden hatte. Während das Tier ihr erneut das frische Grün aus der Hand riss, betrachtete Ruby den Felsen. Würde das Zicklein diese Höhe auch einfach hinunterspringen können?

Ruby ging an den Felsen und streckte die Arme nach oben. »Komm. Ich halt dich, okay?« Sie versuchte, ihre Arme unterhalb des Bauches zu positionieren. Dabei fiel ihr auf, dass die Ziege das hintere, rechte Bein in einem nicht natürlichen Winkel hielt. War es vielleicht gebrochen?

Die Hufe klackten auf dem nackten Felsen, als das Zicklein vorsichtig näher an den Rand kam. Dann ging alles ganz schnell. Das Tier gab einen kläglichen Laut von sich, die Hufe schlugen erneut auf den Stein, und ehe Ruby reagieren konnte, fiel sie mitsamt der Ziege im Arm zu Boden.

***

Ruby wummerte mit dem Fuß gegen die Tür.

»Was ist de...?« Morgan schaute entsetzt auf die Ziege, die sich an Rubys Brust gekuschelt hatte.

Ruby wollte sich an ihr vorbei in die Küche drängen, doch ihre Schwester verstellte ihr den Weg. »Keine Tiere im Haus!«

»Komm schon, sie ist verletzt.« Wie zur Bestätigung fing das Zicklein an zu jammern.

»Dann bring sie zum Arzt.«

»Du hast Medizin studiert.«

»Humanmedizin«, blieb Morgan stur.

Ruby machte einen Schmollmund und riss ihre Augen auf. »Bitte.«

»Bei deinen Kuhaugen könnte man beinah glauben, dass Veterinäre und Humanmediziner die gleichen Spezies versorgen. Tun sie aber nicht.« Morgan trat aus der Tür, schloss diese und ging in den Garten. »Lass sie mich hier mal anschauen.«

Nachdem Ruby das Zicklein vorsichtig auf den Rasen gebettet hatte, untersuchte Morgan das Bein. »Sieht gebrochen aus.«

»Kannst du ihr einen Gips machen?«

»Bin ich MacGyver?« Morgan zog ihr Handy aus einer Tasche ihrer Cargohose. »Ich rufe bei Happy Tails an.«

Mit der Tierauffangstation hatte Ruby schon bei ihrem ersten Besuch Bekanntschaft gemacht, nachdem sie Guppie Goldberg dort abgeben wollte.

Ruby streichelte der Ziege über den Kopf. Sie bemerkte, dass das eine Ohr viel kleiner war als das andere. »Alles wird gut, Vincent Van Goat.«

»Vincent Van Goat?« Aus Morgans Telefon war das Klingeln zu hören.

Ruby deutete auf das verkümmerte Ohr. »Ihm fehlt hier was. Wie bei Van Gogh.«

Morgan kicherte, riss sich dann aber zusammen, als am anderen Ende das Gespräch angenommen wurde. Einen Moment später beendete sie das Telefonat, und ihr Gesicht sprach Bände.

»Sie sind komplett überfüllt, wir können die Ziege ...«

»... Vincent Van Goat«, berichtigte Ruby sie.

»... nicht dort abgegeben. Aber wir sollen sie zu Dr. Garcia bringen. Die kann sich ihr Bein ansehen, die Kosten dafür werden von ›Happy Tails‹ übernommen.«

Ruby hob Vincent Van Goat hoch. »Okay, worauf warten wir noch?«

»Wir«, Morgan betonte das Wort, »tun gar nichts. Ich hab zu tun. Du kannst die Zie... Vincent Van Goat allein zur Arztpraxis fahren.«

»Wo ist die denn?«

»In Evergreen in der Nähe des Gemeindezentrums.«

Kapitel 14

Dr. Gabriella Garcia hatte ihre Praxis in einem einstöckigen Bau, der tatsächlich direkt gegenüber dem Gemeindezentrum stand. Die drei Garagentore in dem mit Wellblech verkleideten Gebäude sowie ein paar Altreifen, die als Tierskulpturen links und rechts der Einfahrt standen, wiesen auf eine mögliche Vergangenheit als ehemalige Autowerkstatt hin. Ruby war von der Kreativität beeindruckt. Jemand hatte die Autoreifen so genial angemalt, sodass sich zwei Schnecken und ein Marienkäfer neben einem Frosch wiederfanden. Es gab einen Hasen sowie eine Katze und einen Hund, eine Schildkröte kroch auf der anderen Seite neben einem Hahn, einem Fisch und einem prächtigen Papagei.

Ruby öffnete die hintere Tür, beugte sich über die Rücksitzbank und bettete Vincent Van Goat vorsichtig wieder in ihre Arme. Bevor sie überhaupt an der Praxistür angekommen war, wurde diese von einer drahtigen, kleinen Frau aufgerissen.

»Was haben wir denn da?« Sie beugte sich über die Ziege und drückte ihr einen Kuss auf die Stirn. Dann schob sie Ruby in die Praxis.

Innen war es angenehm kühl, ein Radio spielte spanische Musik.

»Ich bin Ruby, das ist Vincent Van Goat.«

»Ich bin Gabriella. Keine Gabi, Gabby, Bella, Ella oder ähnliches. Was ist passiert?« Sie bedeutete Ruby, ihr zu folgen.

»Ich hab ihn beim Joggen gefunden.« Ruby ging durch einen Flur hindurch zu einem großen Raum, in dem eine Liege stand.

»War die Ziege allein?« Gabriela breitete eine dünne Decke auf der Liege aus und half Ruby, das Tier darauf abzusetzen. Dieses protestierte heftig, als Ruby es ablegte.

Ruby schilderte kurz, was passiert war, während die Ärztin sanft das verletzte Bein betastete. »Ich denke, die Herde ist an der Klippe entlanggegangen und Vincent ist dann runtergestürzt.«

»Es ist tatsächlich wahrscheinlicher, dass die Herde sie hinuntergedrängt hat.«

»Was? Warum?«

Gabriella strich über das verkümmerte Ohr. »Ein Tier mit Makel macht die Herde schwach, angreifbar. Da ist es im Sinne der Gemeinschaft besser, man entledigt sich dieses Problems.«

»Du meinst, sie haben sie in den Tod getrieben?«

Gabriella nickte. »Ist im Tierreich nichts Ungewöhnliches.«

»Aber ...« Ruby fiel es schwer, ihr Entsetzen in Worte zu fassen.

»In der Natur geht's ums Überleben. Jeden Tag. Da kann man sich keinen leisten, der eventuell auf einem Ohr nicht hören kann und dann nicht mitbekommt, wenn sich ein Feind anschleicht.« Gabriela leuchtete der Ziege ins Ohr. »Ziegen sind hier Beute für allerlei

andere Tiere: Wölfe, Bären, Kojoten, Pumas und selbst
Geier und Waschbären greifen sich auch mal eine
Ziege. Da würde die Herde ein Risiko eingehen, wenn
sie eine Ziege mit schlechtem Gehör in ihrer Mitte haben.«

Ruby strich Vincent Van Goat über den Rücken. Natürlich wusste sie, dass Colorado und insbesondere Paradise eine weitaus vielfältigere Tierwelt beherbergten
als der Central Park in New York. Aber dennoch wurde
ihr gerade wieder bewusst, wie weit sie hier von ihrem
gewohnten Großstadtleben entfernt war. Einerseits
fand sie es faszinierend, andererseits war die Vorstellung, dass nachts ein Kojote um Morgans Haus schlei-
chen könnte, auch ein wenig gruselig. Ganz zu schweigen von dem Bären, der bei Fresh Face aufgetaucht war.

»Ich muss das Bein röntgen, kannst du mir kurz helfen?« Gabriella deutete auf zwei Bleischürzen, die in einer Ecke an einem Haken hingen.

Ruby ging zur Wand und wollte beide Schürzen abnehmen. Aufgrund des Gewichts besah sie sich dann eines Besseren und reichte erst eine an Gabriella weiter,
bevor sie sich die andere anzog.

»Du suchst nicht zufälligerweise einen Job, oder?«
Gabriella machte sich nicht die Mühe, den Klettver-
schluss ihrer Schürze zu schließen. »Ich bräuchte nämlich eine neue Arzthelferin.«

»Danke, aber ich bin schon vergeben.« Zumindest
hoffte Ruby, dass Alan sie auch immer noch als Redak-
tionsmitglied betrachtete. »Ist wohl nicht einfach, hier
in der Gegend Mitarbeiter zu finden?«

Gemeinsam trugen sie die Ziege auf eine Pritsche an
der gegenüberliegenden Wand.

»Wenn die jungen Leute nicht ohnehin in die großen Städte verschwinden, machen sie irgendwas im Tourismus – Hotels, Restaurants und so. Kannst du ihren Körper fest auf die Liege pressen, damit sie sich nicht bewegt?« Gabriella zog an einem Wandarm und positionierte die Kamera direkt über dem Ziegenbein. »Ich hatte bis letzten Monat eine ältere Dame, die mir zur Hand gegangen ist. Aber ihre Tochter ist jetzt mit der Familie nach Arkansas gezogen, und sie vermisst ihre Enkelkinder sehr. Also ist sie hinterhergezogen.« Gabriella hielt mit einer Hand das verletzte Bein fest, mit der anderen betätigte sie den Auslöser. Dann ließ sie das Bein los. »Ich schau mir das Bild an, bleib du hier bei ihr, falls wir noch eins machen müssen.«

»Kannst du die Arbeit in der Praxis denn überhaupt allein bewältigen?« Es war eine Sache, als Laie mal eben ein Tier für eine Röntgenaufnahme zu halten, aber Ruby war sich sicher, dass sie nicht bei einer Operation assistieren könnte. Allein schon bei dem Gedanken daran, dass Gabriella mit einem Skalpell in die Haut eines Tieres ritzen würde ... Wie sollte das ein Tierbesitzer aushalten, ohne ohnmächtig zu werden?

»Am Freitag hatte ich ein Interview, aber das hat sich dann leider zerschlagen.« Gabriella hatte sich über ihren Laptop gebeugt und zoomte in die Aufnahme.

»Hat sie es sich anders überlegt und arbeitet jetzt auch lieber als Kellnerin?« Ruby versuchte irgendwas auf dem Röntgenbild zu erkennen, aber die Tierärztin versperrte ihr einen Teil der Aufnahme.

»Gute Neuigkeiten. Ist ein einfacher Bruch, sollte prima verheilen.« Gabriella ging zu einem Schrank und zog ein paar Schubladen auf. »Ich hab abgesagt. Die junge Frau erschien qualifiziert, bis ich ihre Referenzen überprüft hab.«

»So etwas ist mir auch schon mal mit einer Studentin passiert, die ein Redaktionspraktikum machen wollte. Als ich den Professor anrief, den sie als Referenz angegeben hatte, kannte er sie gar nicht.«

Gabriella legte Gipsbinden auf einen Rollwagen. »In meinem Fall hat die Referenz mir davon abgeraten, die Kandidatin einzustellen. Kannst du sie hier wieder zur Liege bringen?«

»Oh. Die sind wohl nicht im Guten auseinandergegangen.« Ruby trug die Ziege zu ihr hinüber.

»Das kann man so sagen.« Gabriella begann, das Bein gründlich zu waschen. »Sie wollte mir noch den Kontakt von jemandem raussuchen, den sie mal zur Aushilfe gehabt hat.«

»Vielleicht hast du mit demjenigen dann ja mehr Glück.« Ruby streichelte die Ziege zwischen den Ohren.

»Unwahrscheinlich. Die Infos hat die Referenz mit ins Grab genommen.« Gabriella ließ den Lappen in eine Schale fallen. »Am Freitag habe ich noch mit ihr gesprochen, und am Sonntag steckte ihr plötzlich ein Pfeil in der Brust.«

Ruby hielt mit dem Streicheln inne, was von Vincent Van Goat sofort mit einem meckernden Geräusch moniert wurde. »Vivian war die Referenz?«

»Du kennst sie?«

»Ein bisschen«, log Ruby.

»Kennst du dann auch Laila Atwater?« Gabriella zog einen Gipsstreifen durch die Wasserschale.

»Ist sie diejenige, die sich bei dir beworben hat? Was hat Vivian über sie gesagt?« Sofort war Rubys Neugier geweckt, denn scheinbar gab es eine weitere Person, die mit Vivian nicht klar gekommen war.

Gabriella schlang die feuchte Binde um das verletzte Bein. Vincent Van Goat jammerte. Ruby war sich nicht sicher, ob es die Kälte des Wassers oder vielleicht tatsächlich Schmerzen waren.

»Nicht Positives.« Gabriellas Gesicht wirkte plötzlich verschlossen. Sie schien nicht zu den Menschen zu gehören, die frei über andere Menschen lästerte. Ruby würde sich bemühen müssen, um mehr von ihr zu erfahren.

Sie seufzte. »Ich muss dir was gestehen.«

Gabriella blickte hoch, und Ruby schluckte, um das Ganze echter wirken zu lassen. »Die Polizei verdächtigt mich. Ich hab den Pfeil abgeschossen, der in Vivians Brust gesteckt hat. Aber ich hab nicht auf sie gezielt!« Ruby versuchte, ihrer Stimme einen hysterischen Klang zu geben.

»Oh.« Gabriella musterte Ruby für einen Moment, bevor sie den nächsten Gipsstreifen befeuchtete. »Klingt schrecklich.«

»Ja«, bekräftigte Ruby. »Das war es auch. Ich bin am Sonntag gerade erst aus New York angekommen. Hab sie kurz vor ihrem Tod kennengelernt und zack, werde ich des Mordes verdächtigt.«

Sie konnte sehen, wie sich Gabriellas Gesichtszüge wieder entspannten. ›Öffne dich, dann öffnen sich die anderen‹ war ein Credo ihres Mentors bei der New York Gazette gewesen. Und bisher hatte es auch immer funktioniert: Zeigte Ruby eine persönliche Seite von sich, präsentierte sie eine Schwäche, zeigte sich menschlich, gaben ihre Gesprächspartner meist bereitwillig Auskunft. Und es hatte den Anschein, als wenn sie auf dem besten Weg war, dass Gabriella ihr auch mehr zu Laila Atwater erzählen würde.

Vincent Van Goat zappelte.

»Kannst du sie bitte wieder stärker festhalten?«, bat Gabriella.

Ruby tat wie geheißen. Um die Ärztin weiter einzululllen, sagte sie: »Das ist alles so furchtbar. Bist du mal von der Polizei vernommen worden, weil sie dich des Mordes verdächtigt haben?« Sie wartete gar nicht auf eine Antwort, sondern fuhr gleich fort: »Und dann wollten die Beamten ständig wissen, wer ein Motiv gehabt hätte. Woher soll ich denn das wissen?«

Ruby konnte sehen, wie es in Gabriellas Kopf arbeitete.

»Man bringt ja jemanden nicht einfach mal so um, oder? Ich meine, da muss ja schon etwas Gravierendes vorgefallen sein ...« Den Rest überließ Ruby jetzt Gabriellas Kopfkino.

Als sie in New York mal eine Zeitlang einen Kriminalkommissar bei seiner Arbeit begleitet hatte, hatte sie sich von ihm eine Verhörtaktik abgeschaut: Ab und zu hielt er nach ein paar Fragen den Mund, um seinen Interviewpartner zum Reden zu bringen. Denn viele hielten ein Schweigen zwischen einer fremden Person und sich selbst nicht aus und plauderten dann los, einzig um die Stille zu füllen. Natürlich nicht mit jedem Fremden, der neben ihnen in der überfüllten U-Bahn in New York stand. Aber eben in dieser Situation, in der ein halbfremder Mensch, der eben noch Fragen gestellt hatte, plötzlich ruhig wurde – das machte viele nervös.

»Ich hätte Laila nicht sagen sollen, dass Vivian sich schlecht über sie geäußert hat. Sie war so wütend, als ich ihr am Samstag abgesagt hab. Sie meinte, dass Vivian ihr Leben zerstört hätte.« Gabriella strich über die letzte Gipsbinde. »Das war's. Komm am besten nächste Woche noch mal mit ihr vorbei.« Sie strich der Ziege über den Rücken. »Auf zu neuen Abenteuern.«

Ein neues Abenteuer mit einer weiteren Verdächtigen, dachte Ruby.

Kapitel 15

»Was ist denn mit der passiert? Ist das ein Gips?« Cassidy stand am Grill, als Ruby mit der Ziege auf dem Arm um die Hausecke in den Garten kam.

Morgan, die auf dem Holzdeck in einem Liegestuhl gesessen hatte, sprang auf. »Wieso ist das Tier schon wieder hier?«

»Du hast doch selbst mit Happy Tails gesprochen, sie haben keinen Platz für Vincent Van Goat.«

»Oh, ist das sein Name?« Cassidy machte leise Kuss-Geräusche und streichelte die Ziege.

Morgan stemmte die Hände in die Hüften. »Hätte er dann nicht bei der Tierärztin bleiben können?«

»Sie ist Tierärztin und nicht Geschäftsführerin einer Tierpension.« Ruby zeigte Cassidy das verkümmerte Ohr.

»Soll sie etwa hierbleiben? Willst du die Ziege vielleicht zu Guppie Goldberg in den Teich setzen?« Morgans Stimme klang schrill.

Ruby kniete sich langsam nieder und setzte die Ziege im Gras ab. »Quatsch. Aber dein Garten ist doch groß genug, da kann sie doch die nächsten Tage erst mal bleiben, bis ich eine Lösung gefunden hab.«

»Damit mir das Vieh meine Blumen abknabbert?«
Morgan entfuhr ein Laut der Entrüstung. Sie stampfte
zur Hintertür und ließ sie mit einem Krachen ins
Schloss fallen, als sie im Haus verschwand.

»Sie kriegt sich wieder ein.« Cassidy hielt Ruby eine
Bierdose hin. »Auch eins?«

»Nein, danke. Hast du dir selbst was mitgebracht?«
Ruby musterte die kleine Kühltasche, die zu Cassidys
Füßen stand.

»Ja. Und auch das Grillfleisch.«

Morgan hatte Alkohol noch nie etwas abgewinnen
können. Ruby vermutete, dass es etwas mit dem potenziellen Kontrollverlust zu tun hatte. Denn wenn es etwas gab, was ihre Schwester um jeden Preis zu vermeiden versuchte, war es die Kontrolle abzugeben.

Morgan kam mit einem Seil heraus. »Hol du das Geschirr. Ich binde sie solange fest.«

»Soll ich sie nicht lieber anbinden?« Ruby machte Anstalten, ihrer Schwester das Seil aus der Hand zu nehmen.

»Damit du so einen Larifari-Knoten machst und sie
dann in mein Blumenbeet ausbüxt? Nein, danke!«

Als Ruby einen Moment später mit dem gewünschten
Geschirr wieder die Terrasse betrat, hatte Morgan Vincent Van Goat an einem Pfosten des Decks festgekno-
tet.

Morgan beäugte die Teller. »Sind das die, die zuoberst
auf dem Stapel standen?«

»Ja. Warum? Hattest du sie alphabetisch sortiert?«,
witzelte Ruby, während sie die Teller auf dem Tisch
verteilte. Da Morgan selbst ihre Gewürze alphabetisch

sortiert und ihre Schuhe im Regal symmetrisch organisiert hatte, wäre dies gar nicht so absurd.

»Blödsinn. Ich stelle die frisch gewaschenen immer nach unten, damit jeder Teller regelmäßig benutzt wird.«

»Hä?«

»Sonst würde man ständig nur die oberen Teller benutzen, und diese würden dann schneller abnutzen als die anderen«, erklärte Cassidy in einem Tonfall, der klang, als wenn sie sich diese Begründung auch schon mehrfach hatte anhören müssen. Sie öffnete den Grill, und der Geruch lenkte Ruby von einer Erwiderung ab. Stattdessen fragte sie: »Was riecht denn da so komisch?«

Cassidy deutete auf zwei ungewöhnlich helle Würstchen, die weit von den Schweinestücken entfernt auf dem Grillrost lagen. »Tofuwürstchen.«

»Du bist Vegetarierin?« Ruby ließ sich auf einen der Liegestühle fallen.

»Ich? Ne. Die sind für deine Schwester.« Cassidy drehte das Fleisch um.

»Denk dran, die andere Zange für meine Würstchen zu benutzen, okay?« Morgan schenkte Ruby ein Glas mit Eistee ein und reichte es ihr.

Ruby nahm das kühle Glas dankend an und trank sofort einen großen Schluck. Wer hätte gedacht, dass es in den Bergen Ende Juni schon so heiß sein würde?

»Wer bist du, und was hast du mit meiner Schwester gemacht? Wann bist du denn zum Pflanzenfresser mutiert?«

»Kurz nachdem du wieder nach New York geflogen bist, haben wir eine Reportage gesehen«, antwortete

Cassidy an Morgans Stelle. »Seitdem hat sie Tierprodukten abgeschworen.«

Bildete Ruby es sich ein oder klang da ein wenig Wehmut in Cassidys Stimme mit?

»Aber du magst Tiere doch noch nicht einmal.« Hinter Rubys Stirn fing es an zu pochen, Konnte man von einem Eistee Hirnfrost bekommen?

»Das ändert ja nichts an der Tatsache, dass diese ganze Fleischindustrie von vorn bis hinten korrupt ist.« Morgan stand auf. »Ich hol schon mal den Salat.« Sie verschwand im Haus.

Ruby blickte ihr verwundert hinterher. »Und unser Vater musste ihr Steak immer als Erstes vom Grill nehmen, weil sie es blutig am liebsten mochte.«

Morgan kam mit einer Schüssel wieder hinaus.

»Du als Vegetarierin.« Ruby schüttelte den Kopf. »Und gleich erzählst du mir womöglich noch, dass Cassidy und du ein Paar seid.« Sie trank von ihrem Eistee. Und verschluckte sich heftig, als sie den Blick bemerkte, den ihre Schwester mit dem Sheriff wechselte. Wie zwei Kinder, die beim Nachbarn den Kirschbaum leergefuttert hatten.

Ruby hustete. »Aber ... aber«, sie wandte sich an Cassidy, »du hast doch gesagt, du wolltest zur Polizei, um einen durchtrainierten Kerl kennenzulernen.«

»Das stimmt ja auch«, bekräftigte Cassidy. »Nur hab ich dann feststellen müssen, dass ich mit Frauen viel mehr anfangen kann.«

Morgan stellte die Schüssel auf dem Tisch ab, ging zu Cassidy und drückte ihr einen Kuss auf den Mund. »Glücklicherweise.«

»Versteht mich nicht falsch, ich finde das toll. Ich bin total pro schwul, lesbisch und alles, was dazwischen ist«, stotterte Ruby. »Das ist nur gerade … also …«

»Meiner kleinen Schwester fehlen die Worte.« Morgan feixte. »Den Tag muss ich mir im Kalender notieren.«

»Normalerweise merke ich mir alles, was du sagst, aber in diesem Fall werde ich mal eine Ausnahme machen.« Ruby lächelte zurück und klopfte neben sich auf die Sitzfläche.

»Puh, und ich dachte schon, wir hätten dich verloren.« Morgan trat zu ihr und setzte sich neben sie.

Ruby umarmte ihre Schwester. Der Vanilleduft von Morgans Shampoo kitzelte in ihrer Nase. »Ich freu mich für dich. Für euch. Wirklich.«

»Ich wollte es dir schon bei deinem letzten Besuch sagen. Aber dann war Grady plötzlich tot und …« Morgan löste sich von ihr. »Ich bin jedenfalls froh, dass ich damit nicht mehr hinterm Tee halten muss.«

Cassidy und Ruby lachten gleichzeitig auf.

»Hat sie früher schon Redewendungen verdreht?«, wollte Cassidy von Ruby wissen.

»Das hat sie von unserer Mutter geerbt. Die war Meisterin darin. Auch in neuen Wortschöpfungen.« Ruby grinste Morgan an. »So wie den Saubstauger.«

»Oder deine Sinkestocken«, konterte Morgan.

»Ein Wunder eigentlich, dass Ruby und nicht du dann in der Schreibzunft gelandet bist.« Cassidy nahm die zweite Grillzange und hob eins der immer noch blassen Tofuwürstchen an. »Die müssten auch fertig sein, wir können essen.«

»Morgan hat von unserem Vater das ganze Wissenschaftliche abgekriegt.« Ruby verteilte das Besteck neben die Teller.

»Es interessierte mich eben mehr, wie ein Mensch funktioniert und nicht, was er denkt«, gab Morgan zu. »Deshalb hab ich auch das Medizinstudium angefangen.«

Ruby lud sich einen Schlag Kartoffelsalat auf ihren Teller, während Cassidy eins der Tofuwürstchen auf Morgans Teller legte.

Es war damals überraschend für Ruby gewesen, als Morgan ihr Studium in Berkeley abgebrochen hatte und nach Colorado gezogen war, um sich als Putzfrau selbstständig zu machen. Erst vor Kurzem hatte sie durch ein Gespräch mit Walter verstanden, dass Morgan den emotionalen Ansprüchen des Arztberufs einfach nicht gewachsen war. Sie konnte nicht damit umgehen, wenn sie Menschen nicht helfen konnte. Doch glücklicherweise hatte sie das rechtzeitig erkannt und die Notbremse gezogen.

Und auch die neue Berufswahl ergab jetzt für Ruby Sinn – Morgan hatte einen Bereich gefunden, in dem sie Menschen ohne langwierige Diagnose, sich sorgende Angehörige oder immensen Verwaltungsaufwand helfen und dabei auch noch ihren übertriebenen Putz- und Ordnungsfimmel total ausleben konnte.

Ruby hielt Cassidy ihren Teller hin.

Morgan runzelte die Stirn. »Du hast ja schon Salat auf dem Teller.«

»Und?«

»Zuerst sollte das Fleisch oder der Fleischersatz auf den Teller.«

Cassidy gab Ruby ein Stück Fleisch und wandte sich zum Grill, doch Ruby hatte genau gesehen, dass sich der Sheriff ein Lachen verkneifen musste.

»Sagt wer? Knigge? Der Gouverneur von Colorado? Der Geschäftsführer von McDonalds?« Ruby griff nach der BBQ-Sauce.

»Man könnte meinen, du bist bei Barbaren aufgewachsen.« Morgan füllte sich etwas Salat neben ihr vegetarisches Würstchen.

»Während du am englischen Hof groß geworden bist, oder was?«

»Am Ende landet doch ohnehin alles zusammen im Magen«, unterbrach Cassidy das Geplänkel der Zwillinge.

»Das Fleisch ist super«, lobte Ruby. »Ich hab übrigens was Interessantes von der Tierärztin erfahren.«

»Dass Ziegen keine Tiere sind, die man im Garten halten sollte, wenn einem was an seinen Blumen liegt?«

Ruby ignorierte Morgans Kommentar und fuhr fort: »Vivian hat vor Kurzem ihre Sprechstundenhilfe Laila gefeuert. Und ihr quasi einen neuen Job bei der Tierärztin vermasselt. Das schreit geradezu nach Rache.«

Morgans Gabel verharrte auf halbem Weg zu ihrem Mund. »Hat das Thema nicht Zeit bis nach dem Essen?«

»Laut der Tierärztin war Laila richtig wütend, dass sie den Job nicht bekommen hat. Hat rumgewettert, dass Vivian ihr Leben zerstört hätte. Kannst du Rick mal fragen, ob er sie schon verhört hat?«, bat Ruby Cassidy.

»Ich weiß nur, dass er mit einer Isabelle, Vivians Assistentin, gesprochen hat, die letzten Freitag selbst eine OP hatte. Deshalb war die Klinik diese Woche offiziell ohnehin geschlossen, denn ohne sie hätte Vivian keine Eingriffe vornehmen können.«

Ruby pikste ein Salatblatt auf ihre Gabel. »Vivian hatte also nur die eine Angestellte plus Laila, die das Telefon bedient hat. Und dass offenbar nicht besonders gut. Rick sollte sich wirklich dringend mal mit ihr unterhalten.«

»Schluss jetzt damit! Erst wird gegessen«, bestimmte Morgan.

Kapitel 16

Ruby legte ihr Besteck zur Seite. »Travis hat mir gestern übrigens erzählt, er hat Vivian geholfen, wenn es Ärger bei ihr gab.«

»Ich hätte die Zeit stoppen sollen, bis du wieder damit anfängst.« Morgan deutete mit der Gabel auf ihr Essen. Als Antwort zeigte Ruby auf ihren leeren Teller. Morgan seufzte.

»Hat er das behauptet?« Cassidy zog eine zweite Bierdose aus der Kühltasche, was von Morgan mit einem missbilligenden Blick geahndet wurde. »Laut Rick hat Vivian ein paarmal Anzeige gegen Unbekannt erstattet. Wegen Vandalismus.« Cassidy ließ das Bier wieder in der Tasche verschwinden und hielt Ruby stattdessen ihr leeres Glas hin.

Ruby schenkte ihr aus der Karaffe Eistee ein. »Hatte die Polizei eine Spur?«

»Das waren ja eher so Bagatellen: Fenster bespritzen, Luft aus den Reifen lassen ...«

»Travis sprach von Hundekot an den Fenstern und aufgeschlitzten Reifen«, warf Ruby ein.

Cassidy zuckte mit den Schultern. »Kommt am Ende aufs Gleiche raus: Fensterputzen und nicht mehr fahren können.«

»Ich finde aber auch, dass sich das nicht gerade nach Kinderstreichen anhört«, gab Morgan zu bedenken.

»Das war es auch sicherlich nicht«, gab Cassidy zu. »Aber soweit ich weiß, sind Ricks Ermittlungen im Sand verlaufen.«

»Hat er denn wirklich ermittelt? Die Sprühdosen vom letzten Anschlag hat er zumindest nicht untersucht, denn die sind direkt auf der Müllhalde gelandet.«

»Und das weißt du woher?«, wollte Cassidy wissen.

»Ich hab gesehen, wie sie im Müllwagen gelandet sind.«

»Soweit ich weiß, hatte Vivian zunächst Travis für all diese Beschädigung im Verdacht«, bestätigte Cassidy.

»Das klingt nach einem Aber.« Morgan zog den Rest ihres Tofuwürstchens durch die BBQ-Sauce.

»Aber dann nicht mehr«, schloss Cassidy ihren Satz.

»Warum? Weil er ihr beim anschließenden Aufräumen geholfen hat?«, hakte Ruby nach.

Cassidy stand auf und begann, die dreckigen Teller aufeinander zu stapeln. Ruby wurde das Gefühl nicht los, dass der Sheriff etwas nicht sagen wollte.

»Spuck's aus!«, forderte sie sie deshalb auf.

Morgan griff nach dem Handgelenk ihrer Freundin. »Das Geschirr kann warten.«

Seufzend ließ sich Cassidy wieder auf den Stuhl sinken. »Die Parolen, die bei Vivian an die Wand gespritzt wurden ...«

»Ja?« Morgan lehnte sich vor.

»... es klang, als wenn diese von ... sagen wir ... Schönheitsgegnern kamen.« Cassidy wich Morgans fragendem Blick aus, doch Ruby verstand sofort.

»Travis hat erzählt, dass Mary mit Vivian mal laut-
stark gestritten hat, und kurze Zeit später fing das mit
dem Vandalismus an.«

Morgan fuhr hoch. »Spinnst du? Mary würde so etwas niemals tun!«

Cassidy wechselte einen schnellen Blick mit Ruby.

»Jeder kann radikal werden, wenn der Druck auf ihn
zu groß wird«, behauptete Ruby.

»Aber nicht Mary!«, widersprach Morgan. »Und sie
würde auch nicht ihre Schüler zu so etwas anstiften!«

Cassidy machte Anstalten, nach Morgans Hand zu
greifen, die diese jedoch sofort zurückzog. »Ich weiß,
dass Mary deine Freundin ist, aber ...«

»Kein Aber!«, unterbrach Morgan sie. »Die Be-you-tiful-Gruppe demonstriert, aber sie sind nicht radikal!«

Cassidy rieb sich den Nacken. »Da muss ich dich leider korrigieren. Es gab einen Vorfall in Denver, bei der
Aktivisten einer ähnlichen Gruppe einen Eimer Farbe
an das Schaufenster einer Sephora-Niederlassung ge-
schüttet haben.«

»Vielleicht passiert so was in Denver, aber nicht hier
in Paradise. Nicht von Mary. Du kennst sie doch!«

»Ja, ich kenne Mary.« Cassidys Zustimmung klang ge-
dehnt. »Mary, die sehr vehement auf ihrer Meinung be-
ruhen kann und Probleme hat, einen anderen Stand-
punkt zu akzeptieren.«

»Aber sie ist eine herzensgute Seele und würde niemals so etwas Böses tun!«

»Das hat man auch von Ellen DeGeneres behauptet«,
flutschte es Ruby heraus.

Morgan sprang auf, nahm den Tellerstapel und stürmte damit ins Haus. Die Hintertür fiel krachend hinter ihr ins Schloss.

»Gut, dass du das gesagt hast und nicht ich.« Cassidy trank einen Schluck.

Ruby atmete tief durch. Dann griff sie nach ihrem Handy. »Ich muss was für Vincent Van Goat organisieren.«

Cassidy nickte. »Gute Idee. Sonst setzt Morgan bald nicht nur die Ziege auf die Straße, sondern auch dich.«

***

»Big Apple?«, dröhnte Stanleys Stimme durch den Hörer.

»Du hast meine Nummer abgespeichert?« Ruby war an den Teich getreten, um in Ruhe telefonieren zu können.

»Was willst du?«

Wie immer war Stanleys Ton ruppig, aber Ruby wusste mittlerweile, dass sich dahinter ein netter und hilfsbereiter Mensch versteckte, daher ignorierte sie ihn. »Ich brauche deine Hilfe.«

»Soll ich dir einen Rückflug nach New York buchen?«

»Nein, ich hab eine Ziege un...«

»Und ich dachte immer, du hast einen Vogel.«

»Haha. Ich hab eine Ziege gerettet und brauche jetzt einen Stall oder Unterstand oder so für sie.«

»Die Helfe-Elfe erlaubt eine Ziege in ihrem Garten?«

»Sagen wir, sie toleriert sie vorerst. Aber nur, wenn ich dafür sorge, dass Vincent Van Goat nicht abhauen und sich durch ihren Garten fressen kann.«

»Vincent Van Goat?« Hatte Ruby sich verhört oder hatte Stanley eben gekichert? »Du hast der Ziege einen Namen gegeben?«

»Ist die Verbindung heute nicht gut, oder hörst du neuerdings schlecht?«

»Morgen um 7. Ich bringe alles mit, was wir brauchen.«

»Du meinst morgen Abend?«

»Sehe ich aus wie jemand, der zur besten Baseball-Zeit im Garten steht und einer verarmten Künstlerziege einen Stall zimmert?«

»Sehe ich aus wie jemand, der mit einem brummeligen Kerl früh morgens einen Stall zusammenhämmert?«

»Schön, dass wir uns einig sind.« Stanley beendete das Gespräch, bevor Ruby noch darauf antworten konnte.

***

Am nächsten Morgen beugte Stanley sich hinunter und kraulte den Kopf der Ziege. »Du bist aber süß.«

Ruby rieb sich ihre schlaftrunkenen Augen. »Geht's dir gut, oder soll ich besser einen Krankenwagen rufen?«

Stanley richtete sich wieder auf. »Hast du sie umgerissen, Big Apple, oder wieso ist ihr Bein gebrochen?«

»Quatsch! Ich hab sie von der Herde gerettet, die sie verstoßen und sie auf einen Felsen runtergeschubst hat.«

»Das würde ich an deiner Stelle auch behaupten.«

»Das ist die Wahrheit.«

»Jeder Mensch hat ein Recht auf seine eigene Wahrheit.« Stanley streifte sich ein Paar Arbeitshandschuhe über. »Ist das das, was du tragen willst?«

Ruby sah an sich hinunter. Sie trug kurze Shorts, und Morgan hatte ihr gestern Abend ein T-Shirt rausgelegt, das mit Farbflecken übersät war. »Von mir aus kann's losgehen.«

»Muffins?« Morgan war in den Garten gekommen und stellte ein Tablett auf den Tisch.

Sofort zog Stanley die Arbeitshandschuhe wieder aus. »Hast du auch einen Kaffee dazu?«

»Frisch von Ryder geholt.« Morgan deutete auf einen wiederbenutzbaren Kaffeebecher.

»Echt jetzt?« Ruby folgte Stanley, der sich mittlerweile am Tisch niedergelassen hatte. »Ich stehe deinetwegen so früh auf, und jetzt frühstückst du erst mal in aller Ruhe?«

»Für dich habe ich einen Walter Spezial und eine Zimtschnecke.« Morgan reichte ihr einen Teller mit dem Gebäck.

»Wenn ich es nicht besser wüsste, könnte ich glauben, das wäre ein Bestechungsversuch, damit ich Vincent Van Goat noch heute irgendwo aussetze.« Ruby sog das frische Zimtaroma der Schnecke ein.

»Woran genau hattest du gedacht?« Stanley griff nach einem Muffin und schälte ihn aus dem Papier. »Sollen wir den Schuppen zum Stall umbauen?

»Hände weg von meinem Schuppen.«

»Unterstand? Nur eine eingezäunte Fläche?«

»Am liebsten weder noch.« Morgan umklammerte eine Tasse mit beiden Händen und nippte an ihrem Tee.

Ruby wischte sich einen Krümel vom T-Shirt. »Das ist keine Option.«

»Da hinten in der Ecke würde es sich anbieten. Zaun plus ein kleiner Unterstand für ein wenig Schatten, wenn es zu heiß wird.« Stanley schien den Muffin zu inhalieren, denn es war nur noch ein kleiner Bissen übrig.

Morgan schien zu überlegen. »Einverstanden«, sagte sie schließlich.

»Um den Zaun kannst du Thymian pflanzen. Der verbirgt den Zaun, lockt mit seinen lila Blüten Bienen an und gehört zu den wenigen Pflanzen, die Ziegen eher meiden.« Stanley knüllte das Muffinpapier zusammen. »Kannst du auch mit Majoran und Minze mischen. Allerdings breitet sich Minze immer schnell unkontrolliert aus.«

»Du hast dir ja richtig Gedanken gemacht«, stellte Ruby fest.

»Kling nicht so überrascht, Big Apple. Auch hier gibt es Leute, die ihr Hirn zum Denken benutzen.«

»So meinte ic...«

»Sch!«, unterbrach Stanley sie. »Die Sonne geht auf.«

Obwohl die Sonne natürlich schon längst aufgegangen war, krochen die ersten Strahlen erst jetzt über die Berggipfel, die Paradise umgaben. Ruby folgte Stanleys und Morgans Blick zu Twin Peaks, den beiden Gipfeln, die sich so ähnlich waren. Andächtig verfolgte sie, wie sich der obere Teil der Sonne wie eine halbe Orange langsam über die Bergkuppe schob. Warmes orangefarbenes Licht fiel auf die Berghänge und tauchte das Tal in ein goldenes Licht.

»Das ist wunderschön!«, entfuhr es Ruby, als die Sonne komplett über der Bergkette erschienen war.

»Willst du einen Artikel darüber schreiben, oder können wir jetzt endlich anfangen?« Stanley schob den Stuhl zurück und sprang auf. »Euch ist schon klar, dass Ziegen Herdentiere sind, oder? Wenn die länger hierbleibt, müsst ihr weitere Ziegen oder andere Viecher herschaffen, sonst geht die ein.«

Bevor Ruby zu einer Antwort ansetzen konnte, kam Morgan ihr zuvor. »Erinnere mich bloß nicht dran.«

Kapitel 17

»Für den Rest des Tages bin ich so nutzlos wie das G in Lasagne«, stöhnte Ruby, als sie mittags in die Küche schlurfte. »Ich fühle mich wie nach einer durchtanzten Clubnacht.«

»Und dabei hast du nur einen Zaun gebaut.« Morgan bestückte eine ihrer Putzboxen gerade mit einem neuen Lappen. »Zu viel frische Luft, schätze ich.«

»Sehr witzig.« Ruby ließ sich auf einen Stuhl sinken. Und fuhr sofort wieder hoch. »Was ist mit dem? Der fühlt sich anders an.« Sie fuhr mit der Hand über die Sitzfläche.

Morgan schloss die Putzkiste. »Es war wieder Zeit für die Rotation.«

»Rotation?«

»Einmal im Monat tausche ich die Plätze der Stühle. Immer im Uhrzeigersinn. Der Stuhl, auf dem du sonst immer gesessen hast, steht jetzt hier.« Sie deutete auf den Stuhl vor sich.

Ruby konnte die zahlreichen Gedanken, die ihr durch den Kopf schossen, gar nicht in Worte fassen. Stattdessen brachte sie nur ein »Warum?« raus.

»Die Sitzflächen der einzelnen Stühle werden ansonsten ungleichmäßig abgenutzt. Durch den monatlichen

Wechsel passiert das nicht.« Morgan erklärte das mit einer Selbstverständlichkeit, als wenn sie Ruby die Notwendigkeit des Feuers für die Menschheit erklärt hätte.

»Ich brauche heute bei den Turners vermutlich ein wenig länger, bin also wohl erst am Abend wieder zurück.« Morgan hob die Putzkiste und ging zur Tür. »Keine Alleingänge in verlassene Praxen oder weitere Tiere aufsammeln.«

Ruby hob die Hand zu einem militärischen Gruß. »Aye, aye, Käpt'n.«

Morgan grinste und verließ das Haus. Einen Moment später hörte Ruby, wie der Volvo von der Einfahrt auf die Straße fuhr.

Sie rieb sich die Augen. Es war Zeit für einen weiteren Walter Spezial.

***

»Nein danke, aber ich will keine Ziegenmilch von dir kaufen.« Ryder war dabei, Walters Tasse abzuräumen, als sie an den Tresen trat.

Ruby blickte zwischen ihm und Walter hin und her. »Wann kann ich eigentlich Mitglied in der lokalen WhatsApp-Gruppe für Klatsch werden?«

Walter stand auf und strich sich sein kurzärmeliges Hemd überm Bauch glatt. »Wenn du hier sesshaft wirst.« Er grinste sie an und hob ein selbst gemachtes Schild hoch, das an seinem Barhocker gelehnt hatte.

»Wogegen demonstrierst du heute?«

»Es ist Freitag. Natürlich Fridays for Future.«

»Die gibt es noch?« Nachdem die Öko-Bewegung vor Jahren auch einen Boom in New York City erlebt hatte, war sie abgeebbt. Ruby konnte sich gar nicht daran erinnern, wann sie das letzte Mal etwas darüber gelesen hatte.

»Die Welt ist ja noch nicht gerettet, oder?«

»Ich dachte, du wolltest nicht mehr mit Jugendlichen protestieren.« Ryder ging mit einem Tablett an ihnen vorbei zu einem Pärchen, das an einem der Fenstertische saß.

»Nur, weil ich deren Sprache nicht mehr verstehe«, gab Walter zu. »Aber die sind ja auch immer ein wenig naiv und kopflos, die brauchen so ein Urgestein wie mich.«

Ruby fuhr hoch. »Sag mal, sind bei diesen Protesten auch andere Ältere dabei? So wie zum Beispiel High-School-Lehrer?«

»Frag mich einfach direkt, was du wissen willst.« Walter legte das Schild auf die Sitzfläche.

»Ist Mary Connor dabei? Sie ist Lehrerin und macht die ...«

»... Be-you-tiful-Aktion, ja kenn ich.« Walter kratzte sich am Hinterkopf. »Sie war zu Anfang in der Gruppe, aber seit sie sich diesem Schönheitsdings verschrieben hat, nicht mehr.«

»Wie ist sie so? Eher ruhig, oder wird sie auch schnell mal laut?« Und schießt jemandem einen Pfeil ins Herz, fügte Ruby in Gedanken hinzu.

»So gut kenne ich sie nicht. Das solltest du besser ihre Schüler fragen.« Walter zog das Schild vom Hocker. »Ich muss los.«

Das Glöckchen über der Tür klingelte sanft, als die Tür hinter ihm ins Schloss fiel. Ruby blickte ihm nach. Sie konnte nicht einfach vor der Schule warten und Schüler befragen. Doch wo könnte sie möglichst unverfänglich Teenager treffen, um sie in ein Gespräch über Mary zu verwickeln?

Ruby ließ sich neben Walters frei gewordenen Barhocker sinken. Auch wenn sein Sitz jetzt frei war, hielt sie etwas davon ab, sich darauf zu setzen. Waren das schon Morgans Einflüsse? Würde das den Stuhl jetzt auch unnötig stark im Gegensatz zu den anderen abnutzen? Ob Ryder die Plätze seiner Stühle am Tresen wohl regelmäßig tauschte?

»Ich bin überrascht, dass Morgan die Ziege behalten will.« Unbemerkt von Ruby, war Ryder hinter den Tresen zurückgekehrt und stellte jetzt ihren geliebten Latte macchiato vor sie.

»Will sie nicht. Stanley hat mir heute Morgen geholfen, eine kleine Fläche im Garten für Vincent Van Goat abzuzäunen.«

Ryder schmunzelte. »Frisst die Ziege nur Sonnenblumen, oder fehlt ihr ein Ohr?«

»Letzteres. Viel spannender ist allerdings, dass mich Vincents gebrochenes Bein zu Gabriela Garcia geführt hat.«

»Ist sie jetzt deine neue beste Freundin?«

Ruby stutzte. Wer war denn ihre beste Freundin? Hatte sie überhaupt eine?

»Was für ein Schlag für Morgan – erst eine Ziege in ihren Blumenbeeten, dann verliert sie dich an eine Tierärztin«, sprach Ryder weiter.

Hatte Ryder recht, und Morgan war ihre beste Freundin? Als Kinder auf Hawaii hatten die Zwillinge meist ihre Zeit gemeinsam verbracht. Was zum einen daran lag, dass ihre Eltern mehr damit beschäftigt waren, Gesteine zu sortieren, als Spielverabredungen für sie zu organisieren, und sie andererseits auch ein wenig abseits wohnten, wo man nicht mal einfach zu den Nachbarskindern zum Spielen rübergehen konnte. Und was machte eine beste Freundin aus? Jemand, der einen in- und auswendig kannte? Das traf definitiv auf Morgan zu.

»Ruby?« Ryder unterbrach ihre Gedanken. »Das war ein Witz. Ein offenbar schlechter.«

»Schon gut. Gabriella hat mir was Interessantes erzählt.« Ruby berichtete Ryder von ihrem Gespräch über Vivians ehemalige Angestellte Laila.

»Stanley wollte Wetten abschließen, ob du wieder ermittelst, aber Walter hat ihn davon abgehalten.« Ryder griff nach einer Kaffeekanne. »Bin gleich zurück.« Er ging zu einem Fenstertisch und schenkte dem dort sitzenden Pärchen Kaffee nach.

»Und du meinst, diese Laila hat sich an ihrer Ex-Chefin gerächt?«, sagte er, als er wieder hinterm Tresen stand.

Ruby hob die Schultern. »Wenn sie der Meinung ist, dass Vivian ›ihr Leben zerstört hat‹, hat sie auf alle Fälle ein Motiv.«

»Laila, Laila, der Name sagt mir gar nichts«, grübelte Ryder laut. »Elodie arbeitet morgen wieder, du könntest sie fragen, vielleicht kennt sie sie.«

Ein Gedanke durchfuhr Ruby, und sie sprach ihn sofort laut aus: »Wer war Vivians beste Freundin?«

»Du stellst Fragen.« Ryder bestückte Plastikschälchen mit Zuckerpäckchen.

»Was ist los mit euch? Sonst wisst ihr hier doch auch immer alles über jeden.«

»Aber Vivian ... sie war nicht wirklich integriert. Ist irgendwann mal hergezogen ...«

»Das ist Morgan auch. Und ich wohne noch nicht mal dauerhaft hier, und wenn bei mir gefühlt nur ein Haar krumm liegt, weiß es jeder«, mokierte sich Ruby.

Ryder lächelte. »Es gibt Menschen, die gehören eben einfach von Anfang an dazu. Und dann sorgt man sich um ihre Haare.«

Ruby schaute auf den Milchschaum in ihrem Glas. Es hatte ein bisschen bei ihrem ersten Besuch gedauert, bis sie die Berge und die Natur sowie den fehlenden Großstadtlärm in Paradise nicht mehr als gruselig empfunden hatte. Aber im Gegensatz dazu hatte sie sich schnell im Kreis der Menschen wohlgefühlt.

»Soweit ich weiß, hatte sie keine Familie hier, war in keiner Beziehung ...« Ruby tippte an ihr Glas. »Da wäre eine beste Freundin prima, um mehr über Vivian zu erfahren.«

»Geh zu Becca«, schlug Ryder vor.

Die Bibliothekarin, die entgegen dem Spitznamen Bibliosaurus, den Stanley ihr verpasst hatte, keineswegs alt, sondern noch sehr jung war, war immer gut über alles in Paradise informiert.

»Gute Idee.« Ruby trank einen Schluck. »Habt ihr dienstags eigentlich immer noch den Boogle- oder Quizabend?«

Ryder nickte.

»Schon mal über andere Veranstaltungen nachgedacht? Gerade jetzt im Sommer, wo so viele Touristen hier sind, würde sich das sicher lohnen.«

Ryder stützte seine Ellenbogen auf den Tresen und lehnte sich vor. »Hast du gewinnbringende Ideen aus New York mitgebracht?«

»Vielleicht.« Ruby wiegte den Kopf. »Paint Nights sind schon seit Längerem in.«

»Wo sich Erwachsene treffen, um zusammen zu malen?« Nicht nur Ryders Blick war skeptisch.

»Nicht einfach nur mit ein paar Stiften rumkritzeln, sondern so richtig auf Leinwand und mit Anleitung. Ein Künstler bringt ein Bild mit und führt die Teilnehmer dann durch die einzelnen Schritte. Am Ende geht dann jeder mit seinem eigenen Bild von einer Katze oder eine Blumenvase nach Hause.«

Ryder neigte den Kopf. »Ich kenne keinen Maler oder Malerin.«

»Ich auch nicht. Aber vielleicht Becca?«

»Falls du zufällig«, Ryder grinste breit, »heute bei ihr vorbeigehst, könntest du sie für mich ja mal danach fragen.«

»Nur wenn du mir auch einen Gefallen tust.«

»Tut mir leid, die Berge kann ich nicht versetzen.«

»Ist okay, ich gewöhn mich langsam dran.« Ruby lehnte sich ebenfalls vor, sodass Ryders Gesicht ihrem ganz nah war. Zum ersten Mal bemerkte sie eine feine, blasse Narbe oberhalb seines rechten Auges. Was da wohl mal passiert war? Vom Rad gestürzt? Beim Baseball verletzt? In eine Schulhofschlägerei verwickelt? Oder spielte er in seiner Freizeit auf den zugefrorenen

Seen im Winter Eishockey? Warum wusste sie so gut wie nichts über Ryder?

»Gedankenlesen war bei uns kein Schulfach«, unterbrach Ryder ihre Überlegungen.

»Spielst du Eishockey?«, brach es aus ihr hervor.

»Du willst, dass ich dir Eishockey spielen beibringe?« Ryders Augenbrauen wanderten in die Höhe.

»Nein. Ich wollte dich fragen, ob ich was auf meinen Namen ins Bond liefern lassen kann. Ich will etwas für Morgan bestellen. Soll eine Überraschung werden.«

»Klar, jederzeit.« Er trat einen Schritt zurück, sodass Ruby die Narbe nicht mehr erkennen konnte. »Gut, dass das der Gefallen ist, denn Eishockey spielen kann ich nicht.«

Die Tür öffnete sich, und ein Schwall schwatzender Studenten mit Wanderrucksäcken auf dem Rücken kam herein. Während Ryder erst Tische zusammenschob und sich dann um die Bestellungen der Gruppe kümmerte, beobachtete Ruby ihn. Sie genoss ihren Latte und nahm sich erneut vor, mehr über Ryder in Erfahrung zu bringen. Da er immer noch beschäftigt war, als sie ging, winkte sie ihm nur kurz zu, bevor sie den Coffeeshop verließ.

Kapitel 18

Ruby nahm den kleinen Weg hinterm Bond, der entlang des Fall Rivers in Richtung Paradise führte. Die Bücherei lag gegenüber dem Rathaus direkt an der Main Street. Gleich bei ihrem ersten Besuch hatte Ruby sich in den hellen, einstöckigen Bau verliebt. Zwei Säulen am Eingang gaben dem Gebäude das neoklassische Aussehen, das sie so liebte.

In der Mitte des Eingangsbereichs befand sich eine kleine Ausleihstation, hinter deren Tresen Becca den Kopf hob, als Ruby eintrat.

»Brauchst du ein Buch über Ziegenhaltung?«, begrüßte Becca sie.

Ruby schob sich ihre Sonnenbrille in die Haare. »Dir entgeht auch echt nichts, oder?«

»Selten.« Becca stand auf und deutete auf einen Rollwagen, der mit Büchern beladen war. »Hilfst du mir beim Einsortieren?« Sie schob den Wagen links an den Computertischen vorbei und blieb an einem Regal an der Fensterfront stehen. »Du kannst die Kochbücher einsortieren, ich übernehme die Gartenbücher.«

Ruby griff nach den ersten beiden Bänden. »Ich versuche, ein bisschen über Vivian herauszufinden ...«

»Ich hab mich schon gefragt, wann du kommen wirst. Aber leider weiß ich so gut wie nichts über sie.« Becca zog ein Buch, dessen Rücken verkehrt herum einsortiert war, heraus, schob es wieder richtig ins Regal und stellte ein Buch vom Rollwagen daneben.

Ruby tat so, als wenn sie Becca eine Hand auf die Stirn legen würde. »Wie kommt's? Bist du krank?«

Becca lachte. »Sie hat in Fort Montgomery gewohnt und ist nur zur Arbeit hergependelt. Sie hat sich quasi nie hier irgendwo sehen lassen. Keine Freunde oder Bekannte hier.«

»Wann hat sie ihre Schönheitsklinik eröffnet?« Ruby schob ein paar Bücher zusammen, um Platz für ein weiteres in dem Regal zu schaffen.

»Ungefähr vor drei Jahren. Und in all der Zeit hat sie noch nicht mal was im Supermarkt eingekauft. Ein Wunder, dass sie überhaupt auf dem Summer Stash war.«

Ruby überlegte. »Sie hat Flyer verteilt ... vielleicht lief ihre Klinik nicht mehr so gut, und sie brauchte neue Kunden?«

Becca hob die Schultern. »Soweit ich weiß, kamen die meisten ihrer Kunden aus Denver.«

»Kennst du jemanden aus Paradise, der bei ihr war?« Vielleicht könnten ehemalige Kunden Ruby ein bisschen was über die Tote verraten.

»Die Frau von Jackson Mitchell. Aber die ist gerade mit ihrem Mann auf einer Kreuzfahrt in der Karibik unterwegs.« Becca zog ein Bilderbuch aus der Regalreihe, das offenbar jemand komplett falsch einsortiert hatte.

»Sonst noch jemand?«

»Frag mal Tammy, vielleicht kennt sie noch jemanden.« Becca hielt inne. »Du glaubst doch nicht, dass einer von denen Vivian auf dem Gewissen hat, oder?«

»Ich würde einfach nur gern mehr über Vivian erfahren«, redete Ruby sich heraus.

Becca quetschte ein Buch in die nächste Regalreihe hinein. »In Vivians Brust steckte einer von Travis' Pfeilen. Ich weiß, das ist ziemlich simpel gedacht, aber es liegt irgendwie nahe, dass er es war, oder? Immerhin konnten die zwei sich nicht leiden.«

Travis war bisher auch Rubys heimlicher Favorit, aber auch Mary drängte sich immer mehr in ihre Gedanken. Vor allem, weil sie sich immer noch nicht vorstellen konnte, dass Travis einen seiner eigenen Pfeile in Vivians Brust gerammt hätte. Oder war dies tatsächlich ein kluger Schachzug von ihm gewesen, um aller Welt zu zeigen, dass er als Täter ja niemals etwas von seinen eigenen Sachen am Tatort zurückgelassen hätte?

Ruby nahm das letzte Backbuch zum Einsortieren vom Rollwagen. Ihr Blick fiel auf die Zeichnung einer Kuchentafel auf dem Titel des nächsten Kochbuchs in ihrer Hand. »Sag mal, kennst du zufällig einen Maler oder eine Malerin, die bei Ryder eine Paint Night anbieten könnten?«

Becca entfuhr ein quiekender Laut. »So was wollte ich schon immer mal machen! Frag Joan. Sie hat ein kleines Geschäft in Evergreen, Pottery Patch.«

»Pottery Patch? Da bin ich schon mal gewesen, das ist doch ein Geschäft für Bastelbedarf.«

»Ja, genau, das gehört Joan. Sie ist Künstlerin und malt auch ganz tolle Bilder. Die macht das bestimmt.«

»Becca?«, unterbrach eine Stimme das Gespräch der beiden. Eine Teenagerin mit einem Nasenpiercing schaute um die Ecke des Regals. »Kann ich 3D drucken?«

»Klar. Ich hab aber heute nur schwarzes Band da.«

»Geht fit«, nuschelte das Mädchen, und sein Kopf verschwand wieder.

Sollte sie Becca über Ryder ausfragen? Immerhin war die Bibliothekarin ja sonst ein wandelndes Informationsbrett, was das Leben der Bewohner Paradises anging. Aber es würde sicherlich auch sofort die Runde machen, dass Ruby sich für ihn interessieren würde. Vielleicht sollte sie zunächst mal Morgan ausfragen. Ihre Schwester würde zwar anzüglich grinsen, aber Rubys Interesse an Ryder würde nicht zum Thema Nummer eins in Paradise werden.

»Soll ich dir noch mit den anderen Büchern helfen?«, bot Ruby Becca stattdessen an.

»Nicht nötig, danke. Den Rest mache ich allein.« Becca schob den Rollwagen aus der Regalreihe.

»Ich guck mich noch ein bisschen um.«

»Gern.« Becca verschwand zwei Reihen weiter.

Rubys Augen wanderten über die Backbücher. Bei ihrem letzten Besuch hatte sie Morgan zum Abschied Muffins backen wollen, aber das hatte dann nicht geklappt. Dennoch würde sie ihrer Schwester gern beweisen, dass sie in der Küche nicht eine totale Niete war. Andererseits gab es jetzt im Bond neuerdings immer sehr leckere Backwaren, da war es eigentlich unsinnig, gegen Ryders Kreationen anbacken zu wollen.

***

Auf dem Weg nach draußen kam Ruby an dem Mädchen vorbei, das auf den 3D-Drucker starrte. Dieser hatte gerade angefangen, eine schwarze Plastikumrandung zu drucken. Ob sie Schülerin der hiesigen High School war und Mary kannte? Einen Versuch war es wert.

»Was wird das?«, fragte Ruby.

»Ohrringe.«

»Cool.« War das überhaupt noch ein Wort, das die Jugend heutzutage nutzte? Und wie sollte sie das Gespräch auf Mary bringen?

»Dein Nagellack ist nice.« Die Teenagerin klimperte mit ihren schwarz umrandeten Augen.

»Danke. Ich mag dein Make-up«, flunkerte Ruby.

»Geh nie ohne aus'm Haus.«

Was für eine Steilvorlage!

»Hast du mal überlegt, deinen Lidstrich mit Permanent Make-up zu machen? Da gibt es doch diese Schönheitsklinik ...« Ruby tat, als fiel ihr der Name nicht ein.

»Fresh Face«, ergänzte das Mädchen. »War mal an der Schule.«

»Ihr müsst ja coole Lehrer haben, die jemanden von einer Schönheitsklinik einladen«, stellte Ruby sich dumm.

»Geht so. Aber war lit, als die Connor die Fresh-Face-Frau gesehen hat. Is' beinah umgefallen.«

»Warum? Hat sie sich mal von ihr behandeln lassen, und das war ihr peinlich vor den Schülern?«

»Die Connor und liften!« Das Mädchen brach in lautes Lachen aus. »Die ist voll anti Schönheits-OPs. Ist voll am Ranten, wenn man geschminkt im Unterricht auftaucht. Total wack.«

Ruby widerstand dem Drang, nach der Bedeutung des letzten Wortes zu fragen. Zwischen dem Mädchen und ihr lag vielleicht eine halbe Generation, wie konnte es sein, dass sie das Gefühl hatte, sie würden eine andere Sprache sprechen?

Stattdessen fuhr sie weiter mit ihrer naiven Strategie: »Ach, gibt es bei euch nicht auch diese Be-you-tiful-Initiative?«

Das Mädchen verdrehte die Augen gen Himmel. »Hat die Connor angezettelt.«

»Du scheinst sie nicht besonders zu mögen.«

»Ihr Unterricht ist okay. Aber die darthvadert ständig wegen Make-up. Das is' echt sus.« Das Mädchen zwirbelte an einer Haarsträhne.

Sus verstand Ruby, denn das stammte aus dem Online-Spiel ›Among us‹, was ein Kollege aus dem Wirtschaftsteil für angebliche Recherchezwecke über Spielehersteller lange gespielt hatte. Nur meinte das Mädchen jetzt tatsächlich, dass Mary suspekt im Sinne von verdächtig oder nur auffällig sei?

»In der Zeitung stand, dass die Besitzerin von Fresh Face gestorben ist. Ganz schlimme Sache«, versuchte Ruby die Verbindung zwischen Mary und Vivian wiederherzustellen.

»Hab in der Cafeteria gehört, dass die Connor ein krasses Beef mit der hatte und sie dann gekillt hat.« Das Mädchen schielte wieder in den Drucker. »Aber die is' doch lost mit Pfeil und Bogen. Kann sie höchstens mit 'ner Stricknadel erstochen haben.« Durch den Raum schrillte die Melodie eines eintönigen Popsongs.

»Sorry.« Die Teenagerin kramte in ihrer schwarzen Schultertasche und zog ihr Handy hervor. Sie schwatzte los.

Ruby verließ die Bücherei. Bisher hatten die ermittelnden Beamten nicht herausgefunden, womit Vivian erstochen worden war. Konnte es tatsächlich eine Stricknadel gewesen sein? Hatte Mary vielleicht wirklich das Mittel eingesetzt, das ihr am besten vertraut war, um die ungeliebte Chefin der Schönheitsklinik umzubringen?

Kapitel 19

»Ich hab schon gehört, dass du wieder im Lande bist.« Tammy, die Besitzerin von Hair Today, Dye Tomorrow, laut Morgan dem einzig vernünftigen Friseursalon in ganz Colorado, sah kurz von ihrem Handy auf, als Ruby den Laden betrat. »Moment ...« Sie hielt das Handy quer und tippte mit beiden Daumen darauf herum. »Ha!« Sie ließ das Handy vorn in die Tasche ihrer Schürze fallen. »Daze of Thunder. Mein Sohn hat mich angesteckt.«

Ruby kannte das Online-Auto-Rennspiel von Kollegen aus New York. Sie selbst konnte sich für solche Videospiele jedoch nicht begeistern.

Tammy strich ihre grüne Strähne zurück in die ansonsten knallroten, halblangen Haare und betrachtete Rubys Haare. »Soll ich was stutzen? Oder färben? Glätten für dein nächstes Date mit Cash?«

Wieder einmal war es Ruby unbegreiflich, wie scheinbar alle in Paradise über ihr Leben informiert waren.

»Ich wollte nur ›Hallo‹ sagen«, wiegelte sie ab, denn sie war mit ihren Haaren zufrieden - sowohl mit der Länge, der Farbe als auch mit den Locken. Völlig unabhängig davon, was Cash bevorzugte oder nicht. Was Ryder wohl eigentlich von ihren Haaren hielt?

»Und du bist auch gleich wieder über eine Leiche gestolpert. Als wenn du ein Händchen dafür hättest. Cappuccino? Ist nur angerührt, aber dafür ganz gut.« Tammy deutete auf einen der leeren Friseurstühle.

Ruby gruselte vor dem Tütchen, dessen Pulver vermutlich nur mal entfernt in der Nähe einer Kaffeebohne gelegen hatte, nickte aber dennoch und setzte sich, während Tammy durch einen Vorhang nach hinten verschwand.

Einen Moment später kam sie mit zwei Tassen in der Hand zurück. Daraus duftete es erstaunlicherweise vielversprechend. Die Tasse war unglaublich heiß, sodass Ruby sie mitsamt der Untertasse auf dem kleinen Brett am Spiegel abstellte. »War Vivian deine Kundin?«

Tammy setzte sich auf den Stuhl neben sie. »Nein. Ich hab sie immer nur im Auto vorbeifahren sehen. Ich glaube, sie hat keinen Cent in Paradise gelassen.«

»Aber beruflich hat sie sich hier offenbar wohlgefühlt. Denn wenn es sich nicht gelohnt hätte, wäre sie damit wohl nicht in Paradise geblieben«, spekulierte Ruby.

»Ihre Kunden kamen von sonst woher. Wer lässt sich auch schon gern von seinen Nachbarn dabei beobachten, wenn er in eine Schönheitsklinik geht? Aus Paradise war kaum jemand bei ihr«, behauptete Tammy.

Ruby liebäugelte mit dem Kaffee, entschied dann aber, ihn noch weiter abkühlen zu lassen. »Ich hab gehört, dass die Frau von Jackson Mitchell bei ihr war.«

»Ja, Jordan war häufiger da. Aber die kann sich das ja auch leisten.« Tammy lehnte sich vor. »Alle zwei Wochen kommt sie zu mir, um sich die Haare machen zu lassen. Ist überhaupt nicht nötig, aber sie will immer das volle Programm.«

»Manche Frauen legen viel Wert auf ihr Aussehen.«

»Und Jordan gehört definitiv dazu.« Tammy nahm einen Schluck von ihrem Cappuccino. Wie konnte sie davon trinken, ohne sich zu verbrennen?

»Was hat sie denn bei Vivian so machen lassen?«

»Ach, so Kleinigkeiten. Augenbrauen färben, Wimpern verlängern, so Permanent Make-up halt. Und kleinere Eingriffe.« Tammy stand auf und stellte sich hinter Ruby. »Darf ich mal schauen?« Nachdem Ruby zugestimmt hatte, zog Tammy das Gummi heraus und lockerte die Haare mit den Fingern auf. »Deine Schwester und du habt echt tolle Locken und eine super Haarstruktur.«

»Danke. Was für kleinere Eingriffe meinst du?«

»Na ja, jetzt nicht so Fett absaugen, Brüste vergrößern oder so, sondern halt Botox.« Tammy zeigte auf ihre Stirn. »Weißt schon, dass alles schön glatt ist wie ein Babypopo.«

Ruby fuhr ein Schauer über den Rücken. »Die Vorstellung, sich freiwillig Nervengift spritzen zu lassen, finde ich gruselig. Man hat doch auch schon so viel gehört, wo solche Sachen schiefgegangen sind ...«

»Das Einzige, was bei Jordan passiert ist, ist eine mittlerweile total emotionslose Fassade. Hast du mal an einen Pony gedacht?« Tammy klappte die vorderen Strähnen um, sodass Rubys Haare an ihren Augenbrauen endeten. »Aber bei Bernice hat es wohl Probleme gegeben.«

Ruby verzog den Mund. »Pony mag ich nicht. Wer ist Bernice?«

»Bernice Hughes. Sie putzt die Bank, meine Mutter hat mir davon erzählt.« Tammy ließ die Haare wieder auf Rubys Schultern fallen.

»Als Putzfrau konnte sie sich eine Botoxbehandlung leisten?« Ruby griff nach ihrer Tasse und pustete vorsichtig.

»Bernice hat auch Vivians Klinik geputzt. Angeblich hat Vivian ihr ein paar Mal anstelle von Geld was gespritzt. Und einmal hat's halt nicht geklappt.« Tammy fasste Rubys Haare auf dem Kopf zusammen. »So Hochsteckfrisuren wären auch voll was für dich.«

Ruby probierte von dem Cappuccino. Und musste leider feststellen, dass sein verheißungsvoller Duft in keiner Weise seinem abscheulichen Geschmack entsprach. Sie fuhr sich mit der Zunge über die Lippen, bevor sie fragte: »Weißt du, was genau passiert ist?«

Tammy schüttelte den Kopf. »Sprich doch am besten direkt mit Bernice. Sie putzt heute in der Bank.«

***

Hinter der gläsernen Eingangstür zur Bankfiliale stand eine ältere Frau mit einem großen, gelben Putzwagen. Offenbar meinte das Universum es heute gut mit Ruby. Als sie die Tür öffnete, lächelte die Frau.

»Morgan! Lang nicht mehr gesehen.« Sie blickte an Ruby herunter. »Du hast dich aber rausgeputzt. Kreditantrag? Da wirken Kleider Wunder.«

Ruby widerstand dem Drang, Bernice zu korrigieren.

»Ich hatte einen wichtigen Termin in Fort Montgomery«, flunkerte sie. »Hast du Zeit für einen kurzen Plausch?

»Der Dreck läuft nicht weg. Setz dich raus, ich stell den nur kurz weg.« Bernice schob den Putzwagen durch eine Seitentür, während Ruby sich draußen vor dem Gebäude auf die Bank setzte.

Einen Moment später ließ sich Bernice neben ihr nieder. »Hab gehört, deine Schwester lebt jetzt bei dir? Ihr seid Zwillinge? Seid ihr euch sehr ähnlich?«

»Manche sagen, wir sehen uns zum Verwechseln ähnlich.« Ruby rückte ein Stück ab, obwohl sie sich sicher war, dass Bernice ihr nicht auf die Schliche kommen würde. »Was gibt es bei dir Neues? Irgendwelche spannenden Putzgeschichten?«

Bernice kräuselte die Nase. Verflixt, war das nicht etwas, worüber sich Morgan normalerweise mit ihr unterhalten würde?

Doch dann entspannte sich das Gesicht der Putzfrau wieder. »Vivian von Fresh Face … Ich hab bei ihr geputzt.«

»Oh.« Ruby riss die Augen auf. Da sie ja nicht wusste, wie gut sich Morgan und Bernice wirklich kannten, wollte sie möglichst mehr zuhören als selbst sagen, um sich nicht zu verraten.

»Ja, ich weiß, ich hab gesagt, außer der Bank putze ich nichts mehr. Aber die Praxis war nie wirklich dreckig, weißt du? Kein Laufverkehr wie in der Bank. Nur einmal in der Woche abends. Und sie hat gut gezahlt.«

Ruby strich sich eine Strähne hinters Ohr. Wie hielt Morgan es nur den ganzen Tag mit offenen Haaren aus? »Klingt nach leicht verdientem Geld.«

»War es auch.« Bernice seufzte. »Aber das ist ja jetzt leider vorbei. Die arme Isabelle! Muss sich jetzt einen neuen Job suchen, denn die Klinik wird ja geschlossen bleiben.«

»Ja, dieser schreckliche Unfall hat auch ihr Leben mal eben komplett auf den Kopf gestellt.« Und schneller als von Ruby erhofft, sprang Bernice auf diese Plattitüde an.

»Unfall? Das war ...«, Bernice schob ihren Mund dicht an Rubys Ohr, »Mord. Ganz klar.«

Ruby wich zurück und ließ ihren Unterkiefer runterklappen. Bernice beäugte sie erneut. Und hatte recht mit ihrem Misstrauen, denn Morgan würde mit ihren Dramaeinlagen niemals einen Oscar gewinnen. Ruby schloss den Mund wieder, schaute stattdessen hoffentlich so ernst drein, wie ihre Schwester es tun würde, und fragte: »Meinst du wirklich? Wer hätte denn eine Schönheitschirurgin umbringen wollen?«

»Na, Travis. Die zwei hatten ständig Zoff, und sie ist mit einem Pfeil erschossen worden.«

»Wenn ich jeden umbringen würde, mit dem ich streite, würde die Population rapide sinken«, versuchte Ruby sich an einem Scherz.

»Ich denke, er will seine Schießanlage erweitern. Jetzt, wo sie aus dem Haus raus ist, kann er das als Clubhaus einrichten und dann mehr Kunden anlocken.«

Rubys Haare kitzelten im Nacken, und es kostete sie Überwindung, das Gummi nicht aus der Tasche zu ziehen und die Haare wieder streng zusammenzubinden. »Kann er sich das denn leisten?«

»Der hat bestimmt damals Geld von seinen Diebstählen zur Seite geschafft.«

»Ich würde da eher an enttäuschte Patienten denken«, wagte Ruby sich vor.

Bernice blickte geradeaus und schwieg.

»Also, ich stelle mir vor, da ist jemand, der viel Geld für eine Behandlung bezahlt, und dann ist das Ergebnis nachher nicht so wie erhofft ... Das könnte schon zu einer gewissen Wut führen«, versuchte Ruby es erneut.

»Vivian hat die Risiken mit all ihren Patienten immer abgeklärt«, erklärte Bernice mit fester Stimme.

»Ich verstehe ja, dass du deine ehemalige Chefin in Schutz nehmen willst, aber ...«

»Sie hat mir damals auch alles ganz genau erklärt.« Bernice verschränkte die Arme vor der Brust.

»Du hast bei ihr was machen lassen?«

Bernice atmete tief ein und aus. »Ich wollte ein Tattoo wegmachen lassen. Jugendsünde. Sie hat mich gewarnt, dass es für eine Laserbehandlung eigentlich zu groß ist.« Sie hob die Schultern. »Hat nicht so geklappt, wie es sollte. Aber jetzt sieht es immerhin nur noch nach einer großen Narbe aus.«

»Das tut mir leid. Ist es nicht sehr teuer, so was wegmachen zu lassen?« Eine kleine Windböe ließ Ruby ein paar Strähnen ins Gesicht wehen, die sie sofort vehement wieder hinter die Ohren klemmte.

»Sie hat mir einen Rabatt gegeben, und ich hab ein paar Wochen umsonst für sie geputzt.« Bernice entknotete ihre Arme und ließ die Hände dann in den Schoß sinken. »Glaub mir, Travis war's.«

»Aber vielleicht gab es andere Patienten, die ...«

»Vivian hat immer alle Klagen gewonnen«, unterbrach Bernice sie wirsch.

Nur weil das Gericht jemandem recht gab, bedeutete es ja noch lange nicht, dass diese Unschuldszuweisung von der Gegenseite widerstandslos akzeptiert wurde. Aber den Gedanken behielt Ruby für sich.

»Was passiert denn jetzt mit der Klinik?«

»Ich schätze, Travis wird sie sich unter den Nagel reißen.« Bernice schob die Hände von sich. »Aber damit hab ich nichts mehr zu tun. Ich geh da nicht mehr hin! Nicht, dass Travis mich auch noch umbringt.«

»Selbst wenn er der Täter ist, warum sollte er dir etwas antun?« Ruby spielte mit dem Haargummi in der Tasche.

Bernice lehnte sich erneut weit zu Ruby rüber. »Weil ich doch weiß, wie sehr sich die beiden immer gestritten haben. Ich bin quasi so was wie eine Kronzeugin.«

Das Einzige, was Bernice war, war offenbar eine leidenschaftliche Krimileserin, dennoch nickte Ruby verständnisvoll. »Soll ich das für dich übernehmen? Falls die Klinik vor der nächsten Vermietung noch mal geputzt werden soll?«

Bernice' Augen weiteten sich. »Du willst dich freiwillig in die Nähe eines Mörders begeben?« Sie zog einen dicken Schlüsselring aus ihrer Kitteltasche, fummelte zwei Schlüssel ab und drückte sie Ruby in die Hand. »Dieser ist für die Eingangstür, dieser für Vivians Büro.«

»Wer ist der Vermieter? Wir sollten ihm schon sagen, dass ich jetzt die Schlüssel hab, um da zu putzen.« Ruby verstaute die Schlüssel in ihrer Handtasche, wo auch immer noch das Haargummi lag. Wie konnte sie sich nur nach so einem Stück Plastik so sehr sehnen?

»Jackson Mitchell, der Immobilientyp aus Evergreen.« Bernice' Tonlage ließ vermuten, dass Morgan ihn kennen würde, daher gab Ruby einen zustimmenden Laut von sich.

»Ich werde ihn anrufen und ihm alles erklären«, versprach sie.

Bernice sah auf die Uhr. »Ich sollte mal wieder zurück an die Arbeit. Danke wegen der Klinik. Du hast was gut bei mir. Aber wenn dir was passiert, sag nicht, ich hätte dich nicht gewarnt.«

»Keine Sorge, wenn mich ein Pfeil treffen sollte, werde ich an deine Worte denken.« Kaum war Bernice in der Bank verschwunden, riss Ruby das Haargummi aus der Tasche und band ihre Haare damit fest zurück. Sofort löste sich ihre Anspannung, und sie atmete tief durch. Für einen Moment befürchtete Ruby, sie wäre schon wie Morgan, die eine Erleichterung verspürte, wenn eine ihrer Meinung nach unordentliche Situation gelöst war. Aber das war ja Quatsch, denn eine vernünftige, fest sitzende Frisur zu haben war ja in keiner Weise vergleichbar mit dem Drang, die Gewürze alphabetisch zu ordnen. Oder?

Kapitel 20

Auf dem Rückweg nach Hause hielt Ruby erneut im Bond an. Eine große Gruppe Wanderer hatte den Coffeeshop offenbar kurz vor ihr betreten und Ryder seitdem fest im Griff.

»Walter Spezial?«, rief er ihr zu, als er in Richtung Küche huschte.

»Das fragst du noch?« Sie ließ sich neben Walter am Tresen nieder. »Wie war die Demo?«

»Dürftig besucht. Wir brauchen frisches Blut. Hast du Sonntag Zeit?«

»Wofür?«

»Säuberungsaktion im Wald.«

»Klingt eher nach einer Sache für Morgan.«

»Mach einen gemeinsamen Ausflug draus.«

»Bitte.« Ryder schob ihr einen Latte macchiato hin und hastete dann wieder zurück in die Küche.

»Wann genau soll das stattfinden?«

»Ich schick Morgan gleich die Infos.« Walter zog eine Lesebrille aus seiner Hemdtasche und setzte sie auf. »Du wirst es nicht bereuen.« Sein Handydisplay leuchtete grell, als er darauf herumtippte. Es erinnerte Ruby an die Monitoreinstellung eines Kollegen, der am Jahresanfang in Rente gegangen war. Die Studentin, die seinen Arbeitsplatz zeitweilig übernommen hatte, hatte nach dem ersten Anschalten geklagt, dass sie bunte Punkte vor den Augen hätte, weil sein Monitor sie so geblendet hätte. Aber auch die würde noch feststellen, dass sich mit dem Alter die Augen veränderten und man dann mehr Helligkeit für mehr Tiefenschärfe benötigten.

Ruby nahm einen Schluck Kaffee und wartete, bis Walter fertig mit dem Verschicken war. »Kennst du Jackson Mitchell?«

»Was willst du denn von dem?«

»Er soll Immobilienmakler sein un...«

»Makler? Das ist ein Schweinehund erster Klasse! Pflastert alles zu, wenn sich die Gelegenheit bietet. Schmieriger Typ. Hat überall seine Finger drin, wenn sich Geld mit Immobilien machen lässt.« Walter verstaute seine Brille wieder in der Hemdtasche. »Wenn du hier was Eigenes suchst, frag lieber einen anderen Makler.«

***

Kaum, dass Ruby in Morgans Haus angekommen war, zog sie ihr Handy aus der Tasche und suchte die Telefonnummer von Jackson Mitchells Büro heraus. Sie wusste ja von Becca, dass der Makler derzeit mit seiner Frau auf Kreuzfahrt war, aber irgendjemanden würde sie sicherlich erreichen.

Gleich nach dem ersten Klingeln nahm eine freundliche Dame das Gespräch an.

»Bernice kann das Putzen von Fresh Face nicht mehr übernehmen und hat mir die Schlüssel gegeben. Ich bin

Morgan Rock«, log Ruby, »eine Bekannte von ihr. Ich putze viel in Paradise.«

»Ach, die Schönheitsklinik. Ja.« Die Dame schien zu überlegen. »Jackson weiß das noch gar nicht … hm.«

»Bernice hat mir erzählt, dass es da immer sehr dreckig sei.« Auch diese Lüge ging Ruby leicht von den Lippen. »Wenn das Gebäude also wieder vermietet oder verkauft werden soll, muss da vorher auf alle Fälle noch mal geputzt werden.«

»Ach so … und Sie haben schon die Schlüssel von Bernice?«

»Ja.«

»Die hätte sie Ihnen gar nicht einfach so geben dürfen.« Im Hintergrund raschelte es. »Ich gehe gleich, wäre aber morgen Vormittag noch mal kurz im Büro. Könnten Sie dann vorbeikommen? Dann kann ich Ihnen einen offiziellen Vertrag ausstellen. Ansonsten erst wieder am Montag.«

»Ich komme morgen.«

Kaum hatte Ruby den Hörer aufgelegt, bog Morgans Volvo von der Straße auf die Einfahrt ab. Einen Moment später kam ihre Schwester mit zwei Putzboxen beladen ins Haus.

»Ich will morgen früh nach Evergreen fahren. Kann ich dein Auto haben?« Ruby nahm Morgan eine der Boxen ab und folgte ihr in die kleine Abstellkammer, wo ihre Schwester sämtliche Putzutensilien aufbewahrte.

»Wir können zusammen fahren. Ich will ohnehin zum Ökosupermarkt.« Morgan zog ihr T-Shirt und ihre Hose aus und öffnete die Waschmaschine. »Was willst du dort?«

»Einen Putzauftrag für Fresh Face bei Jackson Mitchell unterschreiben.«

Morgans Klamotten verharrten auf halbem Weg zur Waschtrommel. »Rubilite Rock! Was hast du getan?«

»Die Klinik muss geputzt werden und Bernice ...«

»Du hast mit Bernice gesprochen?«

»... hat dich gebeten, das für sie zu übernehmen.«

»Du hast dich für mich ausgegeben?« Morgan schlug die Tür der Waschmaschine mit mehr Wucht zu, als nötig gewesen wäre.

»Ich hab nie behauptet, ich wäre du.« Ruby ging in die Küche und nahm den Pitcher mit Eistee aus dem Kühlschrank.

Morgen folgt ihr. »Dann hilfst du mir aber auch beim Putzen.«

»Natürlich.« Ruby nahm zwei Gläser aus dem Hängeschrank.

»Du willst dich doch nur in Vivians Büro umsehen.«

Ruby goss Tee in beide Gläser und lächelte verschmitzt. »Wenn da auch geputzt werden muss ...« Sie reichte ihrer Schwester ein Glas.

Morgan trank einen Schluck. »Gut. Aber du putzt die Toilette.«

Ruby presste die Zähne aufeinander. »Du bist der Boss.«

***

Nachdem sie am Vormittag in Evergreen zunächst den Vertrag bei Mitchells Sekretärin unterschrieben hatten und Morgan ihren ökologisch korrekten Wochenein-

167

kauf erledigt hatte, standen die Zwillinge zur Mittagszeit vor Fresh Face. Im Gegensatz zu ihrem ersten Besuch war der Parkplatz dieses Mal gut gefüllt und von der Bogenschießanlage waren Stimmen sowie gelegentlich Gelächter zu hören.

Ruby zog den Schlüssel aus der Tasche und schloss auf. Sie stemmte die Tür weit auf, abgestandene Luft kam ihnen entgegen. Sie schob einen Keil, der hinter der Tür lag, unter die Kante und ging zurück zum Auto, um Morgan beim Ausladen zu helfen.

»Brauchen wir das wirklich alles?« Ruby ächzte, als sie zwei Putzboxen auf einmal aus dem Kofferraum hob.

Morgan zog einen Mopp mit Eimer hinter der Rückbank hervor. »Weiß ich nicht. Aber lieber für alles gewappnet sein.«

Ruby setzte die Kisten auf dem Tresen am Empfang ab, ging den Gang hinunter und probierte den zweiten Schlüssel an der verschlossenen Tür aus, hinter der sie bei ihrem ersten Besuch Vivians Büro vermutet hatte. Der Schlüssel drehte sich im Schloss, und es gab ein leises Klacken, als der Bolzen sich zurückzog. Bingo! Ruby drückte die Klinke herunter und war im Begriff, das Büro zu betreten, als Morgan ihr eine Hand auf den Arm legte. »Erst die Trauben pflücken, dann den Wein genießen.«

Ruby unterdrückte ein Augenrollen.

Morgan schloss das Büro wieder ab, steckte den Schlüssel in ihre Hosentasche und öffnete die gegenüberliegende Tür. »Schau mal, die Toilette. Kannst gleich hier anfangen.«

Widerwillig folgte Ruby ihr zurück zum Empfang und suchte die passenden Putzmittel aus der Box sowie ein paar extra lange Handschuhe heraus.

Morgan zog ihr Handy aus der Tasche ihrer Cargohose. »Oh. Ich muss kurz noch mal weg. Wenn du mit der Toilette fertig bist, kannst du schon mal mit dem Fensterputzen anfangen.«

Ruby schnappte nach Luft. Morgan wusste genau, dass Ruby speziell mit Fensterputzen auf Kriegsfuß stand. Zähneknirschend stimmte sie zu.

Einen Moment später hörte sie, wie der Volvo vom Parkplatz fuhr. Es da fiel ihr auf, dass ihre Schwester gar nicht gesagt hatte, wohin sie jetzt so dringend musste. Andererseits war Morgan jederzeit bereit, jedem zu helfen. Stanley hatte ihr ja nicht umsonst den Spitznamen Helfe-Elfe verpasst. Ruby seufzte laut. Pobacken zusammenkneifen und durch. Sie lehnte ihr Handy auf eine kleine Ablage über dem Waschbecken, wählte eine Playlist aus und stellte die Lautstärke hoch. Dann zog sie die Handschuhe über und machte sich ans Werk.

***

Gerade als Ruby das Fensterleder ein letztes Mal über die große Fensterfront neben der Eingangstür zog, bog Morgans Volvo wieder auf den Parkplatz.

»Wo warst du denn so lange?« Zu Rubys Verwunderung stieg Cassidy ebenfalls aus dem Auto.

»Sie hat mich abgeholt.« Cassidy betrat mit Morgan zusammen die Praxis.

»Du willst uns beim Putzen helfen?« Ruby entledigte sich der Handschuhe und fuhr sich über ihre verschwitzte Stirn.

Cassidy schmunzelte. »Nein, ich bringe die Belohnung.« Sie legte eine Mappe auf den Tresen.

»Für mich?« Ruby öffnete die Mappe. »Was ist … sind das die Klagen?«

Cassidy klopfte sich selbst auf die Schulter. »Hab ich dir von Rick besorgt.«

Ruby wandte sich an Morgan. »Du hast ihr gesagt, was wir hier wollen?«

»Ich hab sie gestern Abend angerufen. Und Cassidy wusste, dass Rick das Büro längst durchsucht und den Ordner sichergestellt hatte.«

»Du wusstest, dass wir hier nichts finden würden, und hast nichts gesagt?« Ruby schaute ihre Schwester fassungslos an.

Diese zuckte mit den Schultern und bemühte sich um ein ernstes Gesicht. »Du wolltest doch unbedingt die Klinik putzen.«

»Du hast mich reingelegt.« Ruby lachte. »Hast mich hier eiskalt schuften lassen, obwohl du genau wusstest, dass ich nichts finden würde.«

Morgan wischte mit dem Finger über den Tresen. »Aber sauber ist es jetzt.«

Ruby blätterte in den Unterlagen. »Hat Rick schon was Brauchbares gefunden?«

Cassidy schüttelte den Kopf. »Er hatte noch keine Zeit reinzuschauen. Ich hab ihm versprochen, das zu übernehmen.«

Ruby widerstand dem Drang, ihr um den Hals zu fallen. »Du bist der Knaller!«

»Finde ich auch.« Morgan schmiegte sich an Cassidy. »Wenn auch aus anderen Gründen.«

Die beiden Frauen tauschten einen zärtlichen Kuss aus. Auf eigenartige Weise berührte Ruby diese doch alltägliche Geste. Dabei hatte es nichts damit zu tun, dass es sich um zwei sich liebende Frauen handelte, sondern damit, dass sie ihre Schwester noch nie so glücklich, geschweige denn verliebt gesehen hatte. Immer war es Ruby gewesen, die auf Dates gegangen war, sich spontan verliebt und wieder entliebt hatte. Morgan dagegen hatte nie eine Beziehung gehabt. Oder zumindest keine, von der Ruby wusste. Bis jetzt.

»Zu Ryder auf einen Kaffee und Tee für Jammerlappen?«, schlug Ruby vor.

»Wer hier wohl der Lauch von uns ist.« Morgan knuffte Cassidy an den Arm. »Sag du auch mal was dazu.«

Cassidy machte sich von ihr los. »Ich halt mich da lieber raus, ihr seid wie Tom und Jerry.«

»Wie Katz und Maus?«, fragte Morgan nach.

»Ihr neckt euch ständig, könnt aber auch nicht ohneeinander leben.« Cassidy hob die Putzkisten hoch und ging damit zum Auto.

»Pah!« Morgan nahm den Staubsauger und trottete hinter ihr her. »Ich kann wunderbar ohne sie leben. Ruby ist wie Glitzer, kommt in mein Leben reingeflattert und verbreitet nur Chaos.«

»Und wie Glitzer mache ich dein Leben bunter.«

Cassidy und Morgan lachten, während Ruby den Keil unter der Tür hervorzog und sie abschloss.

Kapitel 21

Ruby schob ihren Walter Spezial von sich. »Der schmeckt … anders.«

»Vielleicht hat Ryder neue Bohnen?« Morgan trank einen Schluck von ihrem Tee. »Mein Tee ist gut wie immer.«

Cassidy schmunzelte. »Ich glaube, es hat eher was damit zu tun, dass Ryder nicht da ist.«

Ruby spürte, wie ihre Wangen heiß wurden, so wie früher, wenn ihr Sportlehrer sie bei brennender Sommerhitze um den Sportplatz gescheucht hatte.

»Das hatte ich vergessen«, fiel Morgan mit ein. »Der nötige Ryder-Kick fehlt.« Die beiden Frauen lachten.

»Wisst ihr, wo er ist? Immerhin ist Samstag und Hochsaison.« Und außerdem hatte sie doch heute Abend ein Date mit ihm. Also zumindest hatte Ryder ihr von dem Open-Air-Kino erzählt und sich mit ihr dort verabredet. Sie erinnerte sich nicht mehr an den genauen Wortlaut, weil sie so überrascht gewesen war, aber es hatte für sie nach einer Verabredung geklungen.

Morgan und Cassidy sahen sich an und hoben dann die Schultern.

»Macht er irgendeinen Sport in einer Amateurmannschaft?«, fischte Ruby weiter. »Und hat er vielleicht heute ein Spiel?«

»Warum gehst du nicht einfach mal mit ihm aus und fragst ihn das selbst?«, schlug Morgan vor.

Genau das tue ich ja heute Abend!, dachte Ruby, aber nachdem Morgan bei jedem Treffen mit Cash so um Ruby herumgeschwänzelt war, wollte sie ihrer Schwester auf keinen Fall auf die Nase binden, dass sie sich heute endlich mit Ryder treffen würde.

»Es ist echt unglaublich in diesem Kaff! Jeder in Paradise scheint mein Leben zu kennen, aber wenn ich mal was wissen will, seid ihr so verschlossen wie Austern.« Ruby verschränkte die Arme vor der Brust.

Erneut wechselten Morgan und Cassidy einen Blick.

»Drei Fragen«, schlug Morgan vor.

»Drei? Warum nicht fünf oder zehn?«

»Das ist hier kein marokkanischer Bazar. Nimm drei oder lass es.« Morgan drehte ihre Teetasse zwischen den Händen.

Ruby überlegte. »Wo wohnt er?«

»Sunbreaker Cove«, antwortete Cassidy sofort. Ob sie als Sheriff wusste, wo jedes ihrer Schäfchen wohnte?

»Sunbreaker Cove? Das klingt wie irgendwo am Meer. Wo ist das denn?«

Morgan hob die Hand. »Willst du deine zweite Frage wirklich dafür verschwenden oder das nicht lieber später einfach selbst googeln?«

Ruby unterdrückte ein Stöhnen. Die beiden hatten sichtlich einen Heidenspaß daran, Ruby möglichst nichts über Ryder zu erzählen.

Sie lehnte sich zurück und drehte die Handflächen nach oben. »Vergesst es. Ich frag ihn einfach selbst.«

Cassidy hob einen Daumen. »Sunbreaker Cove liegt hinter Wolff's Creek an einem See.« Ihr Zeigefinger schnellte hoch. »Er ist in keiner Beziehung.« Ihr Mittelfinger machte dann das Trio komplett. »Und er fährt gern Kanu.« Sie griff nach der Mappe neben sich und legte sie auf den Tisch. »Jeder nimmt einen Stapel?«, schlug sie vor.

In dem Moment kam Elodie an den Tisch, in der einen Hand einen Teller mit einem Blaubeermuffin, in der anderen ihr Handy. Den Blick aufs Display geheftet, schmunzelte sie, während sie den Muffin beiläufig vor Ruby stellte. Ohne aufzusehen, fragte sie: »Braucht ihr sonst noch was?«

»Ja, George Clooney im Bett und die neuen Schuhe von Manolo Blahnik davor.« Ruby schob den Teller mit dem Muffin zu Cassidy.

Elodie gab einen zustimmenden Laut von sich und ging tippend weg.

»Schätze, sie ist mal wieder frisch verliebt?«, fragte Ruby in die Runde. Elodie war dafür bekannt, sich häufig und gern Hals über Kopf zu verlieben. Am liebsten in ältere Männer mit einem gewissen finanziellen Polster, von dem sie sich erhoffte, dass dieses sie aus Paradise nach Denver bringen könnte.

Morgan nahm sich ein Zuckertütchen. »Soweit ich gehört hab, irgendein Geschäftsmann aus Evergreen.«

Ruby fuhr hoch. »Aber nicht Jackson Mitchell, oder?«

»Ne, der ist glücklich verheiratet.« Cassidy brach den oberen Teil des Muffins ab und biss dann von diesem ab.

Ruby besah sich Cassidys Teller. »Was machst du da?«

»Erst den crunchigen Top, anschließend das fluffige Unterteil.« Morgan ließ die Zuckerkörnchen in ihren Tee rieseln. »Es ist gut, die Geschmacksnerven auf diese Weise zu stimulieren.«

Na, da hatten sich ja zwei gefunden! Doch nach einem Blick auf Cassidy, die Morgan mit offenem Mund anstarrte, begriff Ruby, dass das nicht Cassidys Absicht gewesen war. Vermutlich mochte sie einfach nur die Streusel nicht so gern und aß sie deshalb zuerst.

»Entschuldige, was wolltest du?« Elodie war an den Tisch zurückgekehrt. Sie hielt ihr Handy zwar immer noch in der Hand, aber schaute Ruby direkt an.

»Nichts, danke.«

»Ich hätte schwören können, dass du noch was bestellt hast«, murmelte Elodie.

Morgan und Cassidy kicherten, während Ruby versuchte, ernst zu bleiben. »Bist wohl gerade ein wenig abgelenkt?«

»Drew schreibt mir immer total süße Textnachrichten.« Elodies Wangen röteten sich. »Ihr seid also sicher, dass ihr nichts mehr wollt?«

»Positiv«, bestätigte Morgan.

Ruby hob die Hand. »Warte. Kennst du Laila Atwater?«

Cassidys Augen verengten sich für einen kurzen Moment, sie sagte aber nichts.

»Flüchtig.« Elodie verlagerte das Gewicht auf ein Bein und stützte ihre Hände in die Hüften. Ihr ohnehin schon zu kurzes T-Shirt rutschte dabei über ihren Nabel. Ihr Bauch war begehrenswert flach, stellte Ruby mit einem Anflug von Neid fest.

»Was kannst du uns über sie erzählen?«

»Nicht viel. Hat bei Fresh Face gearbeitet. Oh.« Elodies Gesicht erhellte sich, sie blickte von Cassidy zu Ruby und beugte sich hinunter. »Ermittelt ihr?«

»Ich unterstütze Rick in dem Fall.« Cassidy trat Ruby unterm Tisch mit dem Fuß gegen das Schienbein.

»Und ich bin einfach nur neugierig wie immer.« Ruby warf Elodie ein breites Lächeln zu.

Morgan rutschte auf ihrem Stuhl herum.

»Weißt du, wo sie wohnt?«, fragte Ruby.

»Nein.« Elodie machte eine Kopfbewegung zu Cassidy. »Aber sie kann das sicherlich rauskriegen.« Sie machte auf dem Absatz kehrt und ging zurück zum Tresen.

Morgans und Cassidys bohrende Blicke nervten Ruby. »Was?«, brach es schließlich aus ihr heraus. »Hat Rick schon mit dieser Laila gesprochen?«

»Ja.« Cassidy biss von ihrem Muffin ab.

»Und? Wieso erfahre ich davon nichts? Immerhin hab ICH euch den Tipp gegeben.«

»Jetzt spiel dich nicht so auf. Die Polizei wäre sicherlich auch ohne dein Dazutun auf sie gekommen«, warf Morgan ein.

»War klar, dass du das wieder runterspielen würdest«, beschwerte sich Ruby.

»War klar, dass du das wieder aufbauschen würdest«, hielt ihre Schwester dagegen.

Cassidy ließ eine Handfläche auf den Tisch knallen. »Kriegt euch wieder ein.«

»So sind wir halt«, murmelte Ruby, während Morgan Cassidys Hand nahm und diese streichelte. »Und was ist jetzt mit Laila?«

Cassidy wischte sich einen Krümel von ihrer Uniform. »Sie war am Sonntag auf einer Familienfeier in einem Vorort von Denver. Knapp vierzig Leute können das bezeugen. Wie wäre es, wenn wir uns jetzt gemeinsam«, sie betonte das Wort, »die Akten vornehmen? Und überlegen dann gemeinsam, was als Nächstes unternommen werden sollte.«

»Von uns«, fügte Ruby hinzu.

»Von der Polizei«, kam es von Morgan.

»Gemeinsam«, wiederholte Cassidy erneut. Sie zog die Fälle aus der Mappe und gab jedem einen Stapel zum Lesen.

∗∗∗

»Habt ihr was gefunden?« Ruby schaute zwischen Cassidy und Morgan hin und her.

Morgan verneinte. »Ich hatte lauter so Kleinkram. Also, natürlich nicht für die Betroffenen, aber so was wie allergische Reaktionen auf eine Creme, die sich dann aber auch wieder gegeben haben.«

»Kein Motiv für einen Mord?«, fragte Ruby nach.

Morgan fuhr sich durch ihren Lockenkopf. »Da gab es diesen Todesfall ...«

»Was?«, unterbrachen Ruby und Cassidy sie gleichzeitig.

Morgan hob die Hand. »Macht euch keine Hoffnung, es gab keine Klage dazu von Hinterbliebenen oder so.«

»Woher weißt du dann davon?« Cassidy stippte mit dem Finger die letzten Krümel von ihrem Teller.

Morgan zog ein Blatt hervor. Es schien die Patientenakte zu sein. »Olivia Johnson. Laut Vivians Patientenakte ein Mann, der sich einer Geschlechtsumwandlung
unterzogen hat. Vivian hat ihr Botox gespritzt, um die
Gesichtszüge zu verweiblichen.«

»Das geht?«, fragte Ruby.

Morgan legte ein Foto auf den Tisch. Es zeigte das Gesicht einer Frau in Frontalansicht. »Soweit ich das aus
Vivians Unterlagen lesen kann, hat sie in den Masseter-
und in den Mentalismuskel«, sie tippte auf die Flächen
unter den Ohrläppchen und unter die Stelle zwischen
Unterlippe und Kinn, »Injektionen gegeben.«

»Was soll das bewirken? Da hat man doch ohnehin
keine Falten.« Cassidy betastete ihr Kinn, wie um si-
cherzustellen, dass sie recht hatte.

»Es ging der Patientin ja auch nicht um eine Faltenbe-
handlung, sondern um eine physiognomische Verän-
derung.« Morgan zog ein zweites Foto hervor, das die
Frau scheinbar nach der Behandlung zeigte.

»Der Kiefer wirkt weniger ... prominent«, stellte Ruby
fest.

»Wiederholte Injektionen können eine Muskelatro-
phie verursachen.«

»Das noch mal in verständlich«, bat Cassidy.

»Gewebeschwund. Im Laufe der Zeit verringert sich
die Größe eines Muskels«, erklärte Morgan.

Ruby tippte auf Olivia Johnsons Kinn. »Das sieht auch
weniger aus.«

»Ich finde, die ganze Gesichtsform ist plötzlich nicht
mehr rund, sondern eher herzförmig.« Cassidy nahm
das Foto hoch. »Oder ist das anders fotografiert worden?«

»Nein, das ist genau das, was mit den Injektionen bewirkt werden sollte. Ein insgesamt eher weiblicheres Gesicht.« Morgan nahm ihr das Bild aus der Hand und legte es zusammen mit dem anderen Foto zurück auf den Stapel.

»Und warum ist die Frau jetzt tot?«, wollte Ruby wissen.

»Sie ist mit dem Auto verunglückt. Hatte wohl einen Herzinfarkt.«

»Dafür konnte Vivian doch wohl nichts. Und wenn es keine Klage gegeben hat, warum hat Vivian ihre Patientenakte in diesem Ordner gelagert?«, wunderte Cassidy sich laut.

»Vielleicht hat sie mit einer Klage gerechnet?«, vermutete Ruby. »Wen hat Olivia Johnson als Notfallkontakt angegeben?«

»Niemanden. Deshalb meinte ich ja auch, macht euch keine Hoffnungen. Hier werden wir nicht fündig werden.«

»Ich hätte da aber was anzubieten.« Cassidy schob das Foto einer Mittsechzigerin in die Mitte des Tisches, die unnatürlich starr in die Kamera blickte. »Pamela Hudson. Hyaluronbehandlung gegen die Zornesfalte.«

»Wo ist das Problem? Scheint ja geklappt zu haben, denn die Falte ist weg.« Ruby strich sich von der Nasenwurzel in Richtung Stirn. Entwickelte sich dort bei ihr auch eine Falte? Falls ja, würde sie diese eventuell auch behandeln lassen? Denn sie wollte auf keinen Fall mit einem durchfurchten Gesicht wie der Hulk herumlaufen.

»Ja, die ist weg«, bestätigte Cassidy. »Ebenso wie ihr Sehnerv.«

»Was?« Sofort war Rubys Gedanke an eine eigene Schönheitsbehandlung vom Tisch.

»Die ist jetzt blind. Hab ich jedenfalls so verstanden.« Cassidy schob die Akte zu Morgan. »Kannst du das Fachchinesisch mal für uns übersetzen?«

Morgan überflog die Patientenakte und ein dazugehöriges Gutachten. »Also der Sehnerv ist so geschädigt, dass die Frau tatsächlich erblindet ist.«

»Durch Hyaluron?« Ruby dachte an den Tiegel mit der Nachtcreme für ihre Augen, der im Bad stand. War da nicht auch Hyaluron drin?

»Eher durch die falsche Anwendung. Das benutzte Hyaluron ist gelartig, und Vivian hat es offenbar an einer falschen Stelle gespritzt, sodass es Gefäße verstopft hat, die den Sehnerv mit Blut versorgen«, erklärte Morgan.

»Diese Pamela hat Vivian auf Schadensersatz verklagt«, fuhr Cassidy fort. »Aber das Gericht hat die Klage abgewiesen.«

»Die Frau ist jetzt also blind und hat keinen Cent bekommen?« Ruby nickte. »Das klingt mir nach einem Mordmotiv.«

Morgan legte das Foto wieder auf die Papiere. »Aber wie trifft eine blinde Frau jemanden mit einem Pfeil?«

»Ihr Mann, ihr Kind, ihre Schwester, sonst wer mit gesunden Augen könnte das für sie übernommen haben.« Ruby lehnte sich vor. »Sie könnte sogar Travis dafür angeheuert haben.«

»Genau mein Gedanke.« Cassidy drehte ihre leere Kaffeetasse zwischen den Händen.

»Auftragsmorde gibt es in New York, aber das hier ist Paradise.« Morgan zog den Ortsnamen in die Länge, als wenn er dadurch noch ungefährlicher klingen würde.

»Ja, und dennoch ist jemand eiskalt umgebracht worden.« Ruby schob eine ihrer Akten in die Tischmitte. »Ich hab Derek Barnes gefunden. Wollte sich die Tränensäcke wegmachen lassen. Dafür wurde eine ...«, Ruby fuhr mit dem Finger über den OP-Bericht, »Blepharoplastik durchgeführt.«

Cassidy sah sie verständnislos an. »Blepho was?«

»Unterlidstraffung?«, riet Morgan.

»100 Punkte an die ehemalige Medizinstudentin.« Ruby zog drei Fotos hervor und legte das erste auf den Tisch. »Vor der Behandlung.«

Auf dem Foto war ein Mittdreißiger zu sehen, dessen Wasser in den Tränensäcken die Sahara hätte fluten können. Sie platzierte ein zweites daneben. »Nach der Straffung.«

Jetzt starrte der Mann mit aufgerissenen Augen in die Kamera. Seine unteren Lider waren rot und weit nach unten gezogen und zum Augenäußeren rot vernarbt.

»Und nach der OP.« Sie schob das letzte Foto dazu, auf dem seine unteren Augenlider wieder normal wirkten, aber die Vernarbungen immer noch zu sehen waren. »Nach einer Wiederherstellungsoperation, die er mit dem Geld bezahlt hat, das Vivian ihm nach seiner Klage zahlen musste.«

»Wenn er seine Klage gewonnen hat, hat er doch kein Motiv, oder?«, fragte Morgan.

»Er hat sie seitdem noch zweimal verklagt und beide Male verloren.«

»Was wollte er denn noch?« Cassidy versuchte, Blickkontakt mit Elodie aufzunehmen.

»Wenn ich es richtig verstanden hab, muss er seit der OP starke Schmerzmittel nehmen, weil das Narbengewebe wohl ständig entzündet ist.« Ruby tippte auf eine Stelle in der Akte und gab sie Morgan zu lesen.

»Ja, stimmt«, bestätigte diese, nachdem sie den passenden Absatz gelesen hatte.

»Und das wäre ein Motiv, weil ...« Cassidy hob ihre Tasse, doch Elodie war am Tresen in ihr Handy vertieft.

»Die Nebenwirkungen der Schmerzmittel sind so stark, dass er keine Motoren bedienen darf. Und wenn man als Kranführer bei einem Bauunternehmen arbeitet wie Barnes ...« Ruby drehte die Handflächen gen Himmel. »Laut der Akte kann er seit der OP nicht mehr arbeiten.«

Morgan betrachtete die beiden Fotos von Derek Barnes. Ruby konnte ihr förmlich ansehen, wie mitgenommen sie von dieser Geschichte war. Ein deutlicher Beweis, warum ihre Schwester das Medizinstudium abgebrochen hatte – Morgan war zu empathisch. Die persönlichen Schicksale ihrer Patienten hätten sie mental fertiggemacht. So wie Barnes' Fall ihr jetzt auch zu schaffen machte. Ruby raffte die Fotos und die Papiere zusammen und fragte Cassidy: »Wo wohnt Pamela?«

»In Pinehaven.«

»Da gibt es eine Alpakafarm.« Morgan schien sich wieder gefangen zu haben. »Ich hab gehört, die riechen merkwürdig.«

»Wie weit ist Pinehaven von hier?« Ruby nahm den letzten Schluck aus ihrem Macchiato.

Cassidy wedelte mit ihrer Tasse, und endlich bemerkte Elodie sie. »Etwa eine Viertelstunde.«

Derek dagegen wohnte in Fort Montgomery, was eher eine halbstündige Autofahrt bedeutete. Ruby warf einen Blick auf ihre Armbanduhr. »Ich wollte mir immer schon mal Alpakas anschauen.«

Cassidy lächelte und griff Morgans Hand. »Da wollte ich auch schon längst mal mit dir hin.«

Morgan sah entsetzt zwischen den beiden hin und her. »Das ist jetzt nicht euer Ernst, oder?«

Ruby nahm Morgans andere Hand. »Wenn's zu schlimm wird, halte ich dir die Nase zu, okay?«

»Nachschub?« Elodie stand am Tisch und hielt die Kaffeekanne über Cassidys Tasse.

Cassidy hielt eine Hand darüber. »Nein, wir möchten zahlen.«

Morgen machte sich von beiden los, vergrub den Kopf in den Händen und stöhnte.

Kapitel 22

Bevor sie sich auf den Weg nach Pinehaven gemacht hatten, hatte Ruby darauf bestanden, noch einmal kurz nach Vincent Van Goat zu schauen. Cassidy war völlig vernarrt in die kleine Ziege, und daher hatte es, sehr zu Morgans Missfallen, länger gedauert, bis sie losgekommen waren.

Jetzt standen sie auf der gegenüberliegenden Straßenseite von Pamelas Haus.

»Du hast sicherlich einen Plan, oder?«, fragte Cassidy Ruby.

»Sie?«, mischte sich Morgan ein. »Sollest du das nicht besser übernehmen? Als Sheriff und so?«

»Ich führe nicht die Ermittlung. Das ist Ricks Fall un...«

Morgan stemmte die Hände in die Hüften. »Du hast dir den Ordner von ihm geben lassen und ihm gesagt, du würdest dich darum kümmern.«

Ruby musste ein Schmunzeln unterdrücken. Sie kannte diesen Befehlston ihrer Schwester nur zu gut und war froh, dass dieses Mal nicht sie diejenige am anderen Ende war.

»Schon, aber ...« Cassidy scharrte mit der Fußspitze auf dem trockenen Boden des Straßenrands. »Es ist eine Sache, ihn zu unterstützen, indem man sich eine Akte anschaut, aber was ganz anderes, jemanden zu verhören, ohne ihn darüber zu informieren.«

Ruby zupfte sich ein Haar von ihrem Oberteil und kontrollierte, ob ihr Zopf im Nacken straff war. »Ich mach das. Als Journalistin kann ich reden, mit wem ich will.«

»Hallo?« Hinter Ruby stand eine schwangere Frau mit einem Kind auf dem Arm. »Sie blockieren meine Einfahrt.«

»Entschuldigung.« Morgan zog den Autoschlüssel hervor. »Ich parke kurz um.« Sie sprang in den Volvo.

Die Frau starrte auf Cassidys Uniform. »Ist was passiert?«

»Wir wollen nur mit Mrs. Hudson sprechen«, versicherte Cassidy ihr, während Morgan den Motor startete.

»Pam ist nicht da.« Die Frau verlagerte den kleinen Jungen auf den anderen Arm.

»Wissen Sie, wann sie wiederkommt?«, fragte Ruby.

»Montag.«

»Pamy Bison sehen«, plärrte das Kind.

»Sie ist letzte Woche mit ihrem Mann zur Hochzeit der Tochter nach Wyoming gefahren und hat Hunter viel von den Tieren und der Natur dort erzählt«, erklärte die Mutter.

»Pamy Bison sehen«, wiederholte Hunter.

»Ist Pam in Schwierigkeiten?«

Cassidy schüttelte den Kopf. »Nein, nur eine Routinebefragung. Wann ist sie losgefahren?«

»Freitag vor einer Woche.«

Ruby wechselte einen Blick mit Cassidy. Pamela Hudson war zum Zeitpunkt des Anschlags nicht mehr in Colorado gewesen. Ebenso wenig wie ihr Mann oder ihre Tochter.

»Mrs. Hudson hat ja nur die eine Tochter, oder?«, vermutete Cassidy.

Die Nachbarin nickte.

»Pamy Bison sehen«, quakte der Junge erneut.

Seine Mutter wandte sich ihm zu: »Lass Mami und den Sheriff mal in Ruhe reden.«

Hunter blickte Cassidy mit großen Augen an. Vermutlich suchte er nach dem Colt an Cassidys Hosenbund sowie dem Cowboyhut.

Morgan kam zu Fuß in die Einfahrt. »Ich hab den Wagen um die Ecke geparkt.«

»Soll ich Pam ausrichten, dass sie sich bei Ihnen melden soll, wenn sie nach Hause kommt?«

»Ich denke nicht, dass das nötig sein wird«, wiegelte Cassidy ab.

Die Frau setzte Hunter auf die Erde. »Geh schon mal zum Auto.« Sie erhob sich und sagte leise: »Hat es etwas mit ihrer Zeit im Knast zu tun?«

Morgan riss die Augen auf, und Ruby bemerkte, dass Cassidy kämpfte, sich ihre Überraschung nicht anmerken zu lassen.

»Sie wissen davon?« Gegenfragen waren eins von Rubys Lieblingsmitteln in Interviews mit störrischen Politikern gewesen.

»Na, vor ihrer Erblindung hat sie ja jahrelang dort gearbeitet.«

Obwohl ein kleiner Teil in Ruby enttäuscht war, dass Pamela Hudson nicht selbst straffällig gewesen war, bedeutete dies, dass die blinde Frau Kontakt zu Häftlingen gehabt hatte. Und damit vielleicht gute Verbindungen hatte, um jemanden für einen Mord anzuheuern. Und das verursachte ein aufgeregtes Kribbeln in Rubys Magen. Hunter stand vor dem Familienauto und krähte nach seiner Mutter.

»Ich muss jetzt wirklich los.« Hunters Mutter lief zu ihrem Sohn.

»Denkt ihr, was ich denke?«, fragte Ruby auf dem Weg zu Morgans Auto.

»Ja, jetzt ist eine gute Zeit, um Alpakas zu besuchen.« Cassidy hakte sich bei Morgan ein.

Diese verzog den Mund. »Ich kann es kaum erwarten ...«

***

»Es riecht nach Popcorn«, stellte Ruby fest, als sie auf das Alpakagehege zutraten.

»Der Fettanteil im Fell ist sehr gering, daher bilden sich kaum Bakterien, die sonst bei anderen Tieren zu unangenehmen Gerüchen führen.« Eine Frau in kurzen Khaki-Shorts und einem dazu passenden T-Shirt, dessen Namensschild sie als ›Heather‹ auswies, kam mit einer Schubkarre voll Heu auf sie zu. Ihre langen, blonden Haare reichten fast bis zu ihrer Hüfte, was bei Ruby die Assoziation einer älteren Daryl Hannah aus dem Lieblingsfilm ihrer Mutter, ›Splash‹, auslöste.

»Die will man doch einfach nur an sich drücken und mit ihnen kuscheln, oder?« Cassidy sah verzückt aus, während sich Morgans Schritte verlangsamten.

»Kann ich nicht von mir behaupten.«

Cassidy stieß ihr in die Seite. »Ich bitte dich. Schau dir doch mal die Gesichter an. Die sind doch wirklich herzallerliebst! Und guck mal, das Kleine da!«

Heather öffnete das Gatter und betrat das Gehege. Sofort scharrten sich mehrere Tiere um das Jungtier. »Alpakas kümmern sich sehr um die Fohlen«, erklärte sie, während sie das Heu ablud.

»Kümmern sich Alpakas auch um andere Jungtiere?« Morgan war im sicheren Abstand stehen geblieben. »Zum Beispiel eine Ziege?«

Ruby schnappte nach Luft. Morgan wollte Vincent Van Goat hier abgeben? Das war ja wohl nicht ihr Ernst!

»Eine gemeinsame Haltung von Ziegen und Alpakas ist nicht zu empfehlen.« Heather schüttete den Rest Heu aus der Karre. »Im Gegensatz zu vielen anderen Tieren, die einfach irgendwo auf der Weide ihr Geschäft erledigen, legen Alpakas Kotplätze an. Dort wird dann auch nicht gefressen, und damit vermeiden sie Krankheiten.«

Über Morgans Gesicht legte sich ein Schatten. »Und Ziegen kötteln leider überall hin.«

»Haben Sie überlegt, sich Alpakas zu Ihren Ziegen anzuschaffen?« Heather rangierte mit der Schubkarre durch die Alpakas, die sich jetzt um das Heu scharrten.

»Nein, sie wollte nur meine Ziege loswerden.« Ruby warf Morgan einen bösen Blick zu, die jedoch nur mit den Schultern zuckte.

»Können wir sie streicheln?« Cassidy schien immer noch ganz verzückt zu sein.

»Natürlich. Warten Sie darauf, dass ein Alpaka zu Ihnen kommt. Dann mit der flachen Hand ganz ruhig am Hals entlangstreichen. Den Kopf meiden, gerade am Nasenrücken sind sie sehr empfindlich.« Heather stellte die Karre ab und hielt ihre ausgestreckte Hand aus. Sofort kam ein Alpaka zu ihr, beschnupperte sie, und Heather begann, sanft über den Hals zu streicheln. Sie drehte ihren Kopf zu Ruby. »Ziegen sind Herdentiere. Sie sollten sie nicht allein halten.«

Morgan riss die Augen auf. »Untersteh dich«, zischte sie Ruby zu und ging in Richtung des Informationshäuschens. Cassidy schaute ihr kurz hinterher, ging dann dichter an das Gehege und streckte ihre Hand aus. Ruby stellte sich neben sie und tat es ihr gleich.

»Ich hab die Ziege gerettet«, erklärte sie Heather, während sie darauf wartete, dass sich ein Alpaka näherte. »Sie ist verletzt und muss erst mal aufgepäppelt werden, aber die Auffangstation in Wolf's Creek hat keine Kapazitäten mehr.«

Heather schob die Schubkarre durchs Tor und schloss das Gatter dann wieder. »Solang es keine Dauerlösung ist, sollte es vermutlich okay sein.« Sie machte ein schnalzendes Geräusch. Ein Alpaka hob den Kopf und sah zu ihnen herüber. »Komm, Süßer«, versuchte sie das Tier anzulocken.

Sofort trottete das Alpaka zum Gitter. Cassidy entfuhr ein leiser Quietscher. Ruby musste sich ein Lachen verkneifen, denn so einen verzückten Laut hatte sie dem Sheriff gar nicht zugetraut. Schnuppernd näherte es sich Cassidys Hand.

»Streicheln Sie ihn ruhig«, wies Heather sie an. An Ruby gewandt sagte sie: »Und Sie können ihm von der anderen Seite über den Hals streichen.«

»Wie heißt er?« Ruby berührte sanft das hellbraune Fell und war begeistert, wie weich es sich anfühlte. Sie achtete darauf, das Tier möglichst weit weg vom Kopf zu streicheln, damit sie auf keinen Fall seine Nase berühren würde, falls es spontan den Kopf drehen würde.

»Er ist erst seit ein paar Tagen bei uns und hat noch keinen Namen.«

In dem Moment gab das Alpaka einen Ton von sich, was wie das Röhren von Chewbacca, dem Wookiee aus der Star-Wars-Reihe, klang.

»Chewpacca wäre passend«, schlug Ruby vor.

Cassidy und Heather lachten.

»Wenn Sie seine Patin werden, dürfen Sie ihn nennen, wie Sie wollen. Und jederzeit vorbeikommen, um mit ihm einen Spaziergang zu machen oder ihn einfach nur zu streicheln.« Heather zeigte zum Infohäuschen. »Wir können drinnen gleich die Papiere ausfüllen.«

Das Alpaka schaute Ruby mit seinen großen Augen an. Es schien eine unendliche Ruhe von ihm auszugehen, was wiederum in Ruby ein friedliches Gefühl auslöste. Cassidy hatte recht, diese wolligen Tiere waren einfach zu knuffig. Und die Vorstellung, mit Chewpacca eine nähere Bindung einzugehen und dann mit ihm sogar einen Spaziergang zu machen, löste ein wohliges Gefühl in Ruby aus. Aber wenn sie eine Patenschaft übernehmen würde, dann wollte sie sich auch wirklich um das Tier kümmern und nicht nur monatlich eine Geldsumme überweisen. Und auch wenn sie jetzt den Sommer über in Paradise sein würde, waren ihre Tage in Colorado ja gezählt. Im Herbst würde sie wieder in New York an ihrem Schreibtisch in der Redaktion sitzen.

Cassidy schien ihre Gedanken gelesen zu haben, denn sie wandte sich jetzt an Heather: »Können wir uns auch eine Patenschaft teilen?«

»Natürlich.« Heather schob die Schubkarre zur Seite. »Folgen Sie mir, und ich mache Sie zu frisch gebackenen Eltern.«

»Eltern?« Morgan war neben Cassidy aufgetaucht.

»Glückwunsch.« Ruby grinste ihre Schwester an. »Du bist gerade Mutter und Tante gleichzeitig geworden.«

»Was?«

Ruby musste sich zusammenreißen, nicht laut loszulachen, als sie Morgans verwirrten Gesichtsausdruck sah.

Cassidy trat ein Schritt zur Seite und zeigte auf das Alpaka. »Darf ich vorstellen: Chewpacca. Ruby und ich haben ihn gerade adoptiert.«

Morgan stöhnte auf. »Ihr zwei zusammen seid wie praller Sonnenschein beim Fensterputzen, das gibt nur Schlieren und damit mehr Arbeit.«

»Ich hoffe, bei dem Vergleich bin ich die Sonne?« Cassidy umarmte sie.

»Das heißt, ich bin das dreckige Fenster. Na, herzlichen Dank auch«, beschwerte sich Ruby gespielt.

Cassidy grinste sie an. »Aber du weißt doch, wie sehr Morgan dreckige Fenster liebt.«

Jetzt musste auch Morgan lachen. »Ihr zwei macht mich fertig.«

Kapitel 23

»Und ihr habt keine Zeit fürs Open-Air-Kino?«, vergewisserte Ruby sich, als sie den Ortseingang von Paradise passierten. Denn sie wollte bei ihrem ersten Date mit Ryder weder Morgan noch Cassidy als Anstandswauwau in der Nähe haben.

»Ich hab Nachtschicht«, kam Cassidys Antwort vom Rücksitz.

»Ich muss zum Loop-Trooper-Treffen«, entschuldigte sich Morgan. »Aber du findest bestimmt jemanden, zu dem du dich setzen kannst. Walter, Stanley, Becca ... irgendwer wird sicherlich dort sein.«

Ja, Ryder. Mit dem ich mich auf eine Decke kuscheln werde. Bei dem Gedanken daran breitete sich ein prickelndes Gefühl in Ruby aus, als wenn durch ihre Adern Brausepulver fließen würde.

Einen Moment später hielt sie vor dem zweigeschossigen Haus, in dem Cassidy wohnte. Morgan ließ das Fenster runter, sodass Cassidy ihren Kopf ins Auto stecken konnte, um ihr einen Kuss zu geben. »Viel Spaß!«, wünschte sie beiden, bevor sie an einer Außentreppe ihre Wohnung im ersten Stock betrat.

Ruby lenkte den Wagen wieder auf die Straße. »Warum wohnt ihr eigentlich nicht zusammen?«

Morgan schwieg.

»Was? Sortiert sie ihre Socken etwa alphabetisch der Farbe nach? Oder legt sie die Toilettenpapierrolle womöglich andersherum auf den Halter?«

Doch selbst die scherzhaften Bemerkungen verfehlten ihre Wirkung, und ihre Schwester gab immer noch keine Antwort.

»Wäre ja jetzt ohnehin auch kein Platz. Ich breite mich ja total in deinem Haus aus.« Ruby bog von der Main Street ab.

»Und hinterlässt überall Chaos.« Morgan zeigte die Straße hinunter. »An der nächsten Ampel links abbiegen.«

»Chaos?«, regte sich Ruby künstlich auf, um ihre Schwester weiter zum Reden zu bewegen. »Ich weiß überhaupt nicht, wovon du sprichst.«

Morgan schnalzte mit der Zunge. »Hast du wirklich geglaubt, ich merke nicht, dass du die Stühle wieder anders hingestellt hast?«

Ruby hatte sich einfach nicht beherrschen können, den geradezu unnatürlichen Drang ihrer Schwester nach Ordnung und Perfektion durch diesen kleinen Streich zu testen.

»Ist ein bisschen kindisch, findest du nicht?«

Ruby grinste breit. »Ich weiß. Daher macht es ja so viel Spaß.«

Morgan lachte. »Du bist wirklich unverbesserlich.«

»Gib zu, das ist der Grund, warum du mich so magst.«

»Du bist mir die liebste Chaotin.« Morgan zeigte hinaus. »Hier ist es.«

Ruby stoppte den Volvo und stellte den Motor ab. »Das Haus ist ja winzig.«

»Sie wohnt allein, da braucht sie nicht viel Platz.« Morgan schnallte sich ab.

Ruby sprang aus dem Wagen, lief zum Kofferraum und nahm einen Karton mit Wolle heraus. Morgan breitete die Arme aus, um ihn ihr abzunehmen, doch Ruby marschierte damit an ihr vorbei aufs Haus zu. »Ich hab es ohnehin schon in der Hand.«

»Oh, ein neues Mitglied!«, freute sich Mary, als sie ihnen die Tür öffnete.

»Ich bin nur zum Tragen hier«, wiegelte Ruby ab. »Quasi Morgans persönliches Muskelpaket.«

»Ein sehr neugieriges«, murmelte Morgan hinter ihr.

Mary musterte Morgan besorgt. »Tut dir was weh, dass du gerade nichts heben kannst?«

»Alles gut«, beruhigte Morgan sie und wandte sich an Ruby. »Kannst den Karton dort hinstellen?« Sie zeigte ins Wohnzimmer neben einen Sessel.

»Du hast es hier aber gemütlich.« Innerlich gruselte es Ruby vor den ganzen Behängen, die allesamt aussahen, als wenn sie bunt durcheinander gewürfelte, alte Woll-schals waren, die jemand mit Nägeln an den Wänden aufgespannt hatte.

Auf Marys Gesicht breitete sich Begeisterung aus. »Ich kann dir auch welche stricken.«

Morgans Augen glitzerten. »Mensch, Ruby. Das wäre doch was für dich, oder?«

Ruby widerstand dem Drang, ihre Schwester in ir-gendeine Weise zu schlagen und zwang sich stattdes-sen zu einem Lächeln. »Mein Apartment in New York ist leider nicht so groß.«

»New York wäre nichts für mich. Alles so eng, klein und gedrängt.« Mary schüttelte sich. »Ich hab gehört, da werden Zimmer kaum größer als eine Schuhschachtel für Tausende von Dollar im Monat vermietet.«

»Ja, mit dem gleichen Geld kann man hier vermutlich einen Palast mieten«, gab Ruby zu.

»Warum ziehst du nicht hierher?«, schlug Mary vor. »Paradise ist doch so schön.«

»Soweit ich gehört hab, ist der Immobilienmarkt hier gar nicht so einfach, weil kaum was angeboten wird.« Ruby erinnerte sich, was Morgan ihr über das Haus des verstorbenen Grady Palmer, dessen Leiche Ruby im Frühjahr gefunden hatte, erzählt hatte: Zwei Tage, nachdem es auf dem Markt erschienen war, war es schon verkauft gewesen.

»Im Grunde nur, wenn jemand stirbt. Alle anderen leben viel zu gern hier«, bestätigte Mary.

»Hm.« Ruby machte ein nachdenkliches Gesicht und hoffte, dass es echt wirkte. »Weißt du, wo Vivian gewohnt hat? Dann könnte ich viell...«

»Du kannst doch nicht in ihr Haus ziehen!« Nicht nur die geballten Fäuste, sondern auch Marys puterrotes Gesicht ließen keinen Zweifel an ihrer spontan aufgetretenen Erregung.

Morgan warf Ruby einen warnenden Blick zu.

»In so einer Wohnungssituation muss man das pragmatisch sehen«, verteidigte Ruby ihr angebliches Vorhaben. »Letztlich ist es ja doch nur ein Haus. Egal, wer da vorher drin gewohnt hat.«

»Ja, aber ... bei der im Haus?« Mary rieb sich über die Oberarme.

»Entschuldige, ich wollte dich nicht aufregen. Ich wusste nicht, wie nah dir ihr Tod geht.« Ruby ging auf sie zu.

»Mir ist es egal, dass sie tot ist«, brach es aus Mary heraus. »Ach, was, ich bin sogar froh, dass sie endlich weg ist und nie wiederkommt!«

Morgan drängte sich zwischen Ruby und sie. »Lass uns schon mal Getränke holen, die anderen kommen sicherlich jeden Moment. Und Ruby wollte jetzt ohnehin gehen.« Sie bedachte Ruby mit einem weiteren warnenden Blick und schob Mary dann in Richtung Küche.

***

Die Sonne war schon hinter der Bergkette verschwunden, als Ruby die Haustür hinter sich zuzog und hinterm Bond den kleinen Weg in Richtung Paradise einschlug. Nur das gelegentliche Flüstern der Bäume und das sanfte Plätschern des Fall Rivers durchbrachen die Stille. Ruby zog ihre Strickjacke wieder aus, die warme Sommerluft des Tages stand regelrecht noch im Tal. Grillen zirpten am Wegesrand, ein weiterer Beweis, wie warm es noch war, denn bei erhöhter Temperatur riefen die Männchen mit ihrem Lockruf vermehrt nach paarungswilligen Weibchen.

Rubys Sandalen knirschten auf dem Weg, sie bemühte sich, die Füße so aufzusetzen, dass ihr keine kleinen Kiesel zwischen die Zehen rutschten, und jeder Schritt klang wie ein kleiner Aufschrei in der tiefen Nacht.

Diese Geräusche in der sonst so absoluten Stille erschienen Ruby lauter als die ständige Geräuschkulisse New Yorks, die sie im Laufe der Jahre gelernt hatte zu überhören. Am meisten machte es ihr zu schaffen, dass sie sich unwohl fühlte. Was total albern war, denn in

New York war sie ständig abends allein unterwegs, und die Kriminalitätsrate war dort unbestritten höher als hier in Paradise.

Könnte Ruby sich jemals in Paradise so entspannen wie Morgan? War es tatsächlich möglich, einen klaren Gedanken zu fassen, ohne den Lärm des Lebens um sich herum?

Irgendwo schrie ein Vogel. Morgan hätte jetzt sicherlich sofort gewusst, um welches Tier es sich dabei handelte, in Rubys Ohren klang der Schrei wütend und aufgebracht. Fehlte nur noch, dass jetzt auch noch ein Wolf heulen würde. Ruby tastete nach ihrem Handy in der Handtasche. Nur zur Sicherheit. Falls sie Hilfe benötigen sollte.

Ein tiefes, kehliges Schnauben durchbrach ihren Gedanken. Ruby blieb stehen. Das war definitiv kein Käuzchen gewesen. Ein Bär? Vielleicht der Bär, der bei Vivian um die Klinik geschlichen war?

Es klang, als wenn es von der anderen Seite des Fall Rivers kam. Sie machte einen Schritt zurück. Ihre Fantasie malte Bilder von allen möglichen wilden Tieren, die in der Dunkelheit auf sie lauerten. Ihr Herzschlag beschleunigte sich.

Dann sah sie, wie sich aus einem Gestrüpp ein Geweih emporschälte und ein mächtiger Elch hervortrat. Bruce the Moose, der jetzt majestätisch am anderen Ufer stand, hatte sich laut diverser Erzählungen und zur Freude zahlreicher Touristen schon mehrfach Paradise angenähert. Er war zu einer kleinen Berühmtheit geworden, der inoffizielle Star von Paradise. Ein imposantes, aber scheinbar auch schüchternes Tier, das nur seinen Platz in der Welt suchte. Genau wie Ruby.

Bruce the Moose blickte zu ihr herüber, und Rubys Angst verschwand. Obwohl sie seine Augen in der Dunkelheit kaum erkennen konnte, bildete sie sich ein, dass er sie sanft anblickte. Als wenn er sagen wollte: »Ich bin auch weit weg von zu Hause.«

Scheinbar war sie nicht die Einzige, die sich fremd fühlte, nicht die Einzige, die hierhergekommen war, um einen Neuanfang zu wagen. Gemeinsam mit Bruce the Moose fühlte sich das Verlorensein nur noch halb so einschüchternd an. Und auch die dunkle Landschaft wirkte jetzt weniger bedrohlich.

War das der Schlüssel, um sich woanders zu Hause zu fühlen? Die Fähigkeit, im Unbekannten etwas Vertrautes zu finden?

Als die ersten Straßenlaternen Rubys Weg erleuchteten, fiel auch die restliche Anspannung von ihr ab. Schon verrückt, was der kurze Weg von Morgans Haus nach Paradise in ihr ausgelöst hatte. Schon von Weitem konnte sie Stimmengewirr und Gelächter aus dem kleinen Westside Park neben dem Rathaus hören. War ganz Paradise hier heute Abend zusammengekommen?

Unzählige Menschen saßen auf Decken und Campingstühlen, es schienen auch viele Touristen anwesend zu sein, denn ein nicht unerheblicher Teil der Zuschauer saß in multifunktionaler Wanderkleidung inklusive der derben Wanderschuhe einfach auf der Rasenfläche. Viele knabberten Popcorn, das aus einem Holzpavillon heraus verkauft wurde. Auf der großen Leinwand, die weiter hinten im Park stand, flimmerte nur eine Anzeige, die die nächsten Termine des Open-Air-Kinos bekanntgab. Ruby ließ den Blick über die

Menge schweifen und suchte nach bekannten Gesichtern. Doch außer einer Frau, die an der Supermarktkasse arbeitete, erkannte Ruby niemanden. Wo war Ryder? Er würde sie sicherlich nicht versetzen. Oder?

Unentschlossen lehnte sie sich an einen Baum. Sicherlich würden gleich noch Becca, Walter oder auch Stanley kommen. Dann könnte sie sich so lange zu ihnen gesellen, bis Ryder auftauchen würde. Denn heute Abend würde sie nicht nur einen Film mit ihm gucken, sondern auch endlich mehr über ihn erfahren.

Hinter der hellen Leinwand zeichneten sich die dunklen Silhouetten der Berge ab. Ruby konnte die markanten Gipfel der Twin Peaks erkennen. Während sie sich tagsüber tatsächlich sehr ähnlich sahen, aber dennoch unterscheidbar waren, konnte man in der Dunkelheit keine Unterschiede mehr feststellen.

Wenn sie jetzt ihr Haargummi lösen würde, könnte sie sich auch unbehelligt als Morgan unters Volk mischen. Ruby erinnerte sich, wie die Schwestern während der Schulzeit manchmal für Prüfungen die Rollen getauscht hatten. Morgan war es zwar zuwider gewesen, auf diese Art an bessere Noten zu kommen, aber noch schlimmer fand sie den englischen Literaturkurs. Den hatte Ruby dann mit guten Noten für sie abgeschlossen, während Morgan sich dafür mit einer zumindest befriedigenden Note in Mathe revanchiert hatte. Morgan hatte später tagelang gewettert, wie schwer es ihr gefallen war, einen Teil der Aufgaben falsch zu rechnen, aber Ruby war sich sicher, dass eine bessere Note sonst wirklich zu stark aufgefallen wäre.

»Ryder!«

Ruby blickte hoch und sah eine Frau in der Menschenmenge, die aus einer Gruppe aufgestanden war und in Richtung Eingang winkte. Und tatsächlich stand dort Ryder und blickte sich suchend um. Ruby hob den Arm und wollte sich gerade bemerkbar machen, als die Frau erneut seinen Namen rief.

Ruby ließ den Arm wieder sinken und verfolgte das weitere Geschehen, als würde sie bei einer Safari Tiere beobachten. Sie war sich nur nicht sicher, ob die Frau die Löwin war, die ihre Beute zu sich lockte oder umgekehrt.

Ryder lächelte breit und bahnte sich einen Weg durch die Menge. Sicherlich war sie nur eine Nachbarin, die er kurz begrüßen würde, bevor er einen guten Platz für Ruby und sich organisieren würde.

Die Frau breitete die Arme aus, Ryder drückte sie fest an sich und gab ihr ein Küsschen auf die Wange. Ruby starrte die beiden an. Wer war die Frau? Und hatte Ryder nicht gesagt, er würde sich hier mit Ruby treffen?

Ruby versuchte, sich an den genauen Wortlaut zu erinnern, als er ihr von der Vorführung erzählt hatte. War es tatsächlich eine Einladung zu einem Date gewesen? Oder hatte er lediglich gesagt, er wäre heute Abend hier und sie könne ja auch vorbeikommen?

Unsicherheit schoss wie eine Tsunamiwelle durch ihre Gedanken und spülte die Vorstellung eines Dates mit sich davon. Hatte sie sich so sehr eine Verabredung gewünscht, dass sie sich diese eingebildet hatte?

Hatte Ruby seine Absicht dahinter falsch interpretiert? War das gar keine schüchterne Einladung zu einem Date gewesen, sondern einfach nur eine Frage unter Freunden, um der Großstadtpflanze zu zeigen, was man in der Einöde abends machen kann?

Die Leinwand verdunkelte sich, die Gespräche verstummten und der Film fing an. Ruby blickte auf die Leinwand, ohne zu erkennen, was dort vor sich ging. Ihr Handy vibrierte in der Handtasche. Sie zog es hervor und öffnete Ryders Nachricht.

Bist du schon da?

Ruby sah in die Zuschauermenge und suchte nach seinem Hinterkopf.

Sprach irgendetwas dagegen, sich einfach zu Ryder und der Gruppe zu gesellen und den Film gemeinsam mit ihnen anzuschauen? Eigentlich nicht.

Aber Ruby war die Lust vergangen. Sie hatte sich den Abend anders vorgestellt. Mit Ryder an ihrer Seite. Gemeinsam auf einer Decke. Auf dessen anderer Seite keine andere Frau sitzen würde, die er mit Küsschen begrüßte.

Und überhaupt Küsschen. Wer gab denn einander heutzutage noch Küsschen? War das so ein Rocky-Mountain-Ding? Glaubten die Bewohner, hipper und cooler rüberzukommen, wenn sie sich mit Küsschen begrüßten?

Die Zuschauer lachten auf, offenbar hatte die Hauptdarstellerin im Film gerade etwas sehr Dummes getan. Ruby berührte das Handydisplay, das sofort wieder hell aufleuchtete, und antwortete:

Ich bin zu Hause. Kopfschmerzen.

Noch ehe Ruby das Handy wegstecken konnte, sah sie, dass Ryder wieder tippte.

Schade. Beim nächsten Mal?
Gute Besserung.

Ruby schickte ein Daumenhoch-Emoji und ging zum Ausgang. Sie hatte genug Ideen für Alan im Kopf, und es war ohnehin an der Zeit, diese mal zu ordnen und ihm zu schicken. Da war weder Raum für romantische Komödien noch für Küsschen gebende Männer. Schließlich wollte sie ja nach dem Sommer wieder zurück an ihren Schreibtisch in New York.

Kapitel 24

»Warum müssen wir die Welt schon um acht Uhr retten?« Ruby gähnte neben Morgan im Auto. »Auf zwei Stunden mehr oder weniger wäre es doch auch nicht angekommen, oder?«

»Weil es später einfach viel zu warm sein wird.« Morgan lenkte den Volvo von der Straße auf einen staubigen Weg.

Ruby hielt sich am Griff fest, um einige der Stöße abzufangen. »Das machst du doch mit Absicht.«

»Was?« Morgan umklammerte das Lenkrad fest, damit der Wagen auf der holprigen Straße nicht ausbrach.

»Extra hier auf dieser Hoppelpiste mit mir langfahren.«

»ICH kann ja nichts dafür, dass du erst nach Mitternacht nach Hause gekommen bist und kaum geschlafen hast.« Der Wagen ächzte, als Morgan in ein besonders tiefes Schlagloch fuhr. »Und dass du Muskelkater von deiner Bettgymnastik hast.«

»Du und deine dreckige Fantasie.«

»Wann krieg ich die Details?«

Ruby kniff die Lippen aufeinander. Nachdem sie das Open-Air-Kino verlassen hatte, hatte sie sich zunächst an Morgans Küchentisch gesetzt und ihren Laptop aufgeklappt. Doch es fiel ihr schwer, ihre Ideen für Alan in Worte zu fassen. Nach ein bisschen Rumgezappe am Fernseher war sie in den Garten zu Vincent Van Goat gegangen. Sie hatte sich an den kleinen Unterstand gesetzt, die Ziege in ihren Schoß gebettet und in die Sterne geschaut. Irgendwann war sie eingeschlafen und sehr viel später mit steifen Gelenken und schmerzendem Rücken wieder aufgewacht und hatte sich ins Haus geschlichen.

Ruby blickte aus dem Fenster. »Es ist nichts passiert.«

»Klar, und deshalb bewegst du dich heute Morgen so gelenkig und geschmeidig wie eine Achtzigjährige.« Morgan parkte das Auto neben Walters Truck, der auf einem kleinen Parkplatz stand. »Wen hast du beim Open-Air-Kino getroffen? Cash?«

Ruby öffnete die Tür und stieg umständlich aus. »Cash golft diese Woche in Arizona. Der kommt erst nach dem Fourth of July zurück.«

»War es Ryder?« Morgan warf Ruby ein freches Grinsen zu.

»Weder noch. Ich bin im Garten bei Vincent Van Goat eingeschlafen«, gab Ruby zu.

Für einen Moment erschien es, als sei Morgan enttäuscht über Rubys nicht vorhandenes Datingleben.

»Ich hatte gedacht, ihr kommt bestimmt erst zur zweiten Gruppe um zehn Uhr«, begrüßte Walter die Zwillinge.

Ruby fuhr zu Morgan herum. »Es gibt eine spätere Gruppe?«

Morgan hob die Schultern. »Der schnellste Lachs erreicht zuerst das Meer.«

Walter hob eine Augenbraue. »Die Redewendung ist mir neu.«

Ruby betrachtete ihre Schwester. Ihre Mutter hatte früher unabsichtlich Redewendungen verdreht und auch sonst mit Buchstabendrehern häufig für schallendes Gelächter im Hause Rock gesorgt. Ruby war sich nicht sicher, ob Morgan diese Redewendungen so verinnerlicht hatte, dass sie es gar nicht mehr merkte, wenn sie sie benutzte, oder ob Morgan es mit Absicht tat, wenn Ruby dabei war, weil sie wusste, wie sehr Ruby diese Wortspielereien liebte.

»Aber schön, dass ihr schon da seid. Und dann sogar die Ersten.« Walter nahm je zwei Greifzangen und Eimer von einem Truck und reichte sie an die Zwillinge weiter. »Wir sind insgesamt zehn, die anderen kommen sicherlich gleich. Ruth bringt auch noch Müllbeutel mit und teilt uns alle ein.«

Ruby und Morgan traten zur Seite, als zwei weitere Freiwillige auf den Parkplatz fuhren und laut plaudernd auf Walter zutraten.

»Wann kommen die anderen denn endlich?« Ruby scharrte mit der Fußspitze auf dem trockenen Boden rum, Staub flirrte hoch. »Das ist wie damals beim Stipendium für die Journalistenschule. Die Interviews waren total früh angesetzt. Ich war pünktlich da, nur das Komitee nicht.«

»Hat dir aber nicht geschadet, oder? Hast ja das Stipendium bekommen.« Morgan hatte die Augen geschlossen und das Gesicht der Sonne entgegengestreckt.

»Ja, weil die voll beeindruckt waren, als ich ihnen erzählt hab, dass ich den Zimbardo lese.« Ruby gluckste bei der Erinnerung daran. Die Mitglieder des Komitees hatten gestaunt, als Ruby ihnen etwas aus dem Standardwerk der Psychologie erzählt hatte.

Morgan öffnete die Augen und fuhr herum. »Ich hab das Buch gelesen, nicht du.«

»Du hast uns damals beim Abendessen immer damit vollgequatscht, da macht es doch keinen Unterschied, ob meine Augen den Text direkt gelesen haben oder ich mir das Wissen anderweitig angeeignet hab.« Ruby zupfte mit der Greifzange an Morgans Hose herum.

Diese schlug nach ihr. »Lass das! Wer weiß, was da für ...«

»... Dreck dranhängt.« Ruby wedelte mit der Greifzange vor Morgan herum. »Typisches Beispiel für eine Konditionierung – eine ganz klassische Methode aus dem Behaviorismus. Reiz, Input, führt zu Reaktion, Output.« Ruby ließ die Greifzange wieder in den Eimer fallen.

Ihre Schwester schüttelte den Kopf. »Du bist echt einmalig.«

Ruby lächelte. »Eher weniger, wenn ich dich so betrachte.«

***

Nachdem fünf weitere Personen sich um Walter versammelt hatten und Ruth der Gruppe gezeigt hatte, wo sie Müll sammeln sollten, folgte Ruby Morgan durch das Waldstück.

»Sag mal, ist das da hinten nicht der Fahnenmast vom Veranstaltungsgelände?« Ruby blieb stehen, um ein Schnipsel Papier aufzuklauben.

»Ja.«

»Weißt du, was ich mich frage?«

»Warum wir schon vor Jahrzehnten Menschen zum Mond schicken konnten, aber es immer noch keine kalorienfreie Schokolade gibt?«

»Das auch, aber ...«

»Was es auch ist, können wir das auf später vertagen?«

»Warum? Ist doch ideal, um ein wenig zu plaudern.«

»Ist auch ideal, um einfach mal die Ruhe zu genießen.« Morgan ging weiter.

»Ich dachte, wir machen uns hier einen netten Vormittag.«

»Tun wir doch. Wir genießen die Natur und tun nebenbei noch etwas Gutes für sie.« Morgan fischte eine Getränkedose aus einem wilden Himbeerstrauch.

»Du willst hier jetzt schweigend rumlaufen?«

»Sieh es als eine Art Bewegungsmeditation. Ein ...« Morgan atmete tief ein und ging drei Schritte, »und aus. Einfach mal ganz bei dir sein. Eins mit der Natur.« Geräuschvoll ließ sie die Luft durch ihren Mund entweichen. Dann wiederholte sie die Atem- und Schrittfrequenz.

Ruby warf hinter ihr den Kopf in den Nacken und blickte in die Baumkronen. Nur ihre Schwester war dazu in der Lage, aus einer lahmen Ökoaktion eine noch langweiligere Aktivität zu machen!

Ja, es war schon schön hier: Die Morgenluft war noch kühl und klar, keinerlei Touristen drängten sich auf dem Wanderweg entlang, sodass außer einem gelegentlichen Motorengeräusch aus der Ferne tatsächlich nur Vogelzwitschern zu hören war. Aber dennoch musste man ja nicht gleich völlig Natur-Yogi-mäßig abtauchen!

Sie trottete schweigend hinter Morgan her, verzichtete aber darauf, sich ein Beispiel an ihren Atemübungen zu nehmen.

***

Das gelbe Flatterband, das die Polizei zur Absperrung des Tatorts genommen hatte, war an einigen Stellen durchgerissen. Es bewegte sich wie eine gelb-schwarze Schlange im Wind über den kleinen Waldweg, der vom Festivalgelände zu Arrowsmith und Fresh Face führte.

Ruby blieb stehen und betrachtete aus der Entfernung die Stelle, an der sie Vivian gefunden hatte.

War es tatsächlich erst eine Woche her, dass Vivian hier gelegen hatte?

Was war bloß geschehen?

Und wo hatte der Täter oder die Täterin sich versteckt?

Und warum hatte die Polizei noch nicht herausgefunden, mit was Vivian letztlich erstochen wurde?

War es ein Messer gewesen?

Ruby verstand nichts von Forensik, aber selbst ihr leuchtete ein, dass das Loch eines Messer ja wohl eindeutig von dem Loch eines Pfeils zu unterscheiden sein müsste. Oder?

»Ruby? In dem Gebiet sammeln wir nicht, komm rüber.« Morgans Stimme schallte vom Festplatz zu ihr herüber.

208

Widerwillig löste Ruby sich. Als sie sich umdrehen wollte, schob sich die Sonne durch eine Wolke hindurch, und einzelne Strahlen fielen auf den Waldboden. Aus dem Augenwinkel bemerkte Ruby ein Aufblitzen.

Was war das gewesen?

Sie drehte sich zur Seite, konnte jedoch außer einer bodendeckenden Pflanze mit weiß-pinken kleinen Blüten nichts erkennen.

»Ruby!« Morgans Tonfall wurde dringlicher.

Ruby wandte sich erneut ab, und wieder blitzte etwas auf. Sie ging auf den niedrigen Busch zu, bückte sich und schob ein paar der sich überlappenden Blätter zur Seite. Dann stand sie abrupt auf.

»Morgan!« Sie winkte ihrer Schwester zu. »Hast du noch eine frische Tüte?«

»Komm her, dann geb ich dir eine.«

»Mir wäre es lieber, du kommst damit zu mir.«

Brummelnd kam Morgan zu Ruby. Sie zeigte auf Rubys halb leeren Eimer. »Wozu willst du den Beutel? Da ist doch noch Platz.«

Ruby zeigte auf die Pflanze. »Weißt du, was das ist?«

»Willst du davon was mitnehmen? Das ist echte Bärentraube. Gehört zur Familie der Heidekrautgewächse.«

»Ich rede nicht von der Pflanze. Ich meine das hier.« Ruby zog die Zweige auseinander.

Morgan pfiff durch die Zähne und reichte Ruby einen sauberen Beutel. »Meinst du, das ist die Mordwaffe?«

Ruby nahm ihre Greifzange. »Halte ich für wahrscheinlich.«

Kapitel 25

»Es ist noch nicht einmal elf Uhr. Lass uns nach Fort Montgomery fahren«, sagte Ruby, als sie die Küche betrat.

Nachdem die Polizei den Pfeil eingetütet und der Umweltgruppe befohlen hatte, das Gelände vorerst zu verlassen, hatte sich Morgan zu Hause in die Küche verzogen, während Ruby sich im Garten um Vincent Van Goat gekümmert hatte.

»Um mit Derek Barnes zu sprechen«, fügte sie hinzu.

Morgan stand mit dem Rücken zu ihr und reagierte nicht.

Ruby trat hinter sie und schielte über ihre Schulter.

»Findest du es eigentlich witzig, meine Ordnung durcheinanderzubringen?« Vor Morgan lagen kleine Löffel auf der Arbeitsplatte.

»Hab ich nicht«, beteuerte Ruby, die sich dieses Mal tatsächlich keiner Schuld bewusst war.

Morgan zeigt auf die sortierten Löffel. »Silber- und Cromarganlöffel.«

»Sind alle klein.«

Morgan öffnete die Schublade vor sich. »Silber und Cromargan sollten nicht zusammen liegen.«

»Entschuldige, ich dachte, du freust dich, wenn da ein Fach frei ist.«

»Ordnung ist das halbe Leben …«

»Und deshalb ordne ich nie was, sondern lebe lieber ganz«, unterbrach Ruby ihre Schwester. »Was ist jetzt mit Fort Montgomery und Derek Barnes?«

»Wie stellst du dir das vor?« Morgan schloss die Schublade. »Wir kreuzen da einfach auf und fragen ihn, ob er Vivian umgebracht hat?«

»Eigentlich wollte ich das telepathisch erledigen, aber dein direkter Ansatz gefällt mir«, witzelte Ruby.

Morgan musste lächeln. »Jetzt mal im Ernst.«

»Mir fällt schon was ein. Die Fahrt dauert ja ein bisschen.«

»Du hast noch keinen Plan?«

»Ist mein Name Morganite Rock?«

Morgan seufzte.

»Du kannst mir vertrauen«, versicherte Ruby.

»Ich weiß.«

Zwei Worte, die Rubys Herz schlagartig bis aufs äußerste anschwellen ließ und ihr die Sprache verschlugen.

***

»Und?«, fragte Morgan, als sie vor dem Apartmentblock standen, in dem Derek Barnes laut Vivians Patientenakte wohnte. »Was jetzt?«

»Wir klingeln.« Ruby stieg aus.

Morgan folgt ihr zur Tür. »Und dann? Was hast du dir überlegt?«

»Nichts.« Ruby fuhr mit dem Finger über die Klingel-
schilder.

»Nichts? Du wolltest doch einen Plan machen!«

Ruby drückte auf eine Klingel. »Ich habe gesagt, mir
fällt was ein.«

»Sei nicht so spitzfindig!«

»Ja?«, knarzte eine Stimme aus dem Lautsprecher.

Morgans Hand fuhr zum Mund. Mit versteinerter
Miene beobachtete sie Ruby.

»Ruby Rock. Sind Sie Derek Barnes?«

»Was is?«

»Ich schreibe für die New York Gazette un...«

»New York Gazette?« Schwerer Husten ließ die Gegensprechanlage aufheulen.

»Ja. Ich schreibe einen Artikel über Fresh Face und ich
wür...«

»Verschwinde!«, kam die Stimme zwischen zwei Hus-
tenanfällen durch den Lautsprecher.

»Mr. Barnes, es wäre wirkli...« Die Gegensprechanlage
fiepte ein letztes Mal, als die Verbindung weggedrückt
wurde.

»Das lief ja nicht so toll.« Morgan lehnte sich an die
Eingangstür, die daraufhin mit einem leisen Klacken
aufging.

»Wie praktisch.« Ruby stieß die Tür ganz auf.

»Ich glaub nicht, dass uns das hilft. Der will nicht mit
uns reden.«

»Das war nun der erste Schock.« Zielstrebig ging Ruby
die Treppe hoch.

An der Apartmenttür klopfte Ruby energisch an. »Mr.
Barnes?«

Hinter der Tür waren Bewegungen zu hören.

Ruby klopfte erneut. »Mr. Barnes? Könnten Sie uns bitte reinlassen?«

Schwere Schritte kamen auf die Tür zu. Das Guckloch verdunkelte sich, und Ruby lächelte. »Mr. Barnes, wir ...«

»Verschwinde!«, brüllte er durch die geschlossene Tür, begleitet von einem bellenden Husten.

»Hören Sie, ich hab nur ein paar Fragen an Sie.«

Hinter der Tür verstummte der Husten langsam.

»Das geht ganz schnell, dann sind wir wieder weg.«

»Muss ich erst die Bullen rufen, damit du verschwindest?« Ein erneuter Hustenanfall unterbrach den Rest des Satzes.

Morgan zog Ruby von der Tür weg. »Es ist eindeutig, dass er nicht mit uns reden will.«

Doch so schnell gab sich Ruby nicht geschlagen. Sie klopfte an die Nachbarstür.

»Was wird das denn jetzt?« Morgan runzelte die Stirn.

»Wir sind doch eh schon hier und haben nichts zu verlieren.«

Die Tür öffnete sich, und eine ältere Frau schaute durch den kleinen Spalt, den die Sicherheitskette ihr ließ. »Arbeiten Sie wirklich für die New York Gazette?«

Wie gut, dass die Wände hier so dünn waren, frohlockte Ruby innerlich und antwortete: »Seit über fünf Jahren.«

Die Tür schloss sich. Die Sicherheitskette wurde zurückgeschoben, und eine zierliche, drahtige Frau erschien in der weit geöffneten Tür. »Natalia Petrova. Trinken Sie was mit mir.«

Ohne auf eine Antwort zu warten, ging sie in das Wohnzimmer, das im Grunde direkt hinter der Tür begann, und setzte sich auf einen samtroten Sessel. Sie deutete auf das gegenüberliegende Sofa, als wenn Morgan und Ruby eine Audienz bei einer Königin gewährt worden war.

»Wasser?«, bot sie an, als die Schwestern Platz genommen hatten, und deutete dann auf Morgan. »Könnten Sie bitte das Wasser aus dem Kühlschrank und Gläser holen?«

Morgen stand protestlos auf und ging zu der kleinen Küchenzeile. Sie öffnete den Kühlschrank. Ruby hörte sie nach Luft schnappen.

»Gläser sind im Hängeschrank«, kommandierte Natalia Petrova.

Morgan kam mit der Karaffe und drei Gläsern zurück. Sie stellte alles auf den kleinen Tisch zwischen ihnen und starrte Ruby eindringlich an. Als Ruby die verdreckten Gläser und das trübe Wasser sah, verstand sie Morgans versteckte Botschaft und beschloss, auf keinen Fall etwas zu trinken.

»Mrs. Petrova«, begann Morgan.

»Miss«, korrigierte diese sie sofort.

»Miss Petrova. Ich hab bemerkt, dass Sie heute noch nicht zum Geschirrspülen gekommen sind.«

Von dem, was Ruby vom Sofa aus gesehen hatte, war das eine bodenlose Untertreibung von Morgan, denn das dreckige Geschirr stapelte sich nicht nur in der kleinen Küche.

»Wäre es okay, wenn ich mich darum kümmere?«
Ruby konnte ihrer Schwester ansehen, wie viel Überwindung es Morgan kostete, so höflich zu fragen und nicht einfach schon gleich anzufangen.

»Ich weiß das sehr zu schätzen«, bedankte Natalia Petrova sich, als Morgan Wasser ins Spülbecken laufen ließ. »Wissen Sie, ich hab die letzten Nächte schlecht geschlafen und dann kann ich mich tagsüber einfach zu nichts mehr aufraffen.«

Ruby blickte sich um. »Haben Sie eine Klimaanlage? Denn bei diesen warmen Temperaturen ist es wichtig, dass man abends ein kühles Zimmer zum Schlafen hat.«

»Pah, Klimaanlage. So einen Luxus gibt es hier nicht. Aber es ist auch nicht die Hitze, sondern dieser ewige Husten von Barnes, was mich wachhält. Nachts ist das besonders schlimm.«

»Hat er den schon länger?«, erkundigte sich Ruby.

Natalia Petrova winkte ab. »Das kommt vom Rauchen. Seit er nicht mehr arbeitet, scheint er ständig einen Glimmstängel im Mund zu haben.«

»Es ist für manche Menschen schwer, sich nach dem Verlust des Arbeitsplatzes neu zu orientieren.«

Natalia Petrova deutete auf die gerahmten Fotos hinter sich an der Wand. »Ich war Tänzerin am Broadway. Rocky Horror Show, A Chorus Line, Cats, Les Misérables. Und dann war mit Anfang dreißig Schluss. Ging körperlich nicht mehr. Aber dann macht man eben was anderes, hat ja noch das halbe Leben vor sich.«

Ruby betrachtete die zahlreichen Bilder und musste an ihre eigene kleine Sammlung von Fotos denken, die sie mit diversen Politikern zeigten, die sie bisher interviewt hatte. Würde sie diese später auch gerahmt an der Wand haben und ihren Enkelkindern dann erzählen, damit hätte sie ihr Geld verdient, bis sie sich umorientiert hatte? War sie tatsächlich durch den Skandal auch an einem Punkt im Leben angelangt, wo sie etwas Neues finden musste? Aber Alan hatte ihr doch Hoffnung gemacht, dass sie ihren guten Namen wiedererlangen könnte.

Morgans Räuspern riss sie aus ihren Überlegungen. Natalia Petrova starrte sie an. Offenbar hatte Ruby viel zu lange geschwiegen.

»Sie haben recht, jeder muss sich ab und zu im Leben neu orientieren.« Ruby nahm ein Glas und füllte Wasser hinein. »Aber manchen fällt es einfach schwer, ein neues Ziel zu finden.«

»Er hat sein Ziel schon vor Augen, da bin ich mir sicher: sich totsaufen und totrauchen.« Natalia Petrova lehnte sich vor. »Letzten Sonntag war es so schlimm, da hab ich den Notarzt gerufen.«

Ruby reichte ihr das Wasserglas. »Letzten Sonntag sagen Sie?«

»Das Husten war da eher so ein Röcheln.« Natalia Petrova gab eine Impression, die Ruby an die Katze ihres Nachbarn erinnerte, wenn diese mal wieder vor dem offenen Fenster einen Haarball hochwürgte, und trank dann einen Schluck. »Das ging stundenlang. Da hab ich dann den Arzt gerufen. Hatte schon jedes Mal Panik, wenn es still war, dass er jetzt tot ist.«

»Aber er scheint sich ja erholt zu haben.«

»Die haben ihn mit ins Krankenhaus genommen, und Montag war er dann schon wieder da.« Natalia Petrova lehnte sich wieder in ihrem Sessel zurück. »Leider. Der Sonntag und die Nacht auf Montag waren so herrlich still.«

***

»Alles wird gut.« Ruby streichelte Vincent Van Goat zwischen den Ohren.

»Dass die noch hier ist.« Cassidy kam ums Haus herum in den Garten.

»Morgen hab ich einen Termin mit einem Wildlife Ranger wegen der Auswilderung.« Ruby setzte die Ziege wieder in dem kleinen notdürftigen Behältnis auf dem Rasen ab. »War es die Mordwaffe?«

Morgan trat mit einem Tablett auf das Deck. »Das ging ja schnell«, sagte sie an den Sheriff gewandt.

»Ich hab die Tüte ja nur abgegeben. Den Rest muss jetzt die Forensik erledigen.« Cassidy setzte sich auf den Liegestuhl und ließ sich langsam zurücksinken.

»Aber ihr glaubt doch auch, dass das die Mordwaffe ist, oder?« Ruby setzte sich ihr gegenüber.

Cassidy zog die Beine an und rieb sich über die Schienbeine hinunter zu den Füßen. »Bis auf Weiteres ist es ein Pfeil, der ganz in der Nähe des Opfers lag.«

»Lag? Der war ja wohl eindeutig unter diesem Kraut ...«

»Echte Bärentraube«, fiel Morgan ihr ins Wort und reichte ihr ein Glas.

»... versteckt. Mit Blut dran!« Ruby nahm einen Schluck Eistee.

»Die dunkle Substanz daran könnte Blut sein. Aber das wird alles noch ... von den Kollegen in der ... der Forensik geklärt werden.« Cassidy knetete ihre Hände.

Morgan beugte sich besorgt zu ihr hinunter. »Kribbelt es?«

Cassidy kniff die Augen zusammen. »Überall ... taub und ... Lichtblitze.«

Morgan lief ins Haus zurück.

Ruby schaute in den strahlend blauen Himmel. »Blitze?«

»Von der ... der ...« Cassidy vergrub den Kopf in den Händen.

»Epilepsie.« Ebenso schnell, wie Morgan im Haus verschwunden war, war sie auch wieder aufgetaucht. Sie kniete mit einer Spritze in der Hand neben der Liege und strich Cassidy über den Rücken.

Beim Anblick der Spritze wurde Ruby schwindelig. Sie hatte eine Abneigung gegenüber Nadeln, und auch wenn diese gerade gar nicht zu sehen war, wusste sie ja dennoch, was sich unter der pinken Plastikkappe am Spritzenende verbarg. Sie wandte ihren Blick ab und zwang sich, an etwas anderes zu denken. Dass Cassidy unter Krampfanfällen litt, hatte sie bei ihrem ersten Besuch erfahren, als sie Morgan mit einem Joint erwischt hatte. Es hatte sich dann herausgestellt, dass dieser für Cassidy war, da Marihuana half, ihre Epilepsie unter Kontrolle zu halten.

»Ich dachte, du kiffst dagegen?«, fragte sie, ohne in Morgans und Cassidys Richtung zu schauen.

»Wir haben Nachschubprobleme«, erklärte Morgan, während Cassidy scheinbar um Worte rang.

Cassidys Gesicht verzerrte sich, ihre Arme und Beine schienen sich zu versteifen. Wider Willen musste Ruby nun doch hinschauen, wobei sie es vermied, auf die Spritze in Morgans Hand zu gucken.

»Kannst du mir helfen?« Morgans Bitte klang so ruhig, als würde sie ein Eis am Strand bestellen.

Ruby sprang auf. »Soll ich sie festhalten?«

»Auf gar keinen Fall. Streichle ihren Rücken, sei einfach da.« Morgan nahm die pinke Abdeckung ab, und Ruby drehte ihren Kopf zur Seite. Ihr Atem beschleunigte sich, als würde sie sich ein Rennen mit einem Formel-Eins-Wagen liefern und auf das Startsignal warten. Vincent Van Goat blökte neben dem Teich. Ruby strich Cassidy über den Rücken und zählte stumm ihr Ein- und Ausatmen mit.

Als sie aus dem Augenwinkel sah, wie Morgan die Spritze in Cassidys Wange pikste, konnte sie nicht mehr an sich halten. Sie sprang auf und lief schwer atmend zu Vincent Van Goat. Ihre Hände zitterten, als sie der Ziege über den Kopf strich. »Alles ist gut, alles ist gut.« Ihre Stimme klang schriller als normalerweise.

Obwohl Vincent Van Goat bisher immer ihre Streicheleinheiten gemocht hatte, schien er dieses Mal nicht so begeistert zu sein, denn er entwand seinen Kopf aus ihren Händen und trollte sich in die andere Ecke des Geheges. Ruby starrte in den Teich, doch selbst Guppie Goldberg war nicht zu sehen.

Sie lehnte sich nach vorn, stützte die Arme auf die Oberschenkel und atmete so tief ein und aus, als wenn sie gerade einen Marathon gelaufen wäre. Ein Lastwagen schien auf der Straße vor Morgans Haus vorbeizufahren, in der Ferne kreischte eine Krähe, und Vincent

Van Goat scharrte mit seinen Hufen. Ruby kam es vor, als wenn die Zeit still stehen würde.

Eine Hand fasste ihr unter den Arm und zog sie hoch. »Entwarnung, keine Spritze mehr zu sehen«, sagte Morgan und führte sie zurück an den Tisch.

Ruby setzte sich Cassidy gegenüber, die wieder ganz entspannt aussah und an einem Eistee nippte.

Morgan reichte Ruby ebenfalls ihr Glas. »Trink was.«

Ruby nahm einen Schluck. Der Zucker breitete sich schlagartig in ihrem Körper aus. Es war, als wenn jemand einen Schalter umgelegt hatte und sie sofort wieder hellwach war. »Tut mir leid. Ich bin bei so was echt keine große Hilfe.«

»Das zeigt mir zumindest, dass ich mit der richtigen Schwester zusammen bin.« Cassidy drückte Morgans Hand, die ihr daraufhin einen Kuss auf die Stirn drückte.

»Definitiv«, bestätigte Ruby. »Zurück zum Pfeil. Gab es sonst schon was, was deine Kollegen herausfinden konnten?«

Morgan rollte mit den Augen und ging zurück ins Haus, während Cassidy grinste. »Am Pfeilschaft war eine Nummer eingraviert.«

»Was für eine Nummer? Eine Telefonnummer?«

»Es könnte eine Seriennummer sein.«

Ruby lehnte sich vor. »Das heißt, man könnte damit herausfinden, wo der Pfeil verkauft wurde?«

»Vielleicht.« Cassidy hob die Schultern. »Und vielleicht wird der Gerichtsmediziner dann herausfinden, dass Vivian nicht mit diesem Pfeil erschossen wurde. Solange wir keine forensischen Ergebnisse haben, brauchen wir uns nicht den Kopf zu zerbrechen.«

»Aber ...« Ruby verstummte. Cassidy hatte recht. Ohne weitere Beweise waren jegliche Mutmaßungen überflüssiges Spekulieren.

»Wer hat Hunger?« Morgan verteilte drei Teller auf dem Tisch.

Cassidy richtete sich auf dem Liegestuhl auf. »Wie ein Bär nach einem Winterschlaf.«

»Dann hab ich genau das Richtige für dich.« Morgan hob den Deckel von einer Plastikschüssel. »Mein Sommersalat mit Blaubeeren und Nüssen.«

Ruby lachte, als Cassidys Gesichtszüge langsam entgleisten. Mittlerweile wusste sie, dass für den Sheriff ein Abendessen ohne Fleisch eine vergeudete Möglichkeit war. »Beeren und Nüsse – das Superfood der Bären.«

»Nichts anderes dazu?«, brachte Cassidy jetzt heraus.

»Na ja, Blattsalat eben. Und Feta«, fügte Morgan hinzu.

Vincent Van Goat blökte laut.

»Echter Feta, nur mit Schafsmilch gemacht«, rief Morgan in seine Richtung.

Es schien, als wenn die Ziege mit dem Kopf nicken würde, als sie ihn senkte und dabei langsam die Augen schloss.

Cassidy zwang sich zu einem Lächeln. »Dann mal her mit dem Superfood.«

Kapitel 26

»Rubilite Rock!« Morgan stand breitbeinig im Türrahmen des Gästezimmers.

Ruby zog vergrub sich unter ihrem Bettzeug, doch so leicht ließ sich ihre Schwester nicht abwimmeln.

»Oh nein, verstecken hilft da nicht!« Morgan zerrte an der Decke.

»Lass mich! Ich bin wie Hefeteig, den muss man auch gut zudecken und ruhen lassen«, brummte Ruby und drehte sich auf die andere Seite.

»Hefeteig muss auch ab und zu mal gut durchgeknetet werden.« Morgan boxte Ruby auf den Rücken.

Ruby fuhr hoch. »Geht's noch?«

»Das sollte ich lieber dich fragen.« Morgan trat zurück und hob ein T-Shirt auf, das neben dem Bett auf dem Boden lag.

Ruby rieb sich die Augen. »Hat der Radiomoderator es gewagt, heute Morgen die Temperatur von Evergreen vor der von Paradise zu nennen, oder warum brüllst du mitten in der Nacht so rum und prügelst auf mich ein?«

»Es ist halb acht, und deine blöde Ziege frisst meine Blumen!« Morgan legte das Oberteil zusammen, legte es in eine geöffnete Kommodenschublade und schloss diese mit lautem Getöse.

»Vincent Van Goat ist nicht blöd. Und an deine Blumen kommt er doch gar nicht ran, er ist doch ...«

»Er ist ausgebüxt!« Morgan nahm Rubys Arm und versuchte sie, aus dem Bett zu zerren. »Schau dir das Massaker an, das er verursacht hat!«

Ruby erhob sich stöhnend und folgte Morgan die Treppe hinunter durch die Küche in den Garten. Vincent Van Goat stand tatsächlich außerhalb des Geheges neben ein paar Lilien. Oder vielmehr ehemaligen Lilien, denn nur noch die Stängel standen aufrecht.

»Und dann knabbert er jede einzelne an, nur um festzustellen, dass er sie nicht mag.« Morgan zeigte auf die Blüten, die rund um ihn herum verstreut lagen.

Ruby beäugte sein Gehege. »Wie ist er denn da rausgekommen?«

»Du hast die Kiste direkt neben den Zaun gestellt.« Morgan zeigte auf die alte Weinkiste, die Ruby gestern Abend noch aus dem Schuppen geholt hatte, um das Futterheu vor eventuellem Regen zu schützen.

»Er ist da doch nicht hochgeklettert. Sein Bein ist eingegipst«, widersprach Ruby.

»Dann hat er wohl einfach seine Flügel ausgebreitet und ist über den Zaun geflogen.« Morgan verschränkte die Arme vor der Brust. »Sieh zu, dass er meine Blumen in Ruhe lässt.« Sie stapfte zurück zum Haus.

Ruby beugte sich hinunter und hob die Ziege hoch. »Gutes Benehmen steht bei dir wohl nicht hoch im Kurs? Ist das der Grund, warum die anderen dich loswerden wollten?«

Sie trug Vincent Van Goat zurück zum Gehege. Kaum hatte sie ihn abgesetzt, ging er auf die Kiste zu, stellte sich auf seine Hinterbeine, machte einen Satz und stand auf der Kiste. Als er tatsächlich Anstalten machte, von dieser auf die andere Seite des Zauns zu hüpfen, umfasste Ruby ihn schnell wieder mit beiden Armen.

»Du kleiner Racker!« Sie setzte ihn erneut ab und nahm die Kiste weg. Sofort blökte die Ziege los. »Danke für deine Meinung, aber die wollte ich gar nicht dazu wissen. Schon gar nicht vor meinem ersten Kaffee.«

Ruby verließ das Gehege, stellte die Kiste zurück in den Schuppen, betrat die Küche und wollte sich gerade auf einen der Küchenstühle sinken lassen, als Morgan sie anfuhr: »Wage es ja nicht, dich mit deinem Pyjama, mit dem du draußen warst und dich an eine Ziege gedrückt hast, hier hinzusetzen!«

Ruby entfuhr ein frustrierter Laut. Morgan ging an ihr vorbei, holte eine Putzkiste aus der Abstellkammer und deutete hinein. »Schmeiß ihn in die Waschmaschine und stell sie dann an.«

»Und wo willst du jetzt hin?«

»Es ist Montag, Zeit für die Stetsons.«

Mit Grauen erinnerte sich Ruby an das große Einfamilienhaus am anderen Ende von Paradise. Morgan hatte sie letzte Woche mitgenommen und die Wäsche der sechsköpfigen Familie waschen und zusammenlegen lassen. Die Unterwäscheberge der Kinder hatten Ruby an dem Abend noch bis in den Schlaf verfolgt.

»Ich hab doch nachher den Termin bei der Wildlife Station. Im Nationalpark.«

Morgan warf ihr den Autoschlüssel zu. »Dann fahr mich kurz rum und hol mich später wieder ab.«

Ruby trottete hinter ihrer Schwester in Richtung Haustür. Morgan blieb abrupt stehen. »Hast du nicht was vergessen?«

Ruby griff nach ihrer Handtasche, die an einem Haken hing. »Portemonnaie und Führerschein. Jetzt kann's losgehen.«

»Mit den Klamotten steigst du nicht ins Auto.«

»Nachdem du Putzen warst, sitzt du doch auch mit den dreckigen«, Ruby machte ein gespielt angeekeltes Gesicht, »Sachen im Auto.«

»Mein Auto, meine Regel. Zieh dich um. Ich warte im Auto.«

Normalerweise hasste es Ruby, wenn Morgan das letzte Wort hatte. Aber sie war einfach noch zu müde, um sich weiter mit ihr anzulegen. Schweigend ging sie die Treppe hinauf und zog sich um.

***

»Geht's dir wieder besser?« Ryder schob Ruby einen Walter Spezial über den Tresen. »Hast nichts verpasst, war ein ziemlich alberner Film.«

Dankbar griff Ruby nach dem Koffeinkick. Sie hatte nicht genau gewusst, wie sie Ryder am besten begegnen sollte, doch es schien, als wenn er ihr die spontane Absage am Samstag nicht nachtragen würde. Warum auch, immerhin hatte er ja eine andere Begleitung gehabt. Die mit dem Küsschen. Bei dem Gedanken daran hatte Ruby sofort einen bitteren Geschmack im Mund.

»Ich nehm mir noch einen Muffin mit, okay?« Ruby traute ihren Augen kaum, als die Küsschen-Frau hinter Ryder aus der Küche auftauchte. Ihre Haut war hell und blass, aber nicht kränklich wie bei einem Vampir, stattdessen wirkte ihr Teint sanft und natürlich. In ihrem ovalen Gesicht fielen Ruby sofort die markanten Wangenknochen und ausdrucksvollen Augen auf, die diese jetzt aufriss.

»Ist das von Prance?« Sie deutete auf Rubys Oberteil. »Die hatten vor zwei, drei Jahren mal diese tollen Shirts mit Wasserfallausschnitt. Hab mich immer gefragt, warum sich das nicht durchgesetzt hat.«

Ruby war sich nicht sicher, was sie mehr überraschte – dass diese Frau wie selbstverständlich aus Ryders Küche gekommen war oder dass sie das kleine Modelabel aus New York kannte, das Ruby so liebte.

»Deanna, das ist Ruby.« Ryder schob einen Teller und eine Tasse auf einem Tablett zusammen und quetschte noch ein Glas Orangensaft darauf.

»Die Ruby?« Deanna ließ ihren Muffin in eine Tüte fallen.

Was meinte sie mit ›Die Ruby‹? Ruby war sonst wahrlich nicht auf den Mund gefallen, aber Deanna umgab eine so selbstbewusste Aura, dass Ruby Probleme hatte, klar zu denken. Kein Wunder, dass Ryder sich beim Open-Air-Kino zu ihr gesetzt hatte!

»Ry hat schon so viel von dir erzählt.« Deanna strich sich ihre glatten, hellblonden Haare über die Schulter.

Ry? Von wegen ›Ry‹ war in keiner festen Beziehung! Offenbar brauchten Cassidy und Morgan mal wieder ein Update, was den romantischen Status einzelner Bewohner Paradises anging.

Deanna und Ryder starrten sie an. Ruby musste jetzt was sagen, auch wenn sie am liebsten einfach aus dem

Bond gelaufen wäre. Was sagte man zu der Flamme eines Mannes, den man selbst attraktiv fand? Es war wie beim Öffnen eines riesigen IKEA-Pakets, Ruby wusste nicht, wo sie anfangen sollte. Wo war der Inbusschlüssel, um eine vernünftige Konversation zu starten?

»Mein Bruder ...«

Deannas Mund bewegte sich, doch Ruby hatte nach dem Wort ›Bruder‹ nicht mehr zugehört. Sie war Ryders Schwester! Rubys Mundwinkel verzogen sich nach oben. Sie lächelte die zierliche Frau an und fand sie auf Schlag wahnsinnig sympathisch.

»Freut mich, dich kennenzulernen. Ryder hat mir bisher leider verschwiegen, dass er eine Schwester hat.«

»Na logisch hab ich das nie erzählt. Kein Mensch plant einen Mord laut.« Ryder nahm das Tablett und quetschte sich an Deanna vorbei, die ihm gespielt drohte, ihm die Muffintüte über den Kopf zu ziehen.

Ruby grinste. Die beiden schienen sich durch frotzelnde Bemerkungen ebenso zu necken wie Morgan und sie.

Deanna beugte sich vor. »Er ist echt wie ausgewechselt, seit du in Paradise bist. Ich weiß nicht, wie oft ich ihm schon gesagt hab, er soll hier was ändern, aber auf mich hört er nicht. Jedenfalls schön, dich endlich mal zu treffen. Ich hatte schon befürchtet, du bist wieder weg, wenn ich zurückkomme.«

»Zurück von der Arbeit oder aus dem Urlaub?«

»Arbeit. Ich bin Fotografin. Früher Mode, jetzt Produkte. Bierdosen sind herrlich schweigsam, weniger Drama.«

Ruby lachte. Kein Wunder, dass Deanna ihr Oberteil erkannt hatte.

»Wie lange bist du noch hier? Wir sollten mal was zusammen trinken gehen«, schlug Deanna vor.

»Bloß nicht.« Ryder war mit dem leeren Tablett hinter den Tresen zurückgekehrt und schob sich an Deanna vorbei.

»Hast du Angst, deine Schwester könnte mir schlimme Sachen über dich verraten?«

»Ich hab keine Geheimnisse«, behauptete Ryder. »Eher unveröffentlichtes Bonusmaterial.«

Deanna schaffte es, ihr Lachen auf ein Prusten zu beschränken. »Er hat dir also noch nicht von seiner antiken Schlüsselsammlung oder seiner Leidenschaft für Marshmallowvariationen erzählt?«

Ein Blick auf Ryders Gesicht verriet Ruby, dass Deanna keinen Witz gemacht hatte. Der gut aussehende Coffeeshopbesitzer sammelte also alte Schlüssel und liebte Marshmallows. Und kletterte damit in Rubys Attraktivitätsskala noch höher.

Ruby zog ihr Handy hervor. »Gib mir deine Nummer, dann können wir einen Termin abmachen.«

Ryder gab ein gespieltes Stöhnen von sich. Deanna diktierte Ruby ihre Nummer.

»Ich muss los. Videocall mit einem neuen Kunden. Werbekampagne für einen neuen Kochtopf.« Deanna drückte Ryder einen Schmatzer auf die Wange.

Genau wie am Samstag, stellte Ruby mit Genugtuung fest. Nur eine liebevolle Geste innerhalb der Familie. Im Vorbeigehen hob Deanna die Hand und deutete Ruby einen Telefonhörer an.

»Ich melde mich bei dir«, versprach Ruby. Dann fiel auch schon die Tür hinter Deanna zu. Ruby wandte sich an Ryder. »Marshmallows, also?«

Ryder wich ihrem Blick aus und zeigte auf den Aufsteller, der draußen vorm Bond stand. »Kommst du morgen auch?«

Ruby nahm einen Schluck von ihrem Latte und sah auf das Schild, ohne es zu lesen. Für heute hatte sie genug Neues über Ryder erfahren. Dinge, die ihr gefielen und die sie zu gegebener Zeit nachverfolgen würde. Sie ließ ihn vom Haken. Vorerst.

»Paint Night«, ergänzte Ryder.

»Oh.« Ruby drehte sich auf dem Stuhl zurück zum Tresen. »Das hat aber schnell geklappt.«

»Ich hab Joan gleich am Freitag angerufen, als du mir ihren Namen getextet hast. Glaubst du, morgen ist zu kurzfristig?«

In New York City konnte man Veranstaltungen zwei Stunden vorher publik machen und mit einem ausverkauften Haus rechnen, aber Ruby bezweifelte, dass das in Paradise so laufen würde. Dennoch wollte sie Ryders Erwartungen nicht zunichtemachen, nur weil sie für die Werbung wenigstens vier Wochen Vorlauf angesetzt hätte.

»Es sind ja genügend Touristen in der Gegend, das klappt sicherlich.«

»Aber du kommst auch, ja?«, vergewisserte sich Ryder erneut.

»Ich bin total unbegabt. Zwei linke Hände.« Ruby wackelte mit ihren Händen.

»Ich sehe eine rechte und eine linke.« Ryder grinste sie schelmisch an. »Und war es deine Idee.«

Ryder hatte recht. Außerdem war er ihr ein Freund, der ihr schon oft den Rücken gestärkt hatte. Und so hatte sie die Gelegenheit, sich endlich mal dafür bei ihm zu revanchieren. Was sollte auch schon groß passieren? Außer, dass sie eventuell die einzige Teilnehmerin wäre?

Darüber hinaus hatte sie sich ohnehin vorgenommen, Morgan dieses Mal ein kleines, selbstgemachtes Geschenk bei ihrer Abreise zu überreichen. Nachdem die letzte Idee, die Vase im Kintsugi-Stil, ja vom Sheriff als Beweismittel konfisziert worden war.

»Wann geht's los?«

»Um acht.«

»Okay, notiert. Wo ist Walter heute?« Ruby deutete auf den leeren Hocker neben sich.

»War schon ganz früh da. Hat wieder eine Demo. Irgendwas in Evergreen.«

»Der ist echt immer aktiv.«

»Er sagt immer, die jungen Leute halten ihn fit.« Ryder wischte mit einem Tuch über den Tresen. »Und was hast du heute vor?«

»Ich hab einen Termin mit einem Ranger wegen der Auswilderung von Vincent Van Goat.«

»Du willst ihn nicht behalten?«

»Ich schon, aber Morgan nicht.«

»Das heißt, du gehst doch wieder zurück nach New York?« Ruby hatte das Gefühl, Ryders Augen forschten über ihr Gesicht, wie ein Minensuchroboter die Erde im Kongo abtastete.

Sie wich seinem Blick aus. »Mein Apartment ist bis Anfang September vermietet.«

»Aber dann fliegst du zurück?«

Ruby schwieg. Die Gedanken über ihre Zukunft verdrängte sie jedes Mal, wenn sie aufpoppten. Alan hatte die ersten Artikelvorschläge, die sie ihm gestern Abend noch geschickt hatte, noch nicht kommentiert. Das letzte Mal, das er ihr gegenüber überhaupt enthusiastisch gewesen war, war, als sie ihm gesagt hatte, sie würde ihre Auszeit verlängern und den Sommer über in Paradise verbringen. Da hatte er sie mehr oder minder begeistert aus einem Büro katapultiert.

Die einzige Lehre, die Ruby aus diesem Gespräch mitgenommen hatte, war, dass sie bei der New York Gazette aufgrund der Sache mit Zach immer noch eine Persona non grata war, was journalistische Integrität anging.

»Bis dahin sind es ja noch fast zwei Monate.« Ruby stand auf, nahm ihren Walter Spezial und verabschiedete sich. Zeit, sich erst mal um einen anderen Neustart zu kümmern.

***

Die Sonne strahlte ins Tal und ließ alles in diesem noch leicht diffusen Morgenlicht erscheinen, bevor es dann um die Mittagszeit gleißend hell erleuchten würde. Die dichten Nadelwälder entlang der kurvenreichen Straße zum Nationalparkeingang schienen in verschiedenen Grüntönen zu leuchten, während die majestätischen Gipfel sich stolz gegen den klaren, blauen Himmel abzeichneten. Ruby öffnete die hinteren Fensterscheiben, um die frische Luft zu genießen, ohne ihre Haare durch den Fahrtwind zerzausen zu lassen.

Kurz vorm großen Eingangstor staute sich der Verkehr. Mehrere Autos warteten in der Schlange, und der ständige Klang von Motoren, die gelegentlich gemächlich aufheulten, mischte sich mit dem leisen Rauschen der Bäume und dem entfernten Zwitschern der Vögel. Für einen Montagvormittag war hier mehr los, als Ruby erwartet hatte.

Nach dem Ruby den großen hölzernen Bogen durchquert hatte, auf dem in großen Buchstaben ›Rocky Mountain National Park‹ stand, teilte sich die Schlange in drei Reihen auf. Ruby wählte die in der Mitte mit den wenigsten Autos und hoffte, es wäre nicht so wie im Supermarkt, dass es in der Schlange mit den wenigsten Wartenden am längsten dauerte. Sie blickte aus dem Fenster in das Auto links neben sich: Eine Mutter, die dem Vater auf dem Fahrersitz etwas auf ihrem Handy zeigte, auf dem Rücksitz zwei Kinder, die ebenfalls in Tablets vertieft waren. Rechts von Rubys warteten junge Leute in einem Van, der vollbeladen war mit Wanderrucksäcken und Zelten. Kein Handy weit und breit, stattdessen schallte lautes Lachen aus dem Van, der Fahrer trommelte auf dem Lenkrad einen Rhythmus mit.

Das Auto vor Ruby setzte sich in Bewegung, sodass Ruby den Volvo auch langsam vorrollen ließ. Als sie erneut zum Stehen kam, zog plötzlich ein starker Duft nach frischem Kiefernharz durchs Auto und mischte sich mit der frischen, kühlen Bergluft.

Natürlich hatte Ruby die langsamste Schlange gewählt. Aber dies gab ihr Zeit, sich einfach noch ein wenig umzusehen. Sie konnte die Ranger in ihren charakteristischen Uniformen erkennen, die ihr so vertraut von den Besuchen des Hawai'i Volcanoes National Parks mit ihren Eltern waren. Jeder der drei Ranger empfing die Besucher höflich und effizient an seinem kleinen Bezahlhäuschen, es wurden freundliche Worte gewechselt, ab und zu knackte ein Funkgerät, Kreditkarten an Lesegeräte gehalten, ein Ticket übergeben, Wander- und Übersichtskarten ausgegeben und einzelne Autos rollten in den Park hinein.

Obwohl Ruby den Wald mit dem Bergpanorama genoss, stieg ihre Ungeduld, je länger sie wartete. Als sie endlich an der Reihe war, ließ sie auch das Fahrerfenster hinunter.

»Willkommen im Rocky Mountain National Park«, begrüßte der Ranger sie freundlich. »Ein Tagesticket für eine Person?«

Ruby bejahte und zückte ihre Kreditkarte.

»Macht fünfzehn Dollar.« Der Ranger hielt ihr das Kartenlesegerät an einer Art Selfie-Stick entgegen. »Brauchen Sie eine Übersichtskarte?«

Es piepte, als Ruby ihre Karte an das Gerät hielt. »Ich hab einen Termin mit Grant Brown. Können Sie mir einzeichnen, wo er stationiert ist?«

»Ach, das hätten Sie gleich sagen sollen, dann hätte ich Ihnen einen anderen Pass gegeben. Umsonst.«

»Nicht so schlimm.« Ruby riss den kleinen Bestätigungszettel vom Lesegerät und verstaute ihn zusammen mit der Kreditkarte in ihrer Handtasche.

Der Ranger reichte ihr ein ausgedrucktes Ticket sowie eine Parkübersichtskarte. »Folgen Sie dem Highway. Nach den Glacier Falls rechts abbiegen, dann kommen Sie direkt zur Wildlife Station. Dort finden Sie Grant.«

Ruby bedankte sich, ließ das Fenster hochrollen und fuhr los. Die meisten Gäste gingen zunächst ins Besucherzentrum direkt hinterm Eingang. Daher löste sich der Verkehr auf, kaum, dass Ruby den Eingang hinter sich gelassen hatte. Der Park öffnete sich vor ihr, und erneut war sie überrascht, wie sehr sie die unberührte Natur mittlerweile genießen konnte – und nicht wie bei ihrem ersten Besuch bei Morgan beinah schon panisch auf das viele Grün reagiert hatte.

***

»Der Drops ist gelutscht.« Grant Brown gab Ruby ihr Handy zurück, auf dem sie ihm Vincent Van Goat gezeigt hatte, während sie von ihrer Rettungsaktion sowie dem Besuch beim Tierarzt erzählt hatte.

»Mir ist klar, dass Vincent nicht gleich wieder zurückkann, sondern das Bein erst verheilen muss, aber dann ...«

Der Ranger schüttelte mit dem Kopf. »Er ist schon einmal von der Herde verstoßen worden. Die würden ihn ohnehin nicht mehr aufnehmen.«

»Muss er denn zu seiner Herde zurück? Kann er nicht einfach zu einer anderen gehen?« Ruby verstaute ihr Handy in der Handtasche.

»Die Herde ist immer nur so stark wie das schwächste Glied der Gruppe. Es mag brutal klingen, aber den will keiner.«

»Ihm fehlt doch nur ein Stück vom Ohr.«

»Was ausreicht, um ihn zu einem Risiko werden zu lassen. Wenn er nicht hört, wie sich ein Wolf anschleicht, schwächt das die Gruppe.«

»Aber was soll ich denn jetzt mit ihm machen?«

»Ziegen sind nützlich. Anspruchslos, was das Fressen angeht. Warum behalten Sie sie nicht einfach?«

Ruby verzog das Gesicht. »Ich wohne in New York.«

»Wo ist die Ziege denn derzeit?«

»Im Garten meiner Schwester. In Paradise.«

»Kann sie da nicht bleiben? Wie gesagt, Ziegen sind nützlich, die können ordentlich was wegputzen im Garten.«

»Genau davor hat meine Schwester Angst.«

Grant Brown lachte. »Sehen Sie einfach nur zu, dass sie auf Dauer nicht allein bleibt.«

»Meine Schwester bringt mich um, wenn ich noch mehr Ziegen anschleppe.«

»Sie können Ziegen auch mit anderen Tieren halten. Aber besser erst einen Freund ins Gehege setzen, nachdem der Gips ab ist.«

Das Telefon klingelte. Der Ranger entschuldigte sich und nahm das Gespräch an. Noch während des Gesprächs griff er mit seiner freien Hand seine Jacke und nach seinem Hut. Kaum hatte er aufgelegt, warf er Ruby einen entschuldigenden Blick zu. »Ich muss los. Ein Bär ist oben am Great Lake auf einem Campingplatz unterwegs.«

»Oh weh. Ist jemand verletzt?«

»Noch nicht. Aber wenn ich den Camper in die Finger kriege, der seine Essensvorräte nicht vernünftig verstaut hat, hat der noch vorm Mittagessen eine blutige Nase.« Der Ranger verabschiedete sich von Ruby, sprang in seinen Truck und brauste davon.

Ruby ging zu Morgans Wagen. Natürlich hatte sie immer gewusst, dass es Bären in den Rocky Mountains gab. Aber zwischen diesem Schulbuchwissen und der Episode bei Fresh Face und jetzt hier auf dem Campingplatz lagen Welten. Die Natur war wieder ein Stückchen näher an Ruby gerückt, und sie war sich nicht sicher, ob sie so viel Nähe brauchte oder wollte.

Sie schloss das Auto auf, setzte sich auf den Sitz, lehnte die Arme aufs Lenkrad und ließ den Kopf darauf sinken. Tiere waren einfach unberechenbar. War es das, was Morgan an ihnen nicht leiden konnte? Ruby konnte diese Art Respekt bei Tieren wie Bären durchaus nachvollziehen. Aber bei so einer kleinen süßen Ziege wie Vincent Van Goat war das doch ein völlig übertriebenes Gefühl. Sie seufzte. Was sollte sie denn jetzt mit ihm machen? Was würde aus ihm werden?

Kapitel 27

»Wie war dein Tag?«, begrüßte Ryder Ruby, als sie am nächsten Abend das Bond betrat.

»Morgan hat mich heute ›ganz schön‹ genannt. Der vollständige Satz war ›Du bist ganz schön nervig‹, aber ich konzentriere mich nur auf positive Dinge.«

Ryder lachte und drehte das Türschild zu ›Geschlossen‹. Obwohl Ruby sich zwar sicher gewesen war, dass die Paint Night Anklang finden würde, war sie überrascht, dass tatsächlich jeder freie Platz besetzt war. Aus einer Ecke winkte ihr Becca zu, die offenbar mit zwei Freundinnen gekommen war, außerdem erkannte Ruby auch eine Kassiererin aus dem lokalen Supermarkt.

»Der Laden ist ja knackevoll.«

»Joan hat das ja alles mit der Online-Anmeldung übernommen, daher hatte ich bis eben keine Ahnung, wie viele wirklich kommen würden.« Ryder beugte sich näher zu Ruby. »Sie sieht ja wie eine echte Künstlerin aus, aber was Organisation angeht, könnte sie deiner Schwester das Wasser reichen.«

Ruby suchte in der Menge nach der Malerin und verstand auf Anhieb, was Ryder meinte. Joan war eine Frau jenseits der Fünfzig mit einem Batiktuch, das sie sich so eng und fest um den Kopf geschlungen hatte, sodass keine Haarsträhne zu sehen war. Passend dazu trug sie ein Batik-T-Shirt, das trotz der warmen Temperatur in einer Latzhosenjeans steckte, die voller bunter Farbspritzer war. Sie stand barfuß im Coffeeshop, um ihre Fußgelenke rankten sich mehrere Kettchen, ihre Nägel waren hellgrün lackiert. In ihrer Hand hielt sie ein Tablet. Mithilfe dessen scannte sie die Anmeldebescheinigungen der einzelnen Teilnehmer ein und gab ihnen daraufhin einen Beutel, in dem anscheinend sämtliche benötigte Utensilien des Abends zu finden waren.

Ryder schob ihr ein hohes Glas über den Tresen. »Walter Spezial.«

»Du denkst an alles.« Ruby nahm das Glas dankend entgegen.

»Ruby?« Joan tauchte mit dem Tablet vor ihr auf. »Dein Platz ist gleich ganz vorn.«

»Ich bleib gern weiter hinten«, wiegelte Ruby ab.

»Papperlapinsel! Du kommst nach vorn. Immerhin verdanken Ryder und ich dir diesen Abend.«

»Stimmt«, fiel Ryder mit ein. »Ohne dich wäre ich nie auf so eine Aktion gekommen.«

»Und ich hätte keinen Gedanken daran verschwendet, eine Kunststunde in einem Coffeeshop zu geben.« Joan ließ das Tablet in der überdimensionalen Tasche ihres Latzes verschwinden und klatschte in die Hände. »Genug geplaudert. Alle an die Staffeleien.« Sie ging voran.

»Viel Spaß!«, wünschte Ryder Ruby.

»Eine Portion Talent wäre mir lieber«, murmelte Ruby und folgte Joan.

Mit einem etwas mulmigen Gefühl ließ sie sich auf einem Stuhl in der ersten Reihe nieder. Ruby war es gewohnt, Fragen zu stellen und bei Pressekonferenzen auf sich aufmerksam zu machen. Aber dass jetzt die Teilnehmer hinter ihr auf das Bild schauen konnten, das sie malte, löste Unbehagen in ihr aus.

»Ich habe eine Lagerfeuerszene mitgebracht.« Joan enthüllte ein fertiges Bild auf einer Staffelei. Ein Raunen ging durch den Raum. Ruby blinzelte. Morgan würde Augen machen, wenn Rubys Bild nur halb so schön aussehen würde!

»Jeder von euch ist ein Künstler. Und jeder von euch wird am Ende des Abends mit einem Kunstwerk nach Hause gehen.« Joan rückte das Bild ein Stück zur Seite, zog eine zweite Staffelei in die Mitte und befestigte eine weiße Leinwand darauf. »Wir beginnen mit dem Hintergrund. Dazu nehmt ihr diesen breiten Pinsel. Als Farbe wählen wir ein dunkles Blau ...«

Gebannt verfolgte Ruby jeden von Joans Pinselstrichen und bemühte sich, ihre ebenso auf die Leinwand zu bringen. Der Hintergrund gelang ihr noch ganz gut, doch als sie zu den dunklen Baumsilhouetten kamen, wurde es schwieriger, Joans Malerei zu imitieren.

Als die Menge zusehends unruhiger wurde, weil einzelne Teilnehmer immer wieder zur Toilette verschwanden oder sich bei Ryder Getränke bestellten, klatschte Joan erneut in die Hände. »Viertelstunde Pause!«

Ruby schien es, als wenn ein erleichtertes Aufatmen durch die Teilnehmer ging. Wer hätte gedacht, dass Malen so anstrengend sein könnte?

Während sie gemalt hatte, hatte sie nicht einmal von ihrem Kaffee getrunken. Als sie das Glas jetzt in die Hand nahm, war ihr Walter Spezial kalt. Sie nippte daran und freute sich, dass Ryder den Kaffee einfach so gut zubereitet hatte, dass er selbst kalt noch eine Offenbarung war.

Sie schlenderte zu Becca hinüber, die ihre beiden Freundinnen Sarah und Destiny vorstellte. Sarahs Bäume sahen ähnlich kurios aus wie Rubys, was ihr ein beruhigendes Gefühl gab.

Destinys Augenbrauen wanderten unter ihren fransigen Pony. »Du bist diejenige, die Vivian mit dem Bogen erschossen hat, oder?«

»Ich bin nicht schuld.« Wenn das so weiterginge, würde dies später auf ihrem Grabstein verewigt werden.

»So hab ich das auch nicht gemeint«, versuchte Destiny sich zu berichtigen.

»Ganz gruselige Sache.« Wie zur Bestätigung schüttelte Sarah sich.

»Na ja, Vivian war aber auch ein bisschen gruselig.« Destiny zog an ihrem Strohhalm, der in einem Milkshake steckte.

»Du kanntest sie?« Becca schien ebenso verblüfft zu sein wie Ruby.

»Ein Kollege hatte sie eingeladen, damit sie an der Schule ihre Programme vorstellen konnte. Allerdings ohne das vorab mit dem Kollegium oder dem Direktor zu klären«, erklärte Destiny. »Da war anschließend ganz schön was los.« Offenbar unterrichtete Destiny auch an der High School.

»Ich hab gehört, dass Mary Collins nicht so glücklich über den Besuch war.« Ruby hoffte, dass sie mit ihrer Vermutung richtiglag und Destiny ihr mehr über Morgans Strickschwester erzählen könnte.

»Ach, Mary«, seufzte Becca. »Ihre Be-you-tiful-Aktion in allen Ehren, aber sie kann es manchmal auch übertreiben.«

»Das kommt, weil Vivian sie damals abgewimmelt hat«, mischte Sarah sich in das Gespräch ein.

Ruby wurde hellhörig. »Wobei abgewimmelt?«

Sarahs Wangen färbten sich rot. »Ach, das ist mir jetzt so rausgerutscht.«

»Jetzt sag schon«, bedrängte Becca sie.

»Na gut«, gab Sarah nach. »Mary wollte sich die Schlupflider von Vivian wegoperieren lassen, aber Vivian hat die OP abgelehnt.«

»Mary wollte was an sich machen lassen?« Destiny riss den Mund weit auf. »Das gibt's doch nicht!«

»Schrei doch nicht so laut«, bat Sarah sie. »Muss ja nicht gleich durch die Rockies zurückschallen.«

Destiny zeigte auf Becca. »Das wissen morgen ohnehin alle.«

»Hey!«, mahnte Becca, aber ihr lächelndes Gesicht zeigte, dass sie sich ihrer Rolle sehr wohl bewusst war.

»Woher weißt du das?«, wollte Ruby wissen.

»Ich arbeite bei einem Augenarzt in Fort Montgomery. Mary ist seine Patientin. Irgendwann hat sie sich bei ihm beschwert, dass Vivian sie nicht operieren will, weil es zu gefährlich sei. Stattdessen hat sie ihr geraten, für den Eingriff zu einem Spezialisten nach Denver zu fahren.« Sarah wischte sich mit der Hand über den Oberschenkel. »Mary war so aufgebracht und laut, dass alle das vorm Sprechzimmer mitbekommen haben.«

»War sie da schon mit ihrer Be-you-tiful-Sache aktiv?«, wollte Ruby wissen.

»Nein. Damit hat sie erst anschließend angefangen.«

In Rubys Kopf ratterte es. War die verweigerte OP der Auslöser für Mary gewesen? Wie ein beleidigtes Kind, das einen Lolli nicht bekommen hatte und dann andere davon überzeugen wollte, dass dieser Lolli ohnehin nicht schmecken würde? War diese Ablehnung der Motor für Marys scheinbar unerbittlichen Kampf gegen Vivians Praxis gewesen?

Wie weit wäre Mary gegangen, um sich an Vivian dafür zu rächen? War die Be-you-tiful-Gruppe nur der Anfang gewesen, und nachdem Mary festgestellt hatte, dass sie damit wenig bewirken konnte, hatte sie nach der ultimativen Strafe gegriffen?

Joan klatschte erneut in die Hände. »Genug gechillt, zurück an eure Staffeleien.«

***

Eine halbe Stunde später erklärte Joan ihr Bild für beendet. Sie gab den Teilnehmern noch eine weitere halbe Stunde Zeit, ihre Werke zu vollenden, und ging herum, um einzelnen bei Fragen zu helfen.

Dann klatschte sie erneut in die Hände. »Eure dreckigen Pinsel bitte alle hier vorn in die Eimer stellen. Die Farbpaletten und die Farben auf den Tisch daneben. Die Schürzen könnt ihr behalten. Für euer nächstes Farbabenteuer.« Joan schaute in die Runde. »Ich hoffe, ihr hattet einen schönen Abend, und wer weiß, vielleicht sehen wir uns hier mal wieder zu einer weiteren Paint Night?« Sie warf einen Blick auf Ryder, der am Tresen stand und ein Daumenhoch-Zeichen gab.

Die Teilnehmer klatschten, während Ruby auf ihr Bild starrte. Das war doch keine kuschelige Lagerfeuerromantik! Sie war bei Weitem noch nicht fertig.

Um sie herum begannen die Teilnehmer, ihre Malutensilien nach vorn zu bringen, und sie bewunderten gegenseitig ihre Kunstwerke. Die ersten verließen schon das Bond, während Ruby immer noch wie angewurzelt vor ihrer Staffelei stand.

»Ruby?« Joan war neben sie getreten.

Ruby deutete auf ihr Bild. »Das ist ... ich bin ... ich brauche ...«

»Oh«, entfuhr es Ryder, der mit einem mit leeren Tassen und Gläsern beladenen Tablett zu ihnen kam.

Ruby fuhr zu ihm herum. »Was meinst du damit?«

»Also ... ich ... äh ...«

Ruby wedelte mit dem Pinsel vor seinem Gesicht rum. »Raus mit der Sprache!«

Sein Gesicht verzog sich zu einem mitleidigen Lächeln. »Dein Lagerfeuer erinnert mich an eine rote Zwiebel.«

»Ruby hat einfach nur ihren ganz eigenen Stil in die...«, begann Joan, doch Ruby unterbrach sie: »Ryder hat recht. Ich hab eine rote Zwiebel mit Nachthimmel gemalt.« Sie starrte auf das Bild und lachte laut auf. »Ich werde es ›Zwiebelnacht‹ nennen.«

»Es ist ein guter erster Versuch«, versuchte Joan erneut, Ruby zu trösten.

»Ist schon gut. Ich konnte noch nie gut malen.« Ruby nahm ihre Pinsel und ließ diese in die Eimer fallen. »Aber es war dennoch ein schöner Abend.«

Ryder nahm ihr leeres Glas und stellte es auf sein Tablett. »Kunst liegt ja immer im Auge des Betrachters. Und wer weiß, vielleicht wird mal jemand viel Geld für ›Zwiebelnacht‹ zahlen.«

Ruby stellte sich gespielt schützend vor ihr Bild. »Das ist unverkäuflich.«

Kapitel 28

»Irgendeine Lösung werden wir schon für dich finden.«
Ruby streichelte Vincent Van Goat über den Kopf. Die
Ziege schaute sie mit ihren eigenartigen Schlitzaugen
so intensiv an, dass Ruby ganz warm ums Herz wurde.

»Hab gehört, du eröffnest jetzt eine Tierstation?« Cassidy kam mit zwei To-go-Bechern in den Garten.

»Ist Grant auch in eurer WhatsApp-Gruppe für Dorfklatsch?« Ruby schob die Ziege von ihrem Schoß, stand
auf und klopfte sich das Gras von der Hose. »Oder hat
sich Morgan bei dir ausgeheult, dass sie jetzt noch länger Vincent Van Goat im Garten haben wird?«

»Hab dir einen Walter Spezial mitgebracht.« Cassidy
stellte einen Becher auf den Gartentisch. »Sie war
eher ... besorgt.«

»Danke.« Ruby setzte sich Cassidy gegenüber. »Ja, besorgt um ihre bisher ungekrönte Blumenpracht.«

Cassidy nippte an ihrem Kaffee. »Du tust ihr Unrecht.«

»Sie liebt ihren Garten mehr als Tiere. Dabei sind das
doch mehr Lebewesen als so ein oller Strauch.«

»Sie hat sich bisher gut um deinen Fisch und seine
Freunde gekümmert.«

Ruby öffnete den Mund, schloss ihn dann aber wieder. Cassidy hatte recht. Immerhin hatte Morgan nicht darum gebeten, plötzlich Fische in ihrem Teich zu haben, und dennoch lebten sie bisher munter darin.

»Neulich saß sie am Teich im Schneidersitz«, erzählte Cassidy. »Ich glaube, sie hat mit den Fischen gesprochen.«

Ruby neigte den Kopf. »Schon mal an einen Berufswechsel gedacht? Vielleicht Autorin? Deine Fantasie scheint grenzenlos zu sein.«

»Ganz im Ernst! Sie hat zwar anschließend behauptet, sie hätte dort meditiert und nur ein Mantra vor sich hingesagt, aber ich bin mir sicher, dass sie mit ihnen gesprochen hat.«

Bevor Ruby ihre Zweifel über Morgan als plötzliche Tierliebhaberin aussprechen konnte, klingelte Cassidys Handy.

Was hatte sie wohl dazu veranlasst, die Titelmelodie von der 80er-Jahre TV-Serie Miami Vice als Klingelton zu wählen?

Cassidy nahm das Gespräch an, und Ruby lehnte sich zurück und betrachtete die Berge. Die Sonnenstrahlen krochen langsam von den Gipfeln hinunter ins Tal, und es würde nicht mehr lange dauern, bis Paradise komplett in der Sonne erstrahlen würde. Und obwohl sich jetzt zur Hauptsaison die Bewohnerzahl fast vervierfacht hatte, merkte Ruby davon in Morgans Garten nichts. Allenfalls war vielleicht der Geräuschpegel von vorbeifahrenden Autos ein wenig gestiegen, aber das Geräusch war nach dem jahrelangen Aufenthalt in New York City etwas, was Ruby ohnehin schon gar nicht mehr hörte.

Erst wenn man nach Paradise hineinkam, merkte man die Touristen, die sich im Supermarkt mit Wasser, Müsliriegeln und Obst für ihre Wanderungen eindeckten oder in den kleinen Restaurants für einen Tisch anstanden.

Cassidy stand auf und schob ihr Handy in die Tasche. »Ich muss los.«

»Ist was passiert?«

»Kann man so sagen.« Cassidy trank ihren Kaffee in hastigen Zügen. »Die Nummer auf dem Pfeil ist eine Seriennummer.«

Ruby richtete sich auf. »Und könnt ihr mit der was anfangen? Habt ihr schon herausgefunden, in welchem Geschäft er verkauft wurde?«

»Arrowsmith.« Cassidy verließ den Garten.

Ruby sprang auf und rannte ihr hinterher. »Der Pfeil stammt aus Travis' Geschäft? Er hat ihn verkauft?«

Cassidy war an ihrem Truck angekommen. »Das werden wir ihn jetzt fragen. Rick hat mich gebeten, mitzukommen. Seine Beamten sind heute alle unterwegs. Im Sommer ist es trotz der Freiwilligen manchmal ja doch ein wenig knapp, was sein Personal angeht.«

»Kann ich mitkommen?« Ruby war schon zur Beifahrertür gegangen und riss die Tür auf. »Bitte?«

»Das ist eine polizeiliche Befragung.« Cassidy schwang sich hinters Steuer.

Ruby kletterte in den Truck und zog die Tür zu. »Es ist sicherlich gut, wenn Abigail ein wenig Beistand hat, wenn man ihren Freund verhaftet.«

Cassidy setzte an, etwas zu sagen, schüttelte dann jedoch nur den Kopf. »Du mischst dich nicht ein.«

Sie startete den Motor und fuhr los. Kies spritzte am Wagen hoch, als sie Morgans Einfahrt verließen.

»Wie abgebrüht er ist, dass er sie mit einem Pfeil erschossen hat und dann allen weismacht, dass es doch ziemlich blöd von ihm wäre, weil der Verdacht sofort auf ihn fallen würde.« In Rubys Sichtfeld war ein Fleck auf der Windschutzscheibe. Sie streckte die Hand aus, um zu fühlen, ob der Dreck innen oder außen war.

»Keine voreiligen Schlüsse ziehen«, warnte Cassidy. »Nur weil der Pfeil in seinem Geschäft zum Verkauf stand, heißt es noch lange nicht, dass er ihn auch abgeschossen hat.«

Rubys Finger fuhr über den Fleck. Da er innen war, knibbelte sie mit ihrem Fingernagel daran herum. »Aber das ist doch eindeutig.«

»Eben nicht. Travis hat den Pfeil vielleicht nur an den Täter verkauft. Es ist nur ein Hinweis und auf gar keinen Fall ein Beweis, dass er involviert gewesen ist.« Cassidy warf einen Seitenblick zu Ruby und grinste. »Morgan hat einen schlechten Einfluss auf dich.«

Ertappt zog Ruby ihre Hand zurück. Der Fleck war immer noch in ihrem Blickfeld, aber sie widerstand dem Drang, ihn zu beseitigen. Auf gar keinen Fall wollte sie so wie Morgan werden! Sie schaute aus dem Beifahrerfenster und dachte erneut an Travis. »Aber Travis war vor Ort. Und er hatte die Gelegenheit. Von einem Motiv ganz zu schweigen.«

Cassidy schwieg.

»Du musst aber schon zugeben, dass es sehr auffällig ist, dass der Pfeil aus seinem Geschäft stammt«, ließ Ruby nicht locker.

»Das ist es.« Doch mehr war aus Cassidy für den Rest
der Fahrt nicht herauszuholen.

***

Rick musterte Ruby, als sie aus Cassidys Truck kletterte. »Als ich dich um Verstärkung gebeten hatte,
meinte ich nicht sie«, sagte er zu Cassidy.

»Ist nicht ihre Schuld, ich bin wie ein Pitbull.« Ruby
knallte die Autotür mit Schwung zu. »Wenn ich mich
festgebissen hab, lass ich nicht wieder los.«

Rick zog den Gürtel zurecht, sodass seine Waffe direkt an seiner rechten Hüfte hing. »Wir stellen die Fragen, ist das klar?«

Ruby nickte und ging hinter dem Polizeichef und dem
Sheriff auf die Bogenschießanlage zu. Ein surrendes
Geräusch durchbrach in regelmäßigen Abständen die
Stille.

Rick machte eine Handbewegung, um Cassidy anzu-
deuten, dass sie um das Gebäude herumgehen sollten.
»Du wartest«, sagte er an Ruby gewandt.

Ruby wartete, bis die beiden hinter der Hausmauer
verschwunden waren. Dann öffnete sie die Tür und betrat das Gebäude. Aus dem Radio hinterm Tresen dudelte ein Gitarrensolo aus vergangenen Hardrockzei-
ten, ansonsten war nichts zu hören und auch niemand
zu sehen. Über dem Tresen hingen verschiedene Bögen
und Pfeile. Rubys Blick fiel auf einen kleinen Pfeil, der
sie an den erinnerte, den sie gefunden hatte. Sie trat
hinter den Tresen und streckte den Arm danach aus.

»Suchst du was?«

Ruby zuckte zusammen und fuhr herum zu Abigail, die aus einem angrenzenden Büroraum gekommen war.

»Einen Mülleimer«, stotterte Ruby.

Abigail war in wenigen Schritten bei ihr, nahm einen Eimer hoch, der unter der Kasse gestanden hatte, und hielt ihn ihr hin. »Hier.«

Ruby kramte in ihren Hosentaschen, bis sie ein Fetzen Kaugummipapier fand. Abigails bohrenden Blick ausweichend, warf sie es in den Eimer und deutete dann auf den kurzen Pfeil. »Warum ist der so kurz?«

»Der ist für eine Armbrust.« Abigail stellte den Eimer zurück unter den Tresen.

Rubys Augen flogen über die aufgehängten Bögen.

»So eine.« Abigail zeigte auf ein Gerät, das unter der Decke hing.

»Die ist ja richtig klein gegenüber den Bögen, die ihr sonst so habt.«

Die Tür zur Schießanlage öffnete sich, und Travis polterte herein, gefolgt von Rick und Cassidy. »Die wollen in unsere Kassenbücher gucken.«

»Warum?«

»Wir würden gern etwas über diesen Pfeil erfahren.« Rick zückte sein Handy aus der Tasche und zeigte Travis das Foto von dem Pfeil, den Ruby gefunden hatte.

»Ein Carbon Express PileDriver.« Travis lehnte seinen Bogen an den Tresen. »Schwer, aber dafür maximale Durchschlagskraft.«

»Das ist ein Pfeil für eine Armbrust?«, vergewisserte sich Rick.

»Ja. Bei Jägern beliebt, sind halt kompakter als ein Bogen. Besser, wenn man damit im Wald rumkriecht, als so was.« Travis deutete auf den Bogen, mit dem er hineingekommen war.

»Darf ich mal so eine Armbrust halten?«, bat Cassidy.

Travis gab Abigail ein Zeichen, woraufhin diese offensichtlich widerwillig die Armbrust von der Decke nahm und an den Sheriff reichte.

»Die ist schwerer, als ich dachte.« Cassidy ließ sie am Arm herunterhängen und ging damit ein paar Schritte.

Ruby konnte ihr ansehen, dass die Schusswaffe nicht nur schwer, sondern auch unhandlich war. Wie konnte damit jemand durchs Unterholz kriechen, ohne bemerkt zu werden?

»Es gibt auch Sportmodelle. Die sind leichter. Und faltbar«, erklärte Travis.

Ruby schoss das Blut ins Gesicht, als sie erkannte, dass sie offenbar laut gedacht hatte. Sie schaute auf ihre Fußspitzen, um dem warnenden Blick des Polizeichefs zu entgehen.

»Sonst noch was?« Abigail riss Cassidy die Armbrust aus den Händen und hängte sie wieder auf. »Wir haben nämlich viel zu tun.«

Ruby bezweifelte das in Anbetracht der leeren Schießanlage, aber sie konnte verstehen, dass Abigail sie loswerden wollte. Wer hatte schon gern die Polizei zu Besuch? Außer ihre Schwester.

»Wir haben die Seriennummer eines Pfeils hierher zurückverfolgt. Uns interessiert, an wen dieser Pfeil verkauft wurde.« Rick stützte sich auf den Tresen.

Abigail verschränkte die Arme vor der Brust. »Gibt's einen Durchsuchungsbefehl?«

»Wir fragen nur nett«, sagte Cassidy.

Abigail setzte zu einem scheinbaren Protest an, doch Travis schnitt ihr das Wort ab: »Abby, gib den Ordner. Je schneller sie den Namen haben, desto schneller sind sie wieder weg.«

Schmollend zog Abigail einen schmalen Ordner aus einem Fach neben der Kasse. Travis schlug ihn auf. »Seriennummer?«

Rick schaute erneut auf das Handy und diktierte ihm eine Zahlen- und Buchstabenabfolge.

Travis fuhr mit dem Finger über ein paar krakelige Einträge. »Montag vor einer Woche verkauft.«

Rick und Cassidy wechselten einen Blick.

»Sicher?«, fragte Rick nach.

Ruby fiel es schwer, den Mund zu halten. Denn wenn das stimmte, war der Pfeil erst einen Tag nach dem Mord an Vivian verkauft worden. Sie hatte so viele Fragen! Sie kniff die Lippen fest aufeinander, damit sie ihr Versprechen gegenüber Rick halten konnte.

Travis tippte auf das Datum. »Steht hier so.«

»An wen?«, wollte Rick wissen.

Travis hob die Schultern. »Weiß ich nicht. Ist in bar bezahlt worden. Hat Abby zumindest so notiert.«

Abby riss den Ordner an sich. »Ich bin an dem Tag später gekommen. Du hast mir gesagt, ich soll den Verkauf eintragen.«

Erneut schauten Rick und Cassidy sich kurz an.

»Kann ich mich gar nicht dran erinnern. Aber kann schon sein, mit dem Kassenbuch führen und so hab ich es nicht so«, entschuldigte sich Travis.

»Erinnert sich einer von euch, wer an dem Montag bei euch war? Irgendwelche Stammkunden?«, fragte Cassidy.

»Ich weiß noch nicht mal mehr, was ich gestern Abend gegessen hab.« Travis lachte auf, stockte dann jedoch, als er die ernsten Mienen der beiden sah. »Was ist denn überhaupt mit diesem Pfeil? Hat das was mit Vivian zu tun?«

»Dieser Pfeil«, Rick tippte noch mal auf das Display, bevor er das Handy in seiner Hosentasche verschwinden ließ, »wurde in der Nähe des Tatorts gefunden.«

»Und? Was hat das mit Vivian zu tun?«, fuhr Abigail hoch. »Die hatte ja einen anderen Pfeil in der Brust stecken.«

»Der aber nicht die Mordwaffe war.«

»Wie? Was?«

Ruby musste zugeben, dass Travis ein famoser Schauspieler war, denn seine Verwirrung wirkte richtig echt.

»Der Gerichtsmediziner ist der Meinung, dass dieser Armbrustpfeil Vivian getötet hat«, erklärte Cassidy.

»Dann ist der Typ schlecht in seinem Job.« Abigail war neben Travis getreten. »Der Pfeil kann sie ja gar nicht getötet haben, wenn er erst nach ihrem Tod von uns verkauft wurde!«

»Außer, wenn jemand diesen Eintrag gefälscht hat.« Rick tippte auf den Ordner. »Und erst nach dem Mord aufgeschrieben hat, dass der Pfeil verkauft wurde. Und ganz zufälligerweise in bar, sodass man nicht nachvollziehen kann, an wen.«

Für einen Moment war der Ventilator an der Decke das einzige Geräusch, das man hören konnte. Dann schubste Travis Abigail zur Seite und rannte durch die Hintertür hinaus.

»Stehen bleiben!«, rief Cassidy und sprintete ihm hinterher, während Rick durch die Vordertür verschwand.

Abigail hatte die Augen weit aufgerissen, dann lief auch sie zur Schießanlage hinaus. Ruby folgte ihr. Selbst als sie damals einen Polizisten der NYPD eine Woche in seinem Job begleiten durfte, hatte sie nie eine Flucht miterlebt!

Als sie vor die Tür trat, wollte Travis gerade um die Hausecke laufen, dicht gefolgt von Cassidy. Doch er hatte die Rechnung ohne Rick gemacht, der ihm von der anderen Seite ums Gebäude entgegengelaufen kam und jetzt mitten in ihn reinprallte. Obwohl Travis einen halben Kopf größer war als der Polizeichef und ein breiteres Kreuz hatte, brachte ihn der unvermittelte Zusammenstoß zu Fall. Sofort stürzte sich Cassidy von hinten auf ihn, während Rick schon Handschellen hervorzog.

»Was soll die Scheiße?«, schrie Travis. »Wollt ihr mir jetzt den Mord in die Schuhe schieben?«

»Erzähl uns doch einfach deine Version der Story auf dem Revier.« Cassidy presste ein Knie in Travis' Rücken, um ihn am Aufstehen zu hindern.

Travis bekam eine Hand frei und fuchtelte mit dem Arm herum. »Da gibt's nichts zu erzählen, ihr Scheißbullen! Ihr habt mich doch schon von Anfang an auf dem Kieker gehabt!«

»Hör auf, so ein Theater zu machen, wir wollen doch nur ein paar Informationen«, versuchte Rick ihn zu beruhigen.

»Mann, ich hab ihr doch helfen wollen!« Travis wandte sich mit einem Satz um und boxte mit seiner freien Faust auf Cassidy ein.

Rick eilte ihr zur Hilfe und drehte ihn gemeinsam mit Cassidy wieder auf den Bauch.

Kapitel 29

»… Alles, was Sie sagen, kann gegen Sie …«, ratterte Rick die Mirandarechte hinunter.

»Ich war es nicht! Ich war doch die ganze Zeit am Stand«, schrie Travis und wand sich.

»Bei dem Trubel auf dem Markt kann bestimmt keiner mit Sicherheit bezeugen, ob du nicht doch mal zwischendurch verschwunden bist.« Cassidy hatte Mühe, ihn festzuhalten, während Rick ihm die Handschellen anlegte. Fasziniert besah Ruby das Schauspiel. Auch wenn sie dies schon unzählige Male im Fernsehen oder im Kino gesehen hatte, war eine Verhaftung in live irgendwie anders.

Abigail stand stocksteif dar. Ruby ging zu ihr und berührte sie an der Schulter. »Alles klar?«

Abigail reagierte nicht. Selbst nicht, als Cassidy und Rick den zeternden Travis zum Polizeiwagen zerrten.

»Soll ich jemanden anrufen?«, versuchte Ruby erneut, Travis' Freundin aus ihrer Starre zu erwecken.

Cassidy schlug die hintere Tür zu, nachdem sie Travis gemeinsam mit Rick auf die Rückbank bugsiert hatte. »Kannst du mit meinem Wagen zu Morgan zurückfahren? Ich muss Rick auf der Wache helfen.«

»Den Truck?« Ruby sah über Cassidys Schultern hinweg auf das schwarze Monstrum mit der Sheriffbeklebung.

»Fahr ihn nicht in den Graben.« Cassidy warf ihr die Schlüssel zu. »Und fahr vernünftig. Nicht, dass jemand denkt, der Sheriff kennt die Verkehrsregeln nicht.«

Rick startete den Motor, und kaum, dass Cassidy eingestiegen war, fuhren sie auch schon los.

Ruby ließ Cassidys Autoschlüssel von einer Hand in die andere gleiten. Der Anhänger in Form der Dienstmarke von Sonny Crockett, einem der Protagonisten aus Miami Vice, war zwar witzig, aber half Ruby über ihre Aufregung, so ein großes Auto steuern zu müssen, auch nicht hinweg. Wieso musste auch immer ihr so was passieren?

Hinter ihr ertönte ein Schniefen. In ihrem kurzen Anflug von Selbstmitleid hatte Ruby glatt Abigail vergessen.

Ruby ging zu ihr. »Soll ich jemanden für dich anrufen? Kann jemand herkommen und jetzt bei dir sein?«

In Abigails Augen sammelten sich Tränen. Sie schien Ruby gar nicht gehört zu haben.

»Hast du jemanden hier? Familie, Freunde?«

»Meine Mutter«, brachte Abigail schließlich heraus.

Ruby zückte ihr Handy. »Ich ruf sie an, sie kommt sicherlich sofo...«

»Sie verlässt nie das Haus.« Abigail fuhr sich mit den Händen über die Augen.

»Soll ich dich zu ihr bringen? Also, falls sie in der Nähe wohnt?« Ruby hatte zwar kein Bedürfnis, den Truck länger als nötig zu steuern, aber es erschien ihr herzlos, Abigail jetzt allein hier zurückzulassen.

Dieser liefen mittlerweile die Tränen unaufhaltsam die Wangen hinunter.

»Abigail?« Ruby griff sie an die Schultern. »Abigail! Wo wohnt deine Mutter?«

Doch Abigails leerer Blick verriet Ruby, dass sie aus ihr nichts mehr herauskriegen würde. Sie stand offenbar unter Schock. Ruby führte Abigail in ein kleines Büro, das hinter dem Tresen lag und drückte die immer noch stumm weinende Frau auf den Schreibtischstuhl. Ruby zog ihr Handy hervor und drückte eine Kurzwahltaste.

Sofort nach dem ersten Klingeln nahm Morgan ab: »Ich hoffe, es ist wich...«

»Travis wurde verhaftet. Cassidy hat mich mitgenommen zu Arrowsmith, jetzt bin ich hier mit Abigail, die offenbar einen Schock hat. Was soll ich tun?«, sprudelte es aus Ruby heraus.

»Travis – was? Und wieso hat Cassidy dich ...«

»Später. Was mache ich jetzt mit Abigail?«

»Ist sie ansprechbar?«

Ruby betrachtete Abigail, die immer noch ins Leere starrte. Immerhin weinte sie nicht mehr. »Nicht wirklich.«

»Sie sollte jetzt nicht allein sein. Kannst du jemanden rufen, der sich um sie kümmert? Ich kann dich dann später abholen.«

»Brauchst du nicht, ich hab Cassidys Truck hier.«

»Du willst mit Cassidys Truck fahren? Aber ...«

»Nicht freiwillig, aber sie musste mit Rick mitfahren und hat mich gebeten, ihr Auto zu dir zu fahren.« Ruby wandte Abigail den Rücken zu und sprach leise weiter:

»Ich hab Abigail angeboten, sie zu ihrer Mutter zu fahren, die hier irgendwo wohnen soll, aber seitdem ist sie ... weggetreten.«

»Hm.« Einen Moment war es still in der Leitung, dann sagte Morgan: »Ich besorge die Adresse der Mutter. Dann kannst du Abigail dorthin fahren. Aber fahr vorsichtig, der Truck ist nicht wie mein Volvo.«

»Wirklich? Und ich dachte, wenn ich Radfahren kann, kann ich auch eine Boeing fliegen.« Ruby musterte Abigails blasses Gesicht. »Beeil dich mit der Adresse.« Sie beendete das Gespräch. Durch die geöffnete Tür entdeckte sie einen Kühlschrank zwischen Tresen und Eingangstür.

»Du brauchst jetzt erst mal was für den Kreislauf.« Ruby fand, dass ihre Stimme klang, als würde sie fürs Kinderfernsehen einen erklärenden Text vorlesen. Nach einem letzten Blick auf Abigail, um sich zu vergewissern, dass diese nicht gleich vom Stuhl rutschen würde, ging sie zum Kühlschrank und holte eine Orangenlimonade heraus. Es zischte, als sie die Getränkedose öffnete.

»Trink was.« Sie hielt Abigail die Dose vors Gesicht.

Abigail griff nach der Dose, trank aber nicht davon.

»Bist du hier aufgewachsen?« Ruby hoffte, dass ein paar unverfängliche Fragen Abigail wieder aus ihrer Trance aufwachen lassen würden.

Diese schüttelte mit dem Kopf. Immerhin ein Anfang.

»Aber deine Familie ist dann irgendwann hierher gezogen?«

Erneutes Kopfschütteln. Dann trank Abigail einen winzigen Schluck. Ruby schielte auf ihr Handy, doch bisher war keine Nachricht eingetroffen. Was dauerte denn da so lange mit der Adresse?

»Hast du Geschwister?« Die Familienfragen schienen Ruby einigermaßen sicher zu sein. Besser jedenfalls, als Abigail danach zu fragen, wie sie Travis kennengelernt hatte, denn er war vermutlich der Grund, warum sie in Paradise gelandet war.

Abigail schniefte auf und vergrub den Kopf in den Händen. Verflixt! Ruby trat an sie heran, strich ihr über den Rücken und machte beruhigende Geräusche. Noch bevor sie den Alarmton hörte, spürte sie ein leichtes Vibrieren in ihrer Hand. Sie schaute aufs Display. Bingo!

»Ich fahre dich jetzt zu deiner Mutter.« Sie griff Abigail unter die Arme, um sie vom Stuhl hochzuziehen.

Abigail ließ sich wie eine Puppe nach draußen führen und in den Truck setzen.

Als Ruby hinterm Steuer saß, atmete sie tief durch. Ihre Hand zitterte, als sie den Schlüssel ins Zündschloss steckte. Wenigstens hatte Cassidys Truck kein Schaltgetriebe, sondern war ein Automatikwagen. Sie trat auf die Bremse, stellte den Schaltknüppel in die Fahrposition und startete den Motor. Sofort sprang der Wagen an, lautes Dröhnen fuhr Ruby durch den Körper.

»Was für ein Biest«, murmelte sie, froh darüber, dass Cassidy das Auto so geparkt hatte, dass sie einfach nach vorn losfahren konnte und nicht erst noch rückwärts rangieren musste.

Mit einem letzten Blick auf Abigail, die in sich versunken auf dem Beifahrersitz saß und scheinbar unbeteiligt ins Nichts starrte, trat Ruby vorsichtig aufs Gaspedal. Der Truck machte einen Satz nach vorn, offenbar hatte Cassidy nicht an Power unter der Motorhaube gespart. Trotz ihrer nicht vorhandenen Religiosität sandte Ruby ein stummes Gebet ans Universum und fuhr vorsichtig auf die Straße.

***

Abigails Mutter schob ihren Walker hinter Ruby her, die Abigail durch den schmalen Flur ins Schlafzimmer brachte. Dort half Ruby Abigail, sich hinzulegen, und ging dann hinaus, während ihre Mutter sich schnaufend über ihre Tochter beugte.

Ruby rümpfte die Nase. Es war viel zu warm im Haus und roch nach abgestandener Luft und alten Essensresten. Sie wollte nichts lieber als schnell wieder verschwinden, aber empfand es als unhöflich, jetzt einfach zu gehen. Widerwillig setzte sie sich im Wohnzimmer auf die Couchkante. Sie war sich nicht sicher, ob Mrs. White schon als Messi galt, aber ihr kleines Haus war definitiv voll. Überall türmten sich Kartons, Zeitschriften, auf einem Sessel stapelte sich Unterwäsche, von der Ruby sich einredete, sie wäre frisch, um den Würgereflex zu unterdrücken.

Ruby stand auf. Die Enge in dem Wohnzimmer war erdrückend. Noch nie war ihr so bewusst gewesen, wie viel Ruhe Morgans aufgeräumtes Haus ausstrahlte. Ja, auch ihre Schwester hatte Dekoration, aber diese war ausgesucht und hatte einen Platz, an dem das jeweilige Stück glänzen konnte. Im Gegensatz dazu wirkte dieses

Wohnzimmer, als wenn jemand den Inhalt der klassischen Küchenschublade ausgekippt hatte, in der sich diverse Ladekabel längst verschollener Geräte, alte Menükarten, einzelne Schlüssel und ähnliche Gegenstände ansammelten.

Sie ging vom Sofa zum Kamin, auf dessen Sims eine Reihe eingerahmter Fotos standen. Rubys Augen flogen über die Fotos aus vergangenen Tagen hinweg.

Sie blieb an Abigails High School Graduation Bild hängen: Die junge Abigail strahlte in die Kamera, sie trug eine Robe und einen Hut in Schwarz-Grün, offenbar die Farbe der High School. Ruby erinnerte sich an ihre Abschlussfeier. Sie wollte damals nichts wie weg aus Hawaii. Sie hoffte auf einen echten Neuanfang in New York – ohne Morgan. Ohne jemanden an ihrer Seite, der ihr bis auf den kleinen Leberfleck hinterm Ohr so sehr ähnelte, dass sie sich ständig messen und beweisen musste, als ginge es um einen nie endenden Wettbewerb.

Wovon Abigail wohl damals geträumt hatte? Sicherlich nicht davon, dass ihr zukünftiger Freund ein Dieb und scheinbar auch ein Mörder war.

Rubys Blick wanderte zu dem Porträt daneben. Dies zeigte offenbar Abigails Bruder, ebenfalls in traditioneller High-School-Robe und Hut. Ruby stutzte. Es war nicht, dass der junge Mann Abigail besonders ähnlich sah, aber dennoch kam er Ruby seltsam bekannt vor.

Mrs. White kam zurück ins Wohnzimmer geschnauft. Sie parkte ihren Walker direkt vor dem zweiten Sessel, auf dem eine Chipstüte lag, und ließ sich darauf fallen. Die Tüte knisterte, als sie sie unter ihrem Po hervorzog. »Danke, dass Sie Abby hergebracht haben.«

»Selbstverständlich. Nach so einem Schock sollte man nicht allein sein.«

Abigails Mutter öffnete die Tüte, kramte ein paar zerbröselte Chips hervor und stopfte sie sich in den Mund. Ein paar fielen auf ihren ausladenden Bauch. »Die meinen also, Travis ist ein Mörder.« Sie hielt Ruby die Tüte mit fettigen Fingern hin.

»Nein, danke.« Erneut musste Ruby einen Würgereiz unterdrücken. »Ob Travis Vivian wirklich umgebracht hat, wird sich noch herausstellen.«

Abigails Mutter klaubte die Krümelchen von ihrem Oberteil und leckte sich die Finger geräuschvoll ab. »Der war das nicht.«

»Wie lange kennen Sie ihn schon?«

»Abby hat Travis in Denver getroffen. Da haben wir auch vorher gewohnt.«

»In Denver? Ich dachte, Travis hat früher schon hier gelebt.« Vor seiner Gefängnisstrafe fügte Ruby in Gedanken hinzu.

»Abby hat in Denver als Küchenhilfe gearbeitet. Im Knast. Erst war ich ja skeptisch, weil Knasti und so. Aber er war immer so aufmerksam. Nett. Konnte auch mal zupacken, keine Angst vor harter Arbeit, wenn Sie verstehen, was ich meine.« Mrs. White schaute erneut in die Tüte, drehte sie um und ließ sich die Chipsreste in die Hand rieseln. »Er ist ein Guter.«

»Wie hat es Sie dann hierher verschlagen?«

»Als er aus dem Knast kam, wollte er zurück nach Paradise. Und Abby ist mit. Sie hat mich dann auch hergeholt. Bin nicht mehr so gut zu Fuß, brauche manchmal bisschen Hilfe.«

»Lebt Ihr Sohn auch in Paradise?« Ruby deutete auf das zweite Abschlussfoto.

Sofort verdüsterte sich der Gesichtsausdruck von Mrs. White. »Nein. Oliver-John lebt woanders.«

Oliver-John White? Oliver-John!

Vor Rubys innerem Auge schob sich ein Bild zu dem Namen. Wie konnte sie ihre Frage möglichst so formulieren, dass sie, wenn sie falsch mit ihrer Annahme lag, Abigails Mutter nicht total vor den Kopf stoßen würde?

»Ich glaub, ich hab Olivia beim letzten Pride March in New York City gesehen. Kann das sein?«, log Ruby. Da die jährliche Parade zur Feier der LGBTQ-Community in New York City auch im Fernsehen übertragen wurde, war sie sich sicher, dass Mrs. White dies ein Begriff sein würde.

Abigails Mutter schüttelte vehement den Kopf. »Ich kenne keine Olivia«, sagte sie mit schriller Stimme. »Mein Sohn heißt Oliver-John!«

Ruby betrachtete das Foto erneut. Je länger sie es anschaute, desto sicherer war sie, dass es sich hierbei um die verstorbene Olivia Johnson handelte. Die nach ihrer Geschlechtsumwandlung offenbar ihren Namen von Oliver-John White in Olivia Johnson geändert hatte.

»Ich muss mich jetzt ausruhen«, brachte Mrs. White Ruby zurück in die Gegenwart.

Ruby lächelte sie an. »Ja, ich muss auch wieder los.«

Nachdem sie sich verabschiedet und die Haustür hinter sich zugezogen hatte, hatte sie das Bedürfnis, tief durchzuatmen. Einerseits, um die Enge des Hauses hinter sich zu lassen, aber andererseits auch um ihr Hirn mit mehr Sauerstoff zu versorgen.

Konnte es tatsächlich sein, dass Abigails Bruder nach einer Geschlechtsumwandlung zu Fresh Face gegangen und dort nach einer Behandlung ums Leben gekommen war? Aber Olivia Johnson war doch bei einem Verkehrsunfall gestorben. Wie würde das Mrs. White ein Motiv geben? Darüber hinaus konnte Ruby sich auch nicht vorstellen, dass die schwer übergewichtige Frau mit Gehproblemen in den letzten Jahren das Haus verlassen, geschweige denn sich irgendwo im Wald versteckt und einen Pfeil abgeschossen hatte.

Sie nicht, aber vielleicht ihr Schwiegersohn in spe? Travis, den Mrs. White so liebevoll beschrieben hatte, als wäre es ihr eigener Sohn? Hatte er aus lauter Zuneigung zu Mrs. White oder auch aus Liebe zu Abigail Vivian getötet, um den Tod ihres Sohnes beziehungsweise Bruders zu rächen?

Kapitel 30

»Hört sich für mich an, als wenn du den Fall gelöst hast.« Ryder stellte Rubys leeres Glas in den Geschirrspüler und startete das Spülprogramm.

Nachdem Ruby mit zitternden Beinen Cassidys Truck in Morgans Einfahrt geparkt hatte, war sie zum Bond gegangen und hatte Ryder alles bei einem Walter Spezial erzählt.

»Du hältst das also nicht für eine total durchgeknallte Theorie?« Ruby zog das Gummi aus ihren Haaren, fing eine dünne Strähne, die sich gelöst hatte, wieder ein und zog alle Haare wieder zu einem festen Dutt zusammen.

»Ganz und gar nicht. Erzähl es Cassidy, wenn sie ihren Truck abholt. Sie kann der Sache dann weiter nachgehen.« Ryder schaltete das Licht aus und bedeutete Ruby, mit nach hinten zu kommen. »Trägst du deine Haare eigentlich immer so, damit man euch besser unterscheiden kann?«

Mit Grauen erinnerte sich Ruby an das Nest, das sie in den frühen Morgenstunden nach der Fahrt auf dem Segway entwirren musste. »Ja, auch. Aber ich mag es einfach auch nicht, wenn sie mir ins Gesicht hängen.«

»Okay.«

Das war jetzt nicht die Antwort, die Ruby erwartet
hatte. Hieß das jetzt, dass er ihre Haare lieber offen sehen würde? Oder fand er sie auch mit einem strengen
Dutt hübsch? Fand er sie überhaupt attraktiv?

»Sag mal, Ryder ...« Doch dann fehlten ihr die Worte.
In einer anderen, einfachen Welt könnte frau einen
Mann direkt fragen, ob er sie irgendwie anziehend
fand. Doch in dieser komplizierten Welt, in der zwischen den Geschlechtern immer noch bestimmte Rol-
lenerwartungen vorherrschten, wäre das nur unglaublich plump.

»Klar kann ich dich nach Hause fahren.« Ryder kontrollierte die Tür zum Kühlraum, zog dann einen Karton aus einem Regal und gab ihn Ruby.

Der neue Wasserkocher für Morgan. Mit einstellba-
ren Temperaturen für unterschiedliche Teesorten. Ab
sofort müsste Morgan das kochende Wasser nicht immer erst minutenlang abkühlen lassen, wenn sie einen
grünen Tee trinken wollte.

»Quatsch, ich muss doch nur quer über die Straße.«

»Aber die Box ist groß und unhandlich. Und du hast
ja auch noch das Bild.« Ryder zog ihre Leinwand von
der Paint Night vom obersten Regalbrett herunter und
legte es Ruby auf den Karton. Sie hatte es gestern
Abend im Bond gelassen, um es in Morgans Abwesenheit ins Haus zu schmuggeln.

Ruby quetschte sich an Ryder vorbei nach draußen.
Ihr rechter Arm berührte dabei seinen Oberkörper,
und Ruby hätte schwören können, dass dabei wahrhaf-
tige Funken zwischen ihnen zu sehen waren.

Ryder schloss die Hintertür ab und zeigte auf sein
Auto. »Überleg's dir.«

Zugegebenermaßen war es schon ein wenig unpraktisch, das Bild auf dem Karton zu balancieren, aber das wollte Ruby auf keinen Fall zugeben. Und die Vorstellung, neben Ryder in seinem für amerikanische Verhältnisse kleinen Golf zu sitzen, war schon verlockend. Wenn Ruby es geschickt anstellte, könnte sie sich bei der kurzen Fahrt zweimal leicht zu ihm rüberneigen, ohne, dass es auffallen würde. Vielleicht würden sie wie zwei verliebte Teenager im Auto sitzen bleiben und noch stundenlang quatschen, weil keiner sich traute, den ersten Schritt zu machen?

»Ruby?«

Ryder riss sie aus ihren bizarren Gedanken. Sie hatte einen Mord aufzuklären und ein Bild und einen Wasserkocher zu verstecken, da war keine Zeit für pubertäre Fantasien!

Rubys Finger krallten sich in die winzigen Trageöffnungen des Kartons. »Was glaubst du, was ich schon alles zu Fuß quer durch New York geschleppt hab?«

»Ich seh schon, Wonder Woman ist nichts gegen dich.« Ryder stieg in sein Auto, startete den Motor und ließ die Scheibe hinunterfahren. »Letzte Chance.«

Obwohl Rubys Schultern aufgrund der ungewöhnlichen Position jetzt schon brannten, schüttelte sie den Kopf. »Bis morgen.«

Ryder fuhr los, auf der Straße winkte er noch mal aus dem Auto heraus, dann verschwanden seine Rücklichter in der Dunkelheit. Ruby ließ den Karton vorsichtig zu Boden sinken, darauf bedacht, dass das Bild nicht hinunterfiel, und schlackerte ihre Arme aus. In New York hatte sie sich immer über Frauen belustigt, die ihre Füße in zu enge oder auch kleine Schuhe gezwängt hatten, nur um gut auszusehen. Jetzt war sie offenbar selbst ein Opfer geworden – ihr Verstand hatte aufgehört, wo die Eitelkeit angefangen hatte.

Sie atmete noch einmal tief durch, schob ihre Hände unter das Bild, umfasste den Karton und bereute im nächsten Moment erneut, dass sie Ryders Vorschlag abgelehnt hatte. Sie stolperte damit vom Hinterhof zur Straße. Dieses Mal fiel ihr das Bild beim Runterlassen schon fast hinunter, so sehr brannten ihre Schultermuskeln. Und auch in den Unterarmen brannte es, als wenn sie den ganzen Tag lang mit Mark Wahlberg in seinem Home Studio trainiert hätte.

Es war so albern, sie konnte Morgans Einfahrt von hier sehen, aber dennoch war sie sich nicht sicher, ob sie es schaffen würde. Sie könnte einfach erst das Bild hinübertragen und dann den Wasserkocher holen. Warum mussten solche Geräte aber auch immer in überdimensionalen Kartons verpackt werden?

Aus der Ferne näherte sich ein Auto, das in Richtung Paradise fuhr. Dies würde sie jetzt noch abwarten und dann die Straße überqueren. Wenn sie ihren derzeitigen Rekord von etwa 60 Metern pro Anheben halten könnte, würde sie vermutlich noch drei Pausen für die kurze Strecke zu Morgans Haus benötigen.

Kaum war das Auto an ihr vorbeigefahren, bremste es scharf ab. Langsam rollte es zurück. Ruby starrte auf die Rücklichter. Wenn ein Tourist sie nach irgendeinem Weg fragen wollte, wäre er aufgeschmissen. Das Auto hielt direkt neben ihr an, die Fensterscheibe wurde heruntergelassen, und Ruby hatte schon eine Antwort parat, als sich Abigail über den Beifahrersitz beugte: »Ist dein Auto liegen geblieben? Soll ich dich mitnehmen?«

»Ich wohne gleich dort drüben.« Ruby zeigte über die Straße und dann auf den Karton vor ihren Füßen und auf die Leinwand, die an ihren Beinen lehnte. »Ich wollte nur kurz beides vom Bond mit nach Hause nehmen.«

»Sieht unhandlich aus.«

»Ist es auch.« Merkwürdigerweise machte es Ruby gegenüber Abigail nichts aus, das zuzugeben.

Abigail stieg aus, kam um das Auto herum und öffnete den Kofferraum. »Gib her, ich fahr dich rum.«

Ohne Widerworte übergab Ruby die Leinwand, und Abigail legte sie in den Kofferraum. Als Ruby den Wasserkocher dazustellte, stießen ihre Muskeln einen Freudenschrei aus, der allerdings von dem höllischen Brennen übertüncht wurde. Abigail ließ den Kofferraum zuknallen, und Ruby rollte ihre Schultern mehrmals zurück, bevor sie auf den Beifahrersitz schlüpfte.

»Gut, dass es dir wieder besser geht.« Insgeheim hatte Ruby nicht damit gerechnet, dass Abigail sich so schnell von dem Schock erholen würde, aber was wusste sie schon über Travis' Freundin?

»Bei meiner Mutter rumsitzen und Trübsal blasen bringt ja auch nichts.«

»Was wirst du jetzt machen?«

»Unter der Woche schaffe ich das bei Arrowsmith allein, am Wochenende könnte es ein wenig hektisch werden.« Als Abigail losfuhr, rumpelte es im Kofferraum. War der Karton mit dem Wasserkocher umgefallen?

»Ich meinte eher auf Travis bezogen. Habt ihr einen Anwalt?«

»Um dem die Kohle in den Allerwertesten zu pusten? Ne.«

»Es gibt ja auch Rechtsbeistand für«, Ruby suchte nach einem passenden Wort, »Menschen, deren Budget gerade strapaziert ist. Wenn nicht hier, dann vielleicht in Fort Montgomery?«

Abigail schwieg und hielt hinter Morgans Volvo, etwas kullerte erneut im Kofferraum herum. Aus dem Wohnzimmer fiel ein schwaches Licht auf den Rasen vorm Haus.

Ruby öffnete die Tür. »Wenn ich dir irgendwie helfen kann ...«

Abigail zuckte nur kurz mit den Schultern. Ruby ging um den Wagen herum, um ihre Sachen aus dem Kofferraum zu holen. Doch die Klappe öffnete sich nicht. Abigail sprang aus dem Auto.

»Manchmal klemmt das.« Sie rüttelte an der Verriegelung, dann sprang der Deckel auf.

Gleich vorn lagen zwei große Gläser Honig, wie Ruby sie mal in einem Großmarkt gesehen hatte, dessen Mitarbeiter sie für eine Reportage interviewt hatte. Diese waren offenbar während der Fahrt nach vorn gerollt.

»Ihr esst wohl gern süß.« Sie hob ein Glas an, um es aus dem Weg zu räumen. Zu ihrer Überraschung war es leer, das Zweite ebenfalls.

Abigail schob die Behälter nach hinten in den Kofferraum. Es knisterte, als die Gläser einen Stapel Flyer zusammendrückten.

Ruby nahm den Wasserkocher heraus und stellte ihn auf die Einfahrt. Dann griff sie nach der Leinwand. Ihre

Muskeln protestierten sofort wieder. Nur kurz etwas Unhandliches balanciert, und schon hatte die ungewohnte Bewegung ihre Muskeln verspannt. Das Bild war nun wirklich nicht schwer, dennoch hatte sie das Gefühl, ihr Kreislauf würde rapide nach unten sinken. Sie würde sich drinnen auch gleich erst mal was Süßes gönnen, um diesen wieder in Schwung zu bringen.

»Sei eine Ameise«, murmelte Ruby.

»Was?« Abigail musterte sie aus zusammengekniffenen Augen.

Sich darüber ärgernd, dass der Kofferraum so tief lag und nicht so einfach zu erreichen war wie Morgans Kombi, hievte Ruby das Bild heraus und ließ es vor sich auf den Boden gleiten. »Ameisen können doch das Vierzigfache ihres eigenen Körpergewichts tragen. Und manchmal wünschte ich mir einfach, ich wäre eine.« Ruby lehnte die Leinwand an ihre Beine. »Apropos – sind die jetzt eigentlich wieder weg bei euch?«

»Wer?«

»Die Ameisen. Travis hat erzählt, es gab bei Vivian neulich Probleme damit. Und dass sogar ein Bär vorbeikam.« Bei dem Gedanken daran blickte sich Ruby kurz in der Dunkelheit um. Hier würde ja keiner lauern. Oder?

Abigail knallte den Kofferraum zu. »Bei uns ist alles gut.«

»Die Vorstellung, dass hier Bären rumlaufen, finde ich gruselig. Ich war am Montag bei einem Ranger, der weggerufen wurde, weil ein Bär auf einem Campingplatz ...« Ruby starrte auf den geschlossenen Kofferraum. Die Honiggläser waren riesig gewesen. Ihre Beine fühlten sich unterzuckert an. Ameisen folgten

Duftspuren. Und waren bärenstark. Bären liebten Honig. Abigail, die Travis überzeugt hatte, seine Anlage neben Vivians Schönheitsklinik zu eröffnen. Rote Farbe an Vivians Wand. Die Sprühdosen in Travis' Müll, die der Täter herumliegen lassen hatte. Abigail, die auf dem Sommermarkt einen Flyer ignoriert hatte, der von ihrem Stand geflogen war. Flyer im Kofferraum, die nachlässig zusammengeschoben worden waren, und von denen Ruby einen in Bellas Hand gesehen hatte. Der Verkauf des Armbrustpfeils, den Abigail notiert hatte und an den Travis sich nicht mehr erinnern konnte.

Die ganze Zeit hatte die Lösung so nahe gelegen, aber wie alle anderen war Ruby zu vernagelt gewesen, um die Wahrheit zu erkennen.

»Du hast Vivian diese ganzen Streiche gespielt. Um sie zu ärgern oder um sie zu vergraulen?«

»Bedankt man sich so in New York, wenn jemand einen nach Hause fährt?« Abigail ging zurück zur Fahrertür und riss diese auf.

»Vivian hat Oliver behandelt, nachdem er Olivia war. Dann hatte sie einen Autounfall.« Was hatte Morgan gesagt? Olivia hatte einen Herzinfarkt gehabt? Konnte eine Botoxbehandlung einen Herzinfarkt auslösen? »Du wolltest dich an Vivian für ihren Tod rächen, stimmt's?«

»Hast du schon vergessen? Die Polizei hat Travis verhaftet!« Blitzschnell kam Abigail zurück zum Heck und baute sich vor Ruby auf.

»Verhaftet ist nicht verurteilt.«

»Wehe, du erzählst diese Märchen in Paradise herum!«

»Was dann?« Ruby reckte ihr Kinn. »Legst du dann auch eine Honigspur zu unserem Haus, damit wir eine Ameisenplage bekommen? Sprühst du uns dann auch Nachrichten an die Wand oder lässt die Luft aus Morgans Reifen?«

»Du hast sie doch nicht alle!« Abigail trat auf Ruby zu, streckte die Arme aus und schubste sie.

Ruby fing sich mit einem Schritt nach hinten ab.

Abigails Augen blitzten.

Ruby wurde schlagartig kalt. Abigails Blick war nicht nur wütend. Er war hasserfüllt. Und plötzlich war alles klar: Sie hatte Vivian umgebracht.

»Was sagst du da?« Abigails Stimme klang drohend.

Hatte Ruby den Gedanken tatsächlich laut ausgesprochen? Sie hob die Leinwand hoch und ging ein paar Schritte mit ihr zurück, ohne Abigail dabei aus den Augen zu lassen. »Ich gehe jetzt rein. Und halte meinen Mund, wie du gesagt hast.«

Abigail ballte die Fäuste. Dann sprang sie auf Ruby zu. Geistesgegenwärtig riss Ruby das Bild vor sich und schleuderte es Abigail mit aller Kraft, die sie noch mobilisieren konnte, entgegen. Die Leinwand zerbarst, als sie auf Abigails Fäuste trafen. Ruby ließ das Bild los und rannte zum Haus. Sie hörte Abigail hinter sich fluchen.

Morgan öffnete die Tür. »Was ist denn ... Warum hat Abigail ihre Hände in einem Bild stecken?«

Ruby hastete an ihr vorbei. »Schließ ab und ruf Cassidy an. Sofort!«

Kapitel 31

»Ich hatte mir wirklich Mühe gegeben.« Ruby warf einen letzten Blick auf das zerstörte Bild, bevor sie es neben den Mülleimer in Morgans Garage lehnte. Das große Loch, wo Abigails Fäuste durchgeschlagen waren, klaffte mitten durch das Lagerfeuer hindurch.

»Ja, es ist wirklich schade drum.« Morgan verkniff sich ein Lachen.

Ruby boxte ihr in die Seite. »Ich hab mich wirklich angestrengt!«

Morgan prustete los. »Ich weiß. Daher ist es ja so tragisch, dass dann nur das«, sie zeigte auf die Leinwand, »dabei rausgekommen ist.«

»Ich kann halt besser mit Worten.« Ruby konnte nicht anders und musste ebenfalls lachen.

»Schreib beim nächsten Mal einfach ›romantische Lagerfeuerszene‹ auf die leere Leinwand. Dann kann ich mir den Rest vorstellen.« Morgan trat auf den Karton, in dem der Wasserkocher gewesen war. »Aber dafür ist das ein echter Volltreffer gewesen.«

»Jemand, der sich wie du so über heißes Wasser freut, ist halt leicht glücklich zu machen.«

»Heißes Wasser? Du hast mir den Porsche unter den Wasserkochern gekauft!« Morgan faltete die Pappe zusammen und warf sie in die Recyclingbox. »Ich surfe auf Wolke sieben.«

Auch diese verdrehte Redewendung stammte noch von ihrer Mutter. Rubys Körper wurde von einer angenehmen, sanften Wärme umhüllt, wie an dem ersten sonnigen Frühlingstag nach einem langen, grauen Winter in New York. Sie umarmte Morgan. Für einen Moment hielten sich die Schwestern fest, jede in Gedanken versunken. »Ich vermisse sie«, flüsterte Ruby.

Morgan streichelte ihr übers Haar. »Ich auch. Jeden Tag.«

»Was ist das hier? Kuscheltherapie?«

Von den Zwillingen unbemerkt, hatte Stanley seinen rostigen Ford hinter Morgans Auto geparkt und stand jetzt in der offenen Garagentür.

Ruby machte sich von Morgan los. »Auch dir einen schönen vierten Juli.«

»Ich parke mein Auto hier, okay? Drüben bei Ryder ist es schon so voll.« Stanley suchte Morgans Blick.

»Schon mal was vom Zauberwort gehört?« Ruby stemmte die Hände in die Hüften.

»Danke.« Stanley gestikulierte in Richtung Garten. »Ist die Ziege noch da?«

Morgan entfuhr ein Seufzen. »Ja, leider.« Sie nahm Ruby am Arm, schob sie nach draußen und ließ das Garagentor automatisch runterfahren.

Stanley räusperte sich. »Kann ich mir die mal ausleihen?«

»Ausleihen?«, entfuhr es den Zwillingen unisono.

»Der Garten von Mrs. Roberts ist komplett zugewuchert. Die könnte da erst mal was wegfressen, bevor ich da Arbeit reinstecke.«

Bevor Ruby etwas sagen konnte, klatschte Morgan in die Hände. »Die Idee ist super! Je mehr sie da frisst, desto weniger macht sie sich über meine Blumen her.«

Stanley zwirbelte an seinem Bart. »Und machst du noch Seife?«

»Brauchst du welche?«

Stanley schüttelte den Kopf. »Ne, aber ist Ziegenmilch nicht gut für die Haut?«

»Wenns ein Mädel wäre ...« Morgan setzte ein nachdenkliches Gesicht auf. Ruby konnte ihrer Schwester förmlich ansehen, dass diese sich langsam mit dem Gedanken anfreundete, eine Ziege im Garten zu haben.

Während Ruby die ganze Zeit darauf bedacht gewesen war, das Beste für die Ziege herauszuholen, hatte Stanley es geschafft, Morgan die Sache schmackhaft zu machen. Und damit genau den richtigen Ansatz gewählt. Denn wenn Morgan etwas wichtig war, dann kümmerte sie sich intensiv darum. Ruby schämte sich ein wenig, dass sie das im Gegensatz zu Stanley nicht begriffen hatte. Er hatte die Helfe-Elfe genau an der richtigen Stelle gepackt, um sie für diese Aktion mit ins Boot zu holen.

»Du bist ja ein regelrechter Spiritus Rector!« Ruby umarmte ihn spontan. »Darf ich dich ab sofort so nennen? Oder wie wäre es mit Spiritus Stanley?«

Stanley stieß sie von sich. »Untersteh dich!« Er machte auf dem Absatz kehrt und stapfte zur Straße.

Ruby drehte sich zu Morgan. »Wegen Vincent Van Goat ...«

Morgan winkte ab. »Wir lassen uns was einfallen.«

»Danke.«

***

»Warum hat Abigail Vivian für den Tod ihres Bruders, äh, ihrer Schwester verantwortlich gemacht? Die hatte doch einen Autounfall.« Ryder stand an einem großen Grill, den er vors Bond gestellt hatte und briet Burger und Würstchen zur Fourth-of-July-Feier.

»Botox kann zu Herzproblemen führen. Wohl auch noch Tage oder Wochen nach der Behandlung.« Cassidy hob das losgelöste Ende einer Wimpelkette hoch, die Ryder quer vor den Platz des Coffeeshops gehängt hatte und knotete sie erneut an einem Ast fest. »Abigail hat ausgesagt, dass Olivia sich bei ihrem letzten Telefonat über Atemprobleme beschwert hatte. Nach dem Unfall hat Abigail im Internet gegoogelt und Hinweise gefunden, dass Botox in seltenen Fällen zu einem Herzinfarkt führen kann. Und damit hatte Abigail einen Schuldigen gefunden.«

Die so leicht verfügbaren Informationen des Internets hatten auch schon Rubys Kollegin aus dem Gesundheitsresort psychisch krank werden lassen. Alles, was diese für ihre Artikel dort recherchierte, führte bei ihr dazu, dass sie selbst leichte Symptome fälschlicherweise einer schweren Krankheit zuordnete. Daher war ihre Kollegin ständig davon überzeugt, eine unheilbare Krankheit zu haben.

»Ich verstehe immer noch nicht, wie Abigail es überhaupt geschafft hat, Vivian umzubringen.« In Beccas

277

Glas klimperten die Eiswürfel. »Ich dachte, sie war die ganze Zeit auf dem Markt.«

»Gleich nach dem Streit mit Vivian ist sie ihr über den kleinen Waldweg gefolgt.« Cassidy trat einen Schritt zur Seite und begutachtete die jetzt straffer hängende Wimpelkette.

Morgan kam aus dem Bond nach draußen und drückte ihr und Ruby ebenfalls je einen Eistee in die Hand, den sie von Elodie am Tresen besorgt hatte. Die Frauen standen neben dem Grill. Der Duft des gebratenen Fleischs machte Ruby hungrig. Überall flatterten amerikanische Flaggen, die eine festliche Atmosphäre verbreiteten.

»Sie wollte mehr Pfeile von Arrowsmith holen. Ich Ochse stand direkt daneben, als sie das gesagt hat und losgegangen ist, aber hatte das auch total vergessen.« Ruby hielt sich das kalte Glas gegen die Stirn. Es war halb neun, die Sonne war gerade untergegangen, und der Himmel verwandelte sich in ein spektakuläres Farbspiel aus Orange und Lila. Doch selbst in den Abendstunden hielt sich die Hitze der vergangenen Tage hartnäckig.

Ryder reichte einen Burger an Cassidy. »Sie ist also mit Pfeil und Bogen durch den Wald gekrochen, und niemand hat sie dabei gesehen?« Sein Gesicht drückte seine Zweifel aus.

»Sie hatte eine Tasche dabei, aus der Pfeile herausragten. Jeder, der sie gesehen hat, konnte bezeugen, dass sie neue Pfeile von der Bogenschießanlage geholt hat.« Cassidy belegte ihren Burger großzügig mit den neben dem Grill bereitgestellten Zutaten. »Dass sie in der Tasche auch diese klappbare Sportarmbrust plus den dazugehörigen Pfeil hatte, hat allerdings keiner gesehen.«

Ruby sah, wie Morgan ihre Lippen zusammenpresste. Als Vegetarierin musste es ihr schwerfallen, dass ihre Freundin so glücklich bei der Zubereitung eines üppig belegten Burgers wirkte. Dementsprechend rechnete Ruby es ihrer Schwester hoch an, dass sie weder Cassidy noch anderen Anwesenden den Appetit mit einer Predigt zum Fleischverzehr verdarb.

»Sie ist also Vivian hinterher, hat das Zeug von Arrowsmith geholt, und dann?« Becca öffnete ein Hot-Dog-Brötchen und ließ sich von Ryder ein Würstchen hineinlegen.

»Dann hat sie sich im Wald auf die Lauer gelegt. Als Vivian von der Klinik zum Festplatz zurückgekommen ist, hat sie sie erschossen.« Cassidy gab Morgan einen Kuss, bevor sie in ihren Burger biss.

Vermutlich der letzte, bevor Morgan sie später zwingen würde, sich erst die Zähne zu putzen, um dem Fleischgeschmack zu entgehen.

»Und den eigentlichen Armbrustpfeil hat sie ihr aus der Brust gezogen, weil ...« Ryder wedelte mit der Grillzange vor Rubys Gesicht hin und her.

Ruby deutete von einem Würstchen auf das aufgeklappte Brötchen auf ihrem Teller. »Sie wollte ihre Spuren verwischen.«

Ryder gab ihr das Würstchen und einem wartenden Kind einen Burger. Becca spritzte eine ordentliche Portion Ketchup auf ihr Würstchen und wartete, bis das Kind sich entfernt hatte, bevor sie sagte: »Den Pfeil ins

Gebüsch werfen, um Spuren zu verwischen, war allerdings nicht sehr schlau.«

»Abigail hat ausgesagt, dass sie Stimmen gehört hat«, sagte Cassidy. »Wahrscheinlich kamen die nur vom Festplatz. Dennoch hat sie Panik bekommen, dass man sie mit dem blutigen Pfeil erwischen könnte. Daher hat sie ihn unter dem Kraut versteckt und wollte ihn später holen und entsorgen. Sie kam aber nicht dazu. Erst, weil die Polizei alles abgesperrt hatte, später, weil Ruby ihn dann schon gefunden hatte.«

»Nur wieso hat sie dann einen von Rubys verschossenen Pfeilen in Vivians Brust gesteckt?«, empörte sich Morgan.

»Als sie an Rubys Pfeilen vorbeikam, wollte sie sie erst einsammeln und mit zum Festplatz nehmen. Doch dann dachte sie, dass einer der Pfeile eine gute Ablenkung von der Armbrust wäre, und hat ihn in die Wunde gesteckt. Sie hat nicht damit gerechnet, dass die Forensiker sich die Wunde genauer anschauen und feststellen würden, dass der Pfeil nicht zur Wunde passt.«

»So richtig durchdacht klingt das alles nicht für mich.« Ryder wechselte die Grillzange und gab Morgan ein Tofuwürstchen, das er am äußersten Rand des Grills für sie zubereitet hatte. »Sie hätte den Armbrustpfeil doch auch einfach abwischen und wieder mitnehmen können.«

»Da gibt es ein paar Dinge, die nicht wirklich gut von ihr geplant waren.« Morgan zog eine Linie Ketchup links und eine Linie Senf rechts neben das Würstchen. »Angefangen damit, dass sie jederzeit jemand im Wald mit der Armbrust hätte überraschen können. Oder Vivian wäre vor ihr schon wieder beim Festplatz gewesen, und Abigail hätte gar nicht die Gelegenheit gehabt, sie zu töten.«

»Abigail hatte keinen eiskalten Plan, Vivian an diesem Tag zu töten. Es war eine spontane Idee, daher war ihre Tat nicht besonders ausgeklügelt. Zum Glück für uns, denn sonst wären wir ihr nicht so schnell auf die Schliche gekommen.« Cassidy tupfte sich mit einer Serviette den Mund ab.

»Ihr?« Ruby strich sich über ihr rot-weiß gestreiftes Sommerkleid, das sie zur Feier des Tages mit einem dunkelblauen Haarband mit weißen Sternen kombiniert hatte. »Ich möchte noch mal betonen, dass ICH den Armbrustpfeil gefunden hab. Außerdem hab ICH die Verbindung zwischen der toten Olivia und Abigails Bruder Oliver-John hergestellt und die leeren Honiggläser und die verschwundenen Flyer in Abigails Auto entdeckt.«

Sehr zu Rubys Enttäuschung ging Ryder nicht auf ihren Einwand ein, als er sagte: »Dennoch krass, dass sie einfach mit einem Rucksack voll mit Pfeilen und Armbrust auf den Festplatz zurückspaziert ist, als wenn nichts gewesen wäre, und keiner hat was gemerkt.«

»Was sollte da einer merken?«, nuschelte Becca mit vollem Mund.

»Na, wenigstens Travis hätte sich doch wundern müssen, warum sie eine Armbrust mitgebracht hat.« Ryder legte mehr Würstchen auf den Grill.

»Sie hat nur die Pfeile ausgepackt, die Armbrust hat er nie gesehen. Und die meisten Anwesenden haben in dem Trubel gar nicht bemerkt, dass sie überhaupt weg war. Oder es für so nichtig empfunden, dass sie es sogar vergessen hab...« Cassidy wippte den Takt zu dem Bruce-Springsteen-Lied mit, das jetzt aus den zwei Lautsprechern neben der Tür dudelte.

»Sie hatte quasi ein perfektes Alibi. Da ja auch niemand genau sagen konnte, wann Vivian überhaupt wiedergekommen beziehungsweise gestorben ist.« Morgan wich dem Strahl einer Wasserpistole aus, als eine Handvoll Kinder sich laut lachend eine Schlacht um sie herum lieferten.

»Wusstest ihr, dass das Wort Alibi aus dem Lateinischen stammt und wortwörtlich ›anderswo‹ bedeutet?«, gab Becca mal wieder ihr ungeheures Wortschatzwissen preis.

»Das muss in der Polizeischule drangekommen sein, als ich offenbar schon ›anderswo‹ war.« Cassidy zerknüllte ihre Serviette.

»Aber sie hatte schon den Plan, sich irgendwie irgendwann an Vivian zu rächen«, schaltete sich Ruby wieder ins Gespräch ein. »Denn immerhin war sie es, die Travis dazu überredet hatte, seine Bogenschießanlage direkt neben der Klinik zu eröffnen.«

»Ja, das war tatsächlich schlau von ihr«, gab Morgan zu. »So konnte sie Vivian in aller Ruhe ausspionieren beziehungsweise ihre täglichen Abläufe kennenlernen. Nur um zu erfahren, ob irgendwo eine Gelegenheit wäre, sich an ihr zu rächen.«

»Und nicht nur das – sie konnte Vivian auf diese Weise auch immer mal wieder mit Kleinigkeiten ärgern. Quasi, um sich die Zeit zu vertreiben, bis sie wusste, wie sie Vivian töten würde.« Ruby tupfte mit dem letzten Stück ihres Brötchens einen Ketchuprest vom Teller.

Becca schüttelte sich. »Das klingt nach einer eiskalten Mörderin.«

»Das ist sie sicherlich nicht.« Cassidy bedeutete Ruby, ihr ihren leeren Teller zu geben. »Manche Menschen kommen mit dem Verlust eines Menschen schwerer klar als andere. Ihr Moralkompass ist halt total aus dem Gleichgewicht geraten.«

»Es muss sie rasend gemacht haben, dass Travis Vivian dann nach ihren kleinen Racheakten ständig behilflich war.« Morgan gab Cassidy auch ihren leeren Teller.

»Das hat sicherlich nicht geholfen.« Cassidy warf die Pappteller in den Müllereimer, der neben dem Grill stand. »Aber wie es genau mit Abigails Gemüt aussieht, wird uns dann das psychologische Gutachten zeigen.«

Ruby erinnerte sich an ihr Gespräch mit Travis, in dem der ehemalige Dieb scheinbar echtes Bedauern gegenüber Vivian an den Tag gelegt hatte, und fragte sich erneut, ob er vielleicht sogar ein klein wenig verliebt in die Besitzerin der Schönheitsklinik gewesen war. Was sicherlich zu einem zusätzlichen Hass auf Abigails Seite geführt hätte.

Becca stieß ihr in die Seite. »Ich finde ja immer noch, dass du einen True-Crime-Podcast machen solltest. Jetzt hättest du sogar schon zwei Folgen.«

Morgan verzog das Gesicht. »Mit dem Leid anderer Geld zu verdienen, finde ich moralisch eher fragwürdig.«

»Ärzte verdienen auch nur, wenn Menschen krank sind«, gab Ruby zu bedenken.

Morgan lachte auf. »So gesehen ... Wie wäre es dann mit ›Wer schön sein will, muss sterben – Ruby Rock ermittelt, Episode 2‹?«

Becca klatschte in die Hände. »Ich wäre dein treuster Fan!«

In dem Moment ertönte eine Art Kanonenschuss, und die ersten bunten Feuerwerkskörper leuchteten am Himmel auf. Es folgte ein schillernder Regenbogen aus Funken, der Ryders Gäste zum Jubeln brachte.

Morgan zog Ruby und Cassidy jeweils an ihre Seite und drückte sie fest an sich. Ruby verfolgte das Feuerwerk am Himmel und fühlte sich so verbunden, wie schon lange nicht mehr. Sie freute sich auf den bevorstehenden Sommer in Paradise. Und was ihre Rückkehr nach New York anging, würde sie Alan auch noch mit guten Artikeln überzeugen können.